Rapid
सामान्य ज्ञान 2022

(पूर्णतया संशोधित एवं परिवर्धित)

टीम प्रभात

प्रभात एग्जाम
www.prabhatexam.com

प्रकाशक

प्रभात एग्जाम

4/19 आसफ अली रोड, नई दिल्ली-110002

फोन: 23289555 • 23289666 • 23289777 • हेल्पलाइन/ 7827007777

ई-मेल: prabhatexam@gmail.com

वेब ठिकाना: www.prabhatexam.com

अ.मा.पु.स. 978-93-90389-09-4

RAPID SAMANYA GYAN 2022
Team Prabhat

Published by **PRABHAT EXAM**
4/19 Asaf Ali Road, New Delhi-110002

ISBN 978-93-90389-09-4

विषय-सूची

सामयिक घटनाएँ

राष्ट्रीय घटनाक्रम

नवंबर–2020

- प्रधानमंत्री नरेंद्र मोदी ने गुजरात के नर्मदा जिले में केवड़िया के पास बने स्टैच्यू ऑफ यूनिटी और अहमदाबाद के साबरमती रिवरफ्रंट के बीच देश की पहली सीप्लेन सेवा की शुरुआत की।
- मध्य प्रदेश के पन्ना टाइगर रिजर्व को यूनेस्को की 'वर्ल्ड नेटवर्क ऑफ बायोस्फीयर रिजर्व्स' की सूची में शामिल किया गया।
- प्रधानमंत्री नरेंद्र मोदी की अध्यक्षता में देश में निवेश को प्रोत्साहित करने के उद्देश्य से 'वर्चुअल ग्लोबल इन्वेस्टर राउंडटेबल-2020' सम्मेलन आयोजित किया गया।
- अजीम प्रेमजी द्वारा अप्रैल 2019 से मार्च 2020 के दौरान 7904 करोड़ रुपए का योगदान देने के कारण एडविल हुरुन इंडिया परोपकार सूची में प्रथम स्थान प्राप्त किया।
- मुंबई इंडियन ने IPL 2020 का खिताब जीता। यह IPL का 13वाँ संस्करण था।
- भारतीय रिजर्व बैंक ने वित्तीय समावेशन को बढ़ावा देने के लिए रिजर्व बैंक इनोवेशन हब की स्थापना की।
- लक्ष्मी विलास बैंक का डीवीएस बैंक इंडिया में 27 नवम्बर, 2020 को विलय किया गया।
- केन्द्रीय सामाजिक न्याय और अधिकारिता मंत्री थावर चंद गहलोत ने ट्रांसजेंडर लोगों के लिए राष्ट्रीय पोर्टल लॉन्च किया।

दिसम्बर–2020

- केन्द्र सरकार ने जी. एस. टी. प्रणाली के अंतर्गत आने वाले छोटे करदाताओं के लिए त्रैमासिक रिटर्न फाइलिंग और मासिक भुगतान कर (QRMP) योजना की शुरुआत की।
- बजरंग पुनिया और एलावेनिल वलारिवन को फिक्की द्वारा स्पोर्ट्स पर्सन ऑफ द ईयर का पुरस्कार दिया गया।
- यूनेस्को ने ग्वालियर और ओरछा को विश्व विरासत शहरों की सूची में शामिल किया।
- संयुक्त राष्ट्र विकास कार्यक्रम (UNDP) द्वारा जारी की गई मानव विकास सूचकांक-2020 में भारत 189 देशों की सूची में 131वें स्थान पर रहा।
- मानव स्वतंत्रता सूचकांक-2020 में भारत 162 देशों की सूची में 111वें स्थान पर रहा।
- नीति आयोग द्वारा स्वास्थ्य प्रणाली को मजबूत बनाने के उद्देश्य से 14 दिसंबर, 2020 को 'विजन 2035: भारत में जन स्वास्थ्य निगरानी' शीर्षक से श्वेत-पत्र जारी किया गया।
- भारतीय मुक्केबाजों ने जर्मनी के कोलोन में आयोजित विश्वकप-2020 में तीन स्वर्ण पदक (अमित पंघाल, मनीषा मौन व सिमरनजीत कौर) दो रजत पदक (साक्षी चौधरी व सतीश कुमार) चार कांस्य पदक (सोनिया लाठेर, पूजा रानी, गौरव सोलंकी व मोहम्मद हुसामुद्दीन) जीते।

जनवरी–2021

- प्रधानमंत्री नरेंद्र मोदी ने राजकोट, गुजरात में अखिल भारतीय आयुर्विज्ञान संस्थान (AIIMS) का शिलान्यास किया।
- तेलंगाना उच्च न्यायालय में पहली महिला मुख्य न्यायाधीश के रूप में न्यायमूर्ति हेमा कोहली की नियुक्ति की गई।

- 16 जनवरी से देश में कोरोना महामारी से बचाव के लिए राष्ट्रव्यापी टीकाकरण की शुरुआत की गई है। इसके तहत कोवैक्सीन और कोविशील्ड के टीके लोगों को लगाएँ जा रहे हैं।
- पीएम नरेंद्र मोदी ने जम्मू और कश्मीर में की आयुष्मान भारत PMJAY-सेहत योजना की शुरुआत।
- डॉ. हर्षवर्धन ने भारत के पहले स्वदेशी निमोनिया टीके 'Pneumosil' का उद्घाटन किया।
- IIT हैदराबाद में लॉन्च किया गया भारत का पहला टेस्टेड TiHAN सिस्टम।
- DCGI ने SII और भारत बायोटेक की कोविड-19 वैक्सीन के इस्तेमाल को दी मंजूरी।
- भारत संयुक्त राष्ट्र सुरक्षा परिषद् की 3 प्रमुख समितियों की अध्यक्षता करेगा।
- पीएम नरेन्द्र मोदी ने किया कोच्चि-मंगलुरू प्राकृतिक गैस पाइपलाइन का उद्घाटन।
- 23 जनवरी को पराक्रम दिवस के रूप में मनाएगी भारत सरकार।
- पीएम नरेन्द्र मोदी बने सोमनाथ मंदिर ट्रस्ट के अध्यक्ष।
- अर्जुन मुंडा ने वर्चुअली लॉन्च किया 'श्रमशक्ति पोर्टल'।
- प्रधानमंत्री नरेंद्र मोदी ने दिल्ली मेट्रो की मैजेंटा लाइन पर देश की पहली पूर्ण-स्वचालित ड्राईवरलेस ट्रेन सेवा को हरी झंडी दिखाई।
- प्रधानमंत्री नरेंद्र मोदी ने 1 जनवरी, 2021 को वीडियो कॉन्फ्रेंस के माध्यम से छह राज्यों में छह स्थानों पर लाइट हाउस परियोजनाओं का शिलान्यास किया।
- प्रधानमंत्री नरेंद्र मोदी ने वेस्टर्न डेडिकेटेड फ्रंट कॉरिडोर (WDFC) के 306 किलोमीटर लम्बे न्यू रेवाड़ी-न्यू मदार सेक्शन को राष्ट्र को समर्पित किया।
- जापान सरकार ने भारत को 30 बिलियन जापानी येन (लगभग 2113 करोड़ रुपए) का विकास सहायता ऋण देने की घोषणा की है।
- पेट्रोलियम और प्राकृतिक गैस मंत्रालय ने हरित और स्वच्छ ऊर्जा के बारे में जागरूकता फैलाने के लिए एक महीने तक चलने वाले "साक्ष्य" नामक जन-जागरूकता अभियान की शुरुआती की।
- प्रधानमंत्री नरेंद्र मोदी ने 'प्रारंभ: स्टार्टअप इण्डिया इंटरनेशनल समिट' 2021 को सम्बोधित करते हुए 16 जनवरी, 2021 को 1,000 करोड़ रुपए का 'स्टार्टअप इण्डिया रीड फंड' लॉन्च किया।
- केंद्रीय वित्त और कॉर्पोरेट मामलों की मंत्री निर्मला सीतारमण ने नेशनल कंपनी लॉ अपीलेट ट्रिब्यूनल (NCLAT) की चेन्नई पीठ का वर्चुअली उद्घाटन किया।
- वैक्सीन मैत्री पहल, भारत द्वारा पड़ोसी देशों को COVID-19 टीके प्रदान करने की पहल है। हाल ही में, श्रीलंका और बहरीन ने पहल के तहत भारत से COVID-19 टीके प्राप्त किए हैं।

फरवरी-2021

- वित्त मंत्री निर्मला सीतारमण द्वारा केंद्रीय बजट 2021-22 पेश किया गया।
- आवास और शहरी मामलों के मंत्रालय ने शुरू किया पायलट पे जल सर्वेक्षण।
- भीम आर्मी के चंद्रशेखर आजाद का नाम TIME की सूची में।
- केंद्रीय कपड़ा मंत्री स्मृति ईरानी ने वर्चुअल पोर्टल पर 8वें भारत अंतर्राष्ट्रीय रेशम मेले का उद्घाटन किया।
- उपराष्ट्रपति एम. वेंकैया नायडू ने दिल्ली के आईएनए के दिल्ली हाट में "राष्ट्रीय जन-जातीय महोत्सव आदि" का उद्घाटन किया।

- प्रधानमंत्री नरेंद्र मोदी ने वीडियो कांफ्रेसिंग के माध्यम से 4 फरवरी, 2021 को चौरी-चौरा घटना के शताब्दी समारोह का उद्घाटन किया।
- केंद्रीय कृषि और किसान कल्याण राज्य मंत्री, कैलाश चौधरी ने 8 फरवरी, 2021 को बंगलुरू में राष्ट्रीय बागवानी मेला (NHF) 2021 का उद्घाटन वर्चुअल मोड के माध्यम से किया।
- भारत सरकार ने पहली बार द इंडिया टॉय फेयर (खिलौना मेला), 2021 का आयोजन 27 फरवरी, 2021 से 02 मार्च, 2021 तक वर्चुअल प्लेटफॉर्म पर किया।
- केंद्रीय सड़क परिवहन और राजमार्ग मंत्री, नितिन गडकरी ने भारत का पहला डीजल ट्रैक्टर लॉन्च किया।
- इलेक्ट्रॉनिक्स और सूचना प्रौद्योगिकी मंत्रालय के तहत आने वाले राष्ट्रीय सूचना विज्ञान केंद्र (NIC) ने "सन्देश" नामक एक त्वरित मैसेजिंग प्लेटफॉर्म शुरू किया।
- प्रधानमंत्री नरेंद्र मोदी ने असम में 'महाबाहु-ब्रह्मपुत्र' पहल की शुरुआत की। उन्होंने धुबरी फूलबाड़ी पुल की आधारशिला भी रखी।
- केंद्रीय पर्यावरण, वन और जलवायु परिवर्तन मंत्री प्रकाश जावडेकर ने लक्षद्वीप में अटल पर्यावरण भवन का उद्घाटन किया।
- रक्षा मंत्री राजनाथ सिंह ने नई दिल्ली में 'हुनर हाट' के 26वें संस्करण का उद्घाटन किया।
- केंद्रीय आवास और शहरी मामलों के मंत्री, हरदीप सिंह पुरी और इलेक्ट्रॉनिक्स एवं आईटी मंत्री रविशंकर प्रसाद ने भारत में शहरों के लिए एक डिजिटल बुनियादी ढाँचा बनाने के लिए, एक वर्चुअल कार्यक्रम में राष्ट्रीय शहरी डिजिटल मिशन का शुभारंभ किया।'
- पुदुच्चेरी में राष्ट्रपति शासन लगाने को मंजूरी।

अंतर्राष्ट्रीय घटनाक्रम

नवम्बर–2020

- जो बाइडेन, अमेरिकी राष्ट्रपति डोनाल्ड ट्रम्प को हराकर अमेरिका के 46वें राष्ट्रपति निर्वाचित हुए। वहीं कमला हैरिस उपराष्ट्रपति बनने वाली पहली अश्वेत एवं पहली भारतीय-अमेरिकी मूल की महिला बनीं।
- दक्षिणी फिलीपीन्स में तूफान सुपर टाइफून गोनी आया।
- संयुक्त राज्य अमेरिका 4 नवंबर, 2020 को आधिकारिक रूप से पेरिस जलवायु समझौते से बाहर हो गया।
- भारतीय-अमेरिकी मूल के काश पटेल को कार्यवाहक अमेरिकी रक्षा सचिव क्रिस मिलर का चीफ ऑफ स्टाफ चुना गया।
- चीन ने पहली बार चाँद पर नमूनों को एकत्र करने के लिए मून मिशन चेंग ई-5 (Chang'e-5) लॉन्च किया।
- कैम्ब्रिज डिक्शनरी ने 'Quarantine' शब्द को वर्ड ऑफ द ईयर-2020 चुना।

दिसम्बर–2020

- टाइम मैगजीन ने जो बाइडेन और कमला हैरिस को संयुक्त रूप से पर्सन ऑफ द ईयर-2020 चुना।
- चीन चाँद पर अपना राष्ट्रीय ध्वज फहराने वाला दुनिया का दूसरा देश बना।
- सिंगापुर के स्ट्रीट फूड हॉकर कल्चर को यूनेस्को ने 'मानवता की अमूर्त सांस्कृतिक विरासत की प्रतिनिधि' सूची में शामिल किया।

जनवरी–2021

- अलेक्जेंडर एलिस को भारत में ब्रिटेन के नए उच्चायुक्त के रूप में नियुक्त किया गया।
- तेनजिन लेकपेक को बिम्सटेक का नया महासचिव नियुक्त किया गया।
- अलेक्जेंडर एलिस को भारत में ब्रिटेन उच्चायुक्त के रूप में नियुक्त किया गया।
- तेनजिन लेक पेक को बिम्सटेक का नया महासचिव नियुक्त किया गया।
- दो बार महाभियोग लाने वाले पहले अमेरिकी राष्ट्रपति बने डोनाल्ड ट्रंप।
- संयुक्त राज्य अमेरिका ने 2026 के अंत तक पहला परमाणु रिएक्टर स्थापित करने की योजना तैयार की।
- अंतर्राष्ट्रीय वित्तीय सेवा केंद्र प्राधिकरण (IFSCA) अंतर्राष्ट्रीय प्रतिभूति संगठन (IOSCO) का सहयोगी सदस्य बन गया है।
- अमेरिकी कांग्रेस ने योग्यता और जरूरतों पर आधारित कार्यक्रम के तहत उच्च शिक्षा में पाकिस्तानी महिलाओं के लिए छात्रवृत्ति की संख्या बढ़ाने के लिए 'मलाला यूसुफजई स्कॉलरशिप एक्ट' पारित किया।
- जापान की सुमितोमो फॉरेस्ट्री कंपनी और क्योटो यूनिवर्सिटी ने अंतरिक्ष में कचरे की समस्या से निपटने के लिए 2023 तक दुनिया का पहला लकड़ी से बना अंतरिक्ष उपग्रह लॉन्च करने की घोषणा की।
- पाकिस्तानी सेना ने सफलतापूर्वक स्वदेशी रूप से विकसित गाइडेड मल्टी लॉन्च रॉकेट सिस्टम, फतह-1 का सफल उड़ान परीक्षण पूरा किया।
- फॉस्टिन आर्कचेंज तौडेरा को मध्य अफ्रीकी गणराज्य का राष्ट्रपति चुना गया।
- अमेरिका के नव निर्वाचित राष्ट्रपति जो बाइडेन ने भारतीय मूल की अमेरिकी सुमोना गुहा को दक्षिण एशिया का वरिष्ठ निदेशक और तरुण छाबड़ा को प्रौद्योगिकी और राष्ट्रीय सुरक्षा का वरिष्ठ निदेशक नियुक्त किया।
- इंडोनेशिया के जकार्ता से 62 लोगों को लेकर जा रहा यात्री विमान क्रेश हो गया।
- किर्गिस्तान में राष्ट्रपति पद के चुनाव में सदर जापारेवा ने जीत हासिल की।
- संयुक्त राज्य अमेरिका ने किंगडम ऑफ बहरीन और संयुक्त अरब अमीरात को देश के "प्रमुख रणनीतिक साझेदार" के रूप में नामित किया।
- युगांडा के वर्तमान राष्ट्रपति योवेरी मुसेबेनी को 2021 के लिए देश के राष्ट्रपति चुनाव के विजेता के रूप में घोषित किया गया।
- पुर्तगाल के वर्तमान राष्ट्रपति मार्सेलो रेबेलो डी सोसा ने 2021 के चुनावों में शानदार जीत हासिल की।

फरवरी-2021

- भारतीय-अमेरिकी भव्या लाल को नासा ने अमेरिकी अंतरिक्ष एजेंसी के कार्यवाहक प्रमुख के रूप में नियुक्त किया।
- म्यांमार में देश की सेना ने 1 फरवरी, 2021 को सैन्य तख्तापलट किया।
- डेनमार्क सरकार ने उत्तरी सागर में दुनिया के पहले ऊर्जा द्वीप के निर्माण के लिए परियोजना को मंजूरी दी।
- दक्षिण कोरिया सरकार द्वारा सन् 2030 तक दुनिया के सबसे बड़े पवन ऊर्जा संयंत्र स्थापित करने की योजना को मंजूरी दी।

- बांग्लादेश का 14वाँ अंतर्राष्ट्रीय बाल-फिल्म महोत्सव ढाका में सम्पन्न।
- संयुक्त अरब अमीरात (UAE) के अंतरिक्ष यान 'होप' ने मंगल ग्रह के आस-पास की कक्षा में प्रवेश किया।
- पाकिस्तानी सेना ने 11 फरवरी, 2021 को कम दूरी की सतह से सतह पर मार करने वाली बैलिस्टिक मिसाइल बाबर का सफल परीक्षण किया।
- पूर्व यूरोपीय सेंट्रल बैंक के प्रमुख मारियों द्रगही ने 13 फरवरी, 2021 को इटली के नए प्रधानमंत्री के रूप में शपथ ग्रहण की।
- देश में कोरोना महामारी की निरंतर छाया के बावजूद ढाका, बांग्लादेश में 'पहला फागुन' नामक वसंत का पहला दिन मनाया गया।
- जॉर्जिया के प्रधानमंत्री, जियोर्गी गखारिया ने अपने पद से इस्तीफा दिया।
- इजराइल ने एक कोरोना वायरस "ग्रीन पास" प्रणाली शुरू की।
- चीन ने 2020 में भारत के शीर्ष व्यापारिक भागीदार के रूप में अपना स्थान पुनः प्राप्त कर लिया, जो 2018-19 के बाद से अमेरिका के पास था।

आर्थिक घटनाक्रम

- रिजर्व बैंक ने लॉन्च किया RBI-डिजिटल पेमेंट्स इंडेक्स।
- RBI ने एन. एस. विश्वनाथन की अध्यक्षता में किया "कॉलेज ऑफ सुपरवाइजर्स" का गठन।
- केंद्रीय बजट 2021: इतिहास में पहली बार पेश किया गया पेपरलेस बजट।
- RBI ने डिजिटल ऋण में होने वाली धोखाधड़ी को रोकने के लिए छह सदस्यीय कार्यदल का गठन किया।
- हेनले पासपोर्ट इंडेक्स 2021 में भारत को मिला 85वां स्थान।
- डब्ल्यूटीओ में हुआ भारत की 7वीं व्यापार नीति समीक्षा (TPR) का समापन।
- IRDAI ने स्वास्थ्य बीमा उत्पादों की उपलब्धता की जांच के लिए पैनल का गठन किया।
- नीति आयोग ने जारी किया इंडिया इनोवशेन इंडेक्स 2.0।
- IDBI बैंक ने बचत बैंक खातों के लिए वीडियो kyc खाता खोलने (VAO) की सुविधा शुरू की।
- भारतीय रिजर्व बैंक ने महाराष्ट्र स्थित वसंत दादा नगरी सहकारी बैंक का लाइसेंस रद्द किया।
- अंतर्राष्ट्रीय मुद्रा कोष (IMF) ने अपनी नवीनतम विश्व आर्थिक आउटलुक में चालू वित्त वर्ष 2020-21 में भारतीय अर्थव्यवस्था के 8% तक सकुंचन का अनुमान लगाया है।
- संयुक्त राष्ट्र ने वर्ष 2021 में भारत की आर्थिक वृद्धि दर 7.3% रहने का अनुमान लगाया है।
- RBI ने महाराष्ट्र स्थित शिवम सरकारी बैंक का लाइसेंस रद्द कर दिया।
- फेडरल बैंक ने 18 साल से कम उम्र के लिए एक विशेष बचत खाता योजना "फेड फर्स्ट" शुरू की।
- निजी सामान्य बीमाकर्ता ICICI लोम्बार्ड ने 'कॉपोर्रेट इंडिया रिस्क इंडेक्स' लॉन्च किया।
- भारतीय स्टेट बैंक ने विदेशी लेन-देन को गति देने के लिए अमेरिकी बैंक की ब्लॉकचेन तकनीक का उपयोग करने के लिए Jpmorgan के साथ करार किया।

- S & P ग्लोबल रेटिंग्स ने अनुमान लगाया है कि वित्त वर्ष 2021-22 में भारत सबसे तेजी से उभरती बाजार अर्थव्यवस्था में से एक होगा।
- राष्ट्रीय सांख्यिकी कार्यालय द्वारा जारी किए गए दूसरे एडवांस अनुमानों के अनुसार वर्ष 2020-21 में भारत की जीडीपी विकास दर 8% नेगेटिव रहने की संभावना है।

खेल

- भारतीय पहलवान अंशु मलिक सर्बिया के बेलग्रेड में व्यक्तिगत कुश्ती विश्व कप में पोडियम स्थान प्राप्त करने वाली देश की पहली पहलवान बनी।
- बैडमिंटन वर्ल्ड फेडरेशन (BWF) ने रूसी शटलर निकिता खाकीमोव पर सट्टेबाजी, छेड़खानी और अनियमित मैच परिणामों के आरोप में 5 साल का प्रतिबंध लगाया।
- महेंद्र सिंह धोनी ने ICC स्प्रिट ऑफ द क्रिकेट अवॉर्ड जीता।
- गोवा के 14 वर्षीय लियोन मेंडोका इटली में आयोजित एक टूर्नामेंट में तीसरा और आखिरी नॉर्म जीतकर भारत के 67वें शतरंज ग्रैंडमास्टर बने।
- ऑस्ट्रेलिया की क्लेयर पोलोस्क भारत और ऑस्ट्रेलिया के बीच तीसरे टेस्ट में चौथे अंपायर की भूमिका निभाकर पुरुषों के टेस्ट मैच में अंपायर बनने वाली पहली महिला बनी।
- भारत के पूर्व स्ट्राइकर अभिषेक यादव को खेल निकाय द्वारा ऑल इंडिया फुटबॉल फेडरेशन का पहला उप-महासचिव नियुक्त किया गया।
- भारत के जिम्मेट डोलमा ने ढाका मैराथन 2021 में चौथा स्थान हासिल किया।
- नोवाक जोकोविच और नाओमी ओसाका ने ऑस्ट्रेलियन ओपन 2021 जीता।
- स्टीव स्मिथ ने अपने करियर में तीसरी बार एलन बॉर्डर मैडल जीता।
- भारतीय क्रिकेट कंट्रोल बोर्ड (BCCI) के पदस्थ सचिव जयशाह को एशियाई क्रिकेट परिषद (ACC) के नए अध्यक्ष के रूप में नियुक्त किया गया है।
- तेज गेंद बाज मर्व ह्यूज को ऑस्ट्रेलियाई क्रिकेट हॉल ऑफ फेम में शामिल किया गया।
- तेज गेंदबाज अशोक डिंडा ने क्रिकेट के सभी प्रारूपों से संयास की घोषणा की।
- भारत दौरे पर आए इंग्लैण्ड के कप्तान जो रूट, अपने 100वें टेस्ट मैच में दोहरा शतक बनाने वाले इतिहास के पहले खिलाड़ी बने।
- भारतीय विकेट कीपर बल्लेबाज ऋषभ पंत को पहले ICC प्लेयर ऑफ द मंथ अवार्ड 2021 से सम्मानित किया गया।
- भारतीय तेज गेंदबाज ईशांत शर्मा टेस्ट क्रिकेट में 300 विकेट लेने वाले देश के छठे खिलाड़ी बने।
- पूर्व भारतीय क्रिकेटर नमन ओझा ने क्रिकेट के सभी प्रारूपों से संयास की घोषणा की।
- IPL टीम किंग्स इलेवन पंजाब ने अपना नाम बदलकर पंजाब किंग्स रखा।
- दक्षिण अफ्रीका के पूर्व कप्तान फाफ डु प्लेसिस ने टेस्ट क्रिकेट से संयास की घोषणा की।
- पूर्व भारतीय खिलाड़ी यूसूफ पठान तथा आर. विनय कुमार ने क्रिकेट के सभी प्रारूपों से संयास की घोषणा की।
- अहमदाबाद के मोटेरा क्रिकेट स्टेडियम का नाम बदलकर नरेंद्र मोदी स्टेडियम रखा गया।
- श्रीलंका के तेज गेंदबाज धम्मिका प्रसाद ने अंतर्राष्ट्रीय क्रिकेट से संयास की घोषणा की।
- IPL 2021 की नीलामी में दक्षिण अफ्रीका का आलराउंडर क्रिस मोरिस 16.25 करोड़ की रिकॉर्ड कीमत में बिका। मोरिस को राजस्थान रायल्स ने खरीदा।

पुरस्कार

पुरस्कार	व्यक्ति/संस्था
डॉ. नरेंद्र दाभोलकर मेमोरियल अवॉर्ड	के. वीरमणि (द्रविड़ कजगम के अध्यक्ष)
सांइटिस्ट ऑफ द ईयर अवॉर्ड	हेमंत कुमार पाण्डे (वरिष्ठ वैज्ञानिक)
इंजीनियर अवॉर्ड- 2020	विनोद कुमार यादव (रेलवे बोर्ड के चेयरमैन)
तानसेन सम्मान	पंडित सतीश व्यास (प्रसिद्ध संतूर वादक)
कायाकल्प पुरस्कार	अखिल भारतीय आयुर्विज्ञान संस्थान
इंडियन पर्सनालिटी ऑफ द ईयर	बिस्वजीत चटर्जी (अभिनेता, निर्देशक, गायक)
माइकल एवं शीला हेल्ड पुरस्कार- 2021	निखिल श्रीवास्तव (गणितज्ञ)
बिजनेस स्टैंडर्ड बैंकर ऑफ द ईयर	श्याम श्रीनिवासन (फेडरल बैंक के प्रबंध निदेशक)
सुभाष चंद्र बोस आपदा प्रबधंन पुरस्कार-2021	डॉ. राजेंद्र कुमार भंडारी
सर्वश्रेष्ठ सेवा प्रदाता (मानव संसाधन में)	यूनियन बैंक ऑफ इंडिया को
अभयारण्य लाइफटाइम सर्विस अवार्ड, 2020	एस. थिओडोर भास्कर (लेखक, इतिहासकार)
VLCC फेमिना मिस इंडिया वर्ल्ड-2020	मानसा वारानासी
सर गारफील्ड सोबर्स अवॉर्ड फॉर ICC मेल क्रिकेट ऑफ द डिकेड	विराट कोहली (भारत)
ICC मेन ऑफ वनडे क्रिकेट ऑफ द डिकेड	विराट कोहली (भारत)
ICC मेन के T 20 क्रिकेट ऑफ द डिकेड	राशिद खान (अफगानिस्तान)
ICC मेन टेस्ट द क्रिकेटर ऑफ द डिकेड	स्टीव स्मिथ (ऑस्ट्रेलिया)
ICC में के एसोसिएट द क्रिकेट ऑफ द डिकेड	काइल कोएजर (स्कॉटलैण्ड)

नियुक्तियाँ

व्यक्ति	किस पद पर नियुक्ति
किरण मजूमदार	USIBC की वाईस-चैयरमेन
सोमा मंडल	स्टील अथॉरिटी ऑफ इंडिया लि. (SAIL) का अध्यक्ष
सुनीत शर्मा	रेलवे बोर्ड का अध्यक्ष
जस्टिस पंकज मिथल	जम्मू-कश्मीर और लद्दाख हाईकोर्ट का संयुक्त न्यायाधीश
संजय कपूर	अखिल भारतीय शतरंज संघ का अध्यक्ष
लेफ्टिनेंट जनरल शांतनु दयाल	डिप्टी चीफ ऑफ आर्मी स्टॉफ
अरूप कुमार गोस्वामी	आंध्र प्रदेश उच्च न्यायालय का मुख्य न्यायाधीश
हेमा कोहली	तेलंगाना उच्च न्यायालय का मुख्य न्यायाधीश

सुधांशु धूलिया	गुवाहाटी उच्च न्यायालय का मुख्य न्यायाधीश
जितेंद्र कुमार माहेश्वरी	सिक्किम उच्च न्यायालय का मुख्य न्यायाधीश
संदीप अग्रवाल	दूरसंचार उपकरण और सेवा निर्यात संवर्धन परिषद का अध्यक्ष
आर.एस. शर्मा	सार्वजनिक स्वास्थ्य बीमा योजना आयुष्मान भारत का CEO
हेनरी मोनिज	फेसबुक इंक का मुख्य अनुपालन अधिकारी
प्रवीण सिन्हा	CBI का अंतरिम निदेशक
आकोंजो–इविला	WTO का महानिदेशक
शांतनु मित्रा	फुलर्टन इंडिया क्रेडिट कंपनी का CEO
विजय सांपला	राष्ट्रीय अनुसूचित जाति आयोग का अध्यक्ष
मार्क लिस्टो सेला	टाटा पोटर्स लिमिटेड का CEO

कोरोना वायरस

वर्तमान समय में सम्पूर्ण विश्व वैश्विक महामारी कोविड–19 से ग्रसित है। चीन से निकलकर पूरी दुनिया में फैलने वाले इस जानलेवा वायरस ने भय व आशंका का वातारवरण बन दिया है। विश्व स्वास्थ्य संगठन (WHO) द्वारा इस वायरस को महामारी घोषित करते हुए इसका नाम कोविड–19 रखा गया है। कोरोना वायरस के लक्षण पहली बार दिसंबर 2019 में चीन के हुबेई प्रान्त की राजधानी वुहान शहर में देखे गए थे। पूरी दुनिया में कोरोना ने अमेरिका पर सबसे ज्यादा कहर बरपाया है।

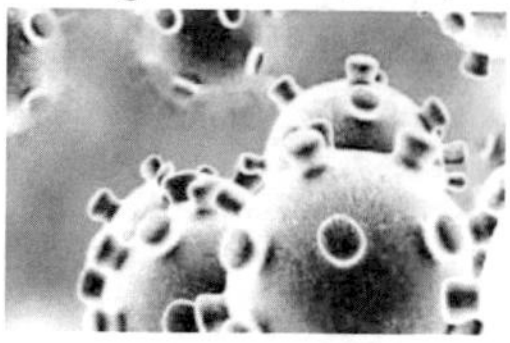

कोरोना वायरस एक अत्यंत सूक्ष्म एवं घातक वायरस हैं। यह कई वायरस प्रकारों का एक समूह है। कोरोना वायरस आर. एन. ए. वायरस होता है, जो स्तनधारियों एव पक्षियों में रोग का कारण होता है। मानवों में ये श्वास तंत्र के संक्रमण के कारण होता है। उल्लेखनीय है कि कोरोना वायरस खाँसी और छींक से गिरने वाली बूंदों के जरिए एक व्यक्ति से दूसरे में फैलता है। इसके शुरुआती लक्षणों में संक्रमण के फलस्वरूप बुखार, खाँसी, जुकाम, सांस लेने में तकलीफ, नाक बहना और गले में खराश जैसी तकलीफ का होना प्रमुख हैं।

वैश्विक स्तर पर फैली इस महामारी के रोकथाम के लिए वैज्ञानिकों द्वारा विभिन्न टीकों के निर्माण हेतु कार्य किए गए और अतत: रूस ने सबसे पहले स्पूतनिक–V नाम से टीके का निर्माण किया। वर्तमान में फाइजर, कोविशील्ड, कोवैक्सीन, स्पूतनिक–V आदि वैक्सीन का प्रयोग विश्वभर में किया जा रहा है।

भारत में सीरम इंस्टीट्यूट और ब्रिटेन की फार्मास्युटिकल कंपनी एस्ट्राजेनेका के सहयोग से क्रमश: कोविशील्ड और कोवैक्सीन का निर्माण किया गया है, जिन्हें भारत बायोटेक और आई. सी. एम. आर. ने बनाया है। 16 जनवरी, 2021 से भारत में कोरोना वायरस से बचाव हेतु राष्ट्रव्यापी टीकाकरण शुरू किया गया। इस टीकाकरण में कोविशील्ड और कोवैक्सीन का प्रयोग किया जा रहा है।

कौन क्या है

राष्ट्रपति	–	श्री रामनाथ कोविंद
उपराष्ट्रपति	–	श्री एम. वेंकैय्या नायडु
भारत के मुख्य न्यायाधीश	–	जस्टिस शरद अरविंद बोबडे
चीफ ऑफ डिफेंस स्टाफ	–	जनरल बिपिन रावत
थलसेना प्रमुख	–	जनरल मनोज मुकुंद नरवाने
वायुसेना प्रमुख	–	चीफ़ मार्शल राकेश कुमार सिंह भदौरिया
जलसेना प्रमुख	–	एडमिरल करमबीर सिंह

केन्द्रीय मंत्रिमंडल

क्रमानुसार	मंत्रियों के नाम	मंत्रालय
1.	श्री नरेंद्र मोदी	प्रधानमंत्री; कार्मिक, जनशिकायत एवं पेंशन मंत्रालय; परमाणु ऊर्जा विभाग; अंतरिक्ष विभाग; अन्य नीतिगत मामले
2.	श्री अमित शाह	गृहमंत्री
3.	श्री राजनाथ सिंह	रक्षामंत्री
4.	श्री नितिन गडकरी	सड़क परिवहन और सूक्ष्म, लघु एवं मध्यम उद्यम
5.	श्रीमती निर्मला सीतारमण	वित्त और कॉरपोरेट कार्य मंत्रालय
6.	श्रीमती स्मृति ईरानी	महिला, बाल विकास एवं कपड़ा
7.	डॉ. एस. जयशंकर	विदेश मंत्री
8.	श्री रवि शंकर प्रसाद	कानून, संचार एवं इलेक्ट्रॉनिक्स सूचना प्रौद्योगिकी
9.	श्री डी.वी. सदानंद गौड़ा	रसायन एवं उर्वरक
10.	श्रीमती हरसिमरत कौर बादल	खाद्य प्रसंस्करण
11.	डॉ. महेंद्र नाथ पांडे	कौशल विकास एवं उद्यमिता
12.	श्री प्रहलाद जोशी	संसदीय कार्य, कोयला, खनन
13.	श्री पीयूष गोयल	रेलवे, वाणिज्य और उद्योग
14.	श्री प्रकाश जावड़ेकर	पर्यावरण, सूचना एवं प्रसारण और भारी उद्योग एवं सार्वजनिक उद्‌यम
15.	श्री मुख्तार अब्बास नकवी	अल्पसंख्यक मामले
16.	श्री राम विलास पासवान	उपभोक्ता, खाद्य एवं सार्वजनिक वितरण
17.	श्री थावरचंद गहलोत	सामाजिक न्याय एवं अधिकारिता
18.	श्री गिरिराज सिंह	पशुपालन, डेयरी, मत्स्य पालन
19.	श्री गजेंद्र सिंह शेखावत	जल शक्ति
20.	श्री नरेंद्र सिंह तोमर	कृषि, ग्रामीण विकास और पंचायती राज मंत्रालय
21.	श्री अर्जुन मुंडा	अनुसूचित जनजाति कल्याण
22.	डॉ. हर्षवर्धन	स्वास्थ्य एवं परिवार कल्याण, विज्ञान एवं प्रोद्यौगिकी और भू-विज्ञान
23.	श्री धर्मेंद्र प्रधान	पेट्रोलियम, स्टील, नैचुरल गैस
24.	श्री रमेश पोखरियाल निशंक	शिक्षा मंत्रालय (पहले मानव संसाधन मंत्रालय)

राज्य मंत्री (स्वतंत्र अधिभार)

क्रमानुसार	मंत्रियों के नाम	पोर्टफोलियो
1.	श्री श्रीपद नाइक	आयुर्वेद, योग और प्राकृतिक चिकित्सा, यूनानी, सिद्ध और होम्योपैथी (आयुष) मंत्रालय ।
2.	श्री किरण रिजिजू	युवा मामलों और खेल मंत्री।

3.	श्री जितेन्द्र सिंह	उत्तर पूर्वी क्षेत्र विकास।
4.	श्री हरदीप सिंह पुरी	आवास और शहरी मामलों के मंत्रालय के राज्य मंत्री और नागरिक उड्डयन मंत्रालय।
5.	श्री संतोष कुमार गंगवार	श्रम और रोजगार मंत्रालय के राज्य मंत्री।
6.	श्री मनसुख एल. मंडाविया	जहाजरानी मंत्रालय।
7.	श्री राव इंद्रजीत सिंह	सांख्यिकी एवं कार्यक्रम कार्यान्वयन मंत्रालय और योजना मंत्रालय के राज्य मंत्री।
8.	श्री राज कुमार सिंह	बिजली मंत्रालय के राज्य मंत्री; नवीन और नवीकरणीय ऊर्जा मंत्रालय।
9.	श्री प्रहलाद सिंह पटेल	संस्कृति मंत्रालय और पर्यटन मंत्रालय के राज्य मंत्री।

राज्य मंत्री

क्रमानुसार	मंत्रियों के नाम	पोर्टफोलियो
1.	श्री अर्जुन राम मेघवाल	संसदीय मामलों के मंत्रालय में राज्य मंत्री; और भारी उद्योग और सार्वजनिक उद्यम मंत्रालय
2.	श्री अश्विनी कुमार चौबे	स्वास्थ्य और परिवार कल्याण मंत्रालय
3.	श्री फग्गन सिंह कुलस्ते	इस्पात मंत्रालय
4.	श्री रावसाहेब दानवे	उपभोक्ता मामले, खाद्य और सार्वजनिक वितरण मंत्रालय
5.	श्री कृष्णपाल गुर्जर	सामाजिक न्याय और अधिकारिता मंत्रालय
6.	श्री जनरल (सेवानिवृत्त) वी.के. सिंह	सड़क परिवहन और राजमार्ग मंत्रालय
7.	श्री गंगापुरम किशन रेड्डी	गृह मंत्रालय
8.	श्री पुरुषोत्तम रूपाला	कृषि और किसान कल्याण मंत्रालय
9.	श्री रामदास अठावले	सामाजिक न्याय और अधिकारिता मंत्रालय
10.	साध्वी निरंजन ज्योति	ग्रामीण विकास मंत्रालय
11.	श्री बाबुल सुप्रियो	पर्यावरण, वन और जलवायु परिवर्तन मंत्रालय
12.	श्री संजीव बलियान	पशुपालन, डेयरी और मत्स्य पालन मंत्रालय
13.	श्री संजय धोत्रे	केन्द्रीय मानव संसाधन विकास राज्यमंत्री, दूरसंचार तथा इलेक्ट्रॉनिक एवं सूचना तकनीकी राज्यमंत्री
14.	श्री अनुराग ठाकुर	वित्त/कॉरपोरेट अफेयर्स
15.	श्री सुरेश अंगदी चन्नबसप्पा	रेलवे
16.	श्री नित्यानंद राय	गृह मंत्रालय
17.	श्री श्रीपद येस्सो नाइक	रक्षा मंत्रालय
18.	डॉ. जितेन्द्र सिंह	कार्मिक जनशिकायत एवं पेंशन मंत्रालय, प्रधानमंत्री कार्यालय, परमाणु ऊर्जा विभाग, अंतरिक्ष विभाग

19.	श्री किरण रिजिजू	अल्पसंख्यक कार्य मंत्रालय
20.	श्री राजकुमार सिंह	कौशल विकास एवं उद्यमिता मंत्रालय
21.	श्री हरदीप सिंह पुरी	वाणिज्य एवं उद्योग मंत्रालय
22.	श्री मनसुख एल. मंडाविया	रसायन एवं उर्वरक मंत्रालय
23.	श्री रतन लाल कटारिया	जल शक्ति/सामाजिक न्याय अधिकारिता
24.	श्री रामेश्वर तेली	खाद्य प्रसंस्करण
25.	श्री प्रताप सारंगी	सूक्ष्म, लघु एवं मध्यम उद्योग और पशुपालन, डेयरी और मत्स्य पालन
26.	श्री कैलाश चौधरी	कृषि एवं किसान कल्याण
27.	सूश्री देबोश्री चौधरी	महिला एवं बाल विकास
28.	श्री वी. मुरलीधरन	विदेश/ संसदीय कार्य
29.	श्रीमती रेणुका सिंह सरूता	अनुसूचित जनजाति कल्याण
30.	श्री सोम प्रकाश	वाणिज्य एवं उद्योग

मुख्यमंत्री एवं राज्यपाल

क्रमांक	राज्य	मुख्यमंत्री	राज्यपाल
1.	आंध्र प्रदेश	श्री वाई. एस. जगनमोहन रेड्डी	श्री विस्वां भूषण हरिचंदन
2.	अरुणाचल प्रदेश	श्री पेमा खांडू	बिग्रेडियर (डॉ) बी.डी. मिश्रा (सेवानिवृत्त)
3.	असम	श्री सर्वानंद सोनोवाल	प्रोफेसर श्री जगदीश मुखी
4.	बिहार	श्री नीतीश कुमार	श्री फागू चौहान
5.	छत्तीसगढ़	श्री भूपेश बघेल	सुश्री अनुसईया उइके
6.	गोवा	श्री प्रमोद सावंत	श्री सत्यपाल मलिक
7.	गुजरात	श्री विजय रूपाणी	श्री आचार्य देवव्रत
8.	हरियाणा	श्री मनोहर लाल	श्री सत्यदेव नारायण आर्य
9.	हिमाचल प्रदेश	श्री जयराम ठाकुर	श्री बंडारु दत्तात्रेय
10.	झारखंड	श्री हेमंत सोरेन	श्रीमती द्रौपदी मुर्मू
11.	कर्नाटक	श्री बी.एस. येदियुरप्पा	श्री वाजूभाई वाला
12.	केरल	श्री पिनरई विजयन	श्री आरिफ मोहम्मद खान
13.	मध्य प्रदेश	श्री शिवराज सिंह चौहान	श्रीमती आनंदीबेन पटेल
14.	महाराष्ट्र	श्री उद्धव ठाकरे	श्री भगत सिंह कोश्यारी

15.	मणिपुर	श्री एन. बीरेन सिंह	डॉ. नज्मा हेपतुल्ला
16.	मेघालय	श्री कोनराड संगमा	श्री तथागत रॉय
17.	मिज़ोरम	श्री पीयू ज़ोरामथंगा	प्रोफेसर श्री पी. एस. श्रीधरन पिल्लई
18.	नागालैंड	श्री नेफ्यू रियो	श्री आर.एन. रवि
19.	ओडिशा	श्री नवीन पटनायक	प्रोफेसर गणेशी लाल
20.	पंजाब	श्री कैप्टन अमरिंदर सिंह	श्री वी.पी. सिंह बदनोर
21.	राजस्थान	श्री अशोक गहलोत	श्री कलराज मिश्र
22.	सिक्किम	श्री प्रेम सिंह तमांग	श्री गंगा प्रसाद
23.	तमिलनाडु	श्री एडप्पडी के. पलानीसामी	श्री बनवारी लाल पुरोहित
24.	तेलंगाना	श्री के. चंद्रशेखर राव	श्री डॉ. तमिलिसाई सौंदरराजन
25.	त्रिपुरा	श्री विप्लव कुमार देव	श्री रमेश बैस
26.	उत्तर प्रदेश	श्री योगी आदित्य नाथ	श्रीमती आनंदीबेन पटेल
27.	उत्तराखंड	श्री त्रिवेन्द्र सिंह रावत	श्रीमती बेबी रानी मौर्य
28.	प. बंगाल	सुश्री ममता बनर्जी	श्री जगदीप धनखड़

क्रमानुसार	केन्द्रशासित प्रदेश	मुख्यमंत्री	उप-राज्यपाल/प्रशासक
1.	अंडमान और निकोबार द्वीप	–	देवेंद्र कुमार जोशी (उप-राज्यपाल)
2.	चंडीगढ़	–	श्री वी. पी. सिंह बदनोर (प्रशासक)
*3.	दादरा और नगर हवेली एवं दमन और दीव	–	श्री प्रफुल्ल खोडा पटेल (प्रशासक)
4.	दिल्ली (राष्ट्रीय राजधानी क्षेत्र)	श्री अरविंद केजरीवाल	श्री अनिल बैजल (उप-राज्यपाल)
5.	लक्षद्वीप	–	श्री प्रफुल्ल पटेल (प्रशासक)
6.	पुडुचेरी	–	डॉ. किरण बेदी (उप-राज्यपाल)
7.	जम्मू-कश्मीर	–	श्री मनोज सिन्हा (उप-राज्यपाल)
8.	लद्दाख	–	श्री राधा कृष्ण माथुर (उप-राज्यपाल)

* 5 दिसम्बर, 2019 के अधिनियम के अनुसार दादरा और नगर हवेली तथा दमन और दीव का विलय कर दिया गया है।

❑❑❑

भारतीय इतिहास

प्राचीन इतिहास

प्रागैतिहासिक काल

- भारत में सर्वप्रथम पाषाणकालीन सभ्यता की खोज **1863 में** प्रारंभ की गई।
- सर्वप्रथम पाषाणकालीन उपकरण को खोजने का श्रेय राबर्ट ब्रूस फुट को दिया जाता है।
- सर्वप्रथम पूर्व पाषाणकालीन उपकरण भारत में **मद्रास स्थित पल्लवरम्** स्थान से खोजा गया।
- **उच्च-पुरापाषाण** संस्कृति को फलकों की प्रधानता के कारण फलक संस्कृति के नाम से भी जाना जाता है।
- आखेट एवं पशुपालन का कार्य सर्वप्रथम **मध्य-पाषाण** काल में शुरू हुआ।
- मध्य-पाषाण काल में **कृषि करने का** प्रचलन नहीं था।
- आदि मानव ने सर्वप्रथम सीखा था - **आग जलाना।**
- आग का आविष्कार हुआ - **पुरापाषाण काल में** ।
- सबसे पहले पालतू बनाया गया था - **कुत्ते को।**

पुरापाषाणकालीन संस्कृति	
पुरापाषाण काल	विशेषता
निम्न पुरापाषाण	चॉपर-चॉपिंग पेबुल तथा हैण्डएक्स संस्कृति
मध्य पुरापाषाण	स्क्रेपर
उच्च पुरापाषाण	ब्लेड और ब्यूरिन संस्कृति
मध्य-पाषाण	माइक्रोलिथ सभ्यता
नव-पाषाण	चमकदार पॉलिश की सभ्यता पिक्लीहल, पैयमपल्ली आदि

- सर्वप्रथम **तांबा** धातु का प्रयोग हुआ।
- नव-पाषाण युग का प्रमुख औजार **पत्थर की कुल्हाड़ी** था।

सिंधु घाटी सभ्यता

- सिंधु घाटी सभ्यता प्रसिद्ध थी - **सुनियोजित नगर योजना हेतु**
- सिंधु घाटी सभ्यता के लोगों का प्रमुख व्यवसाय था - **कृषि**
- सिंधु घाटी के निवासियों की मुख्य फसल थी - **जौ, गेहूँ**
- सिंधु घाटी सभ्यता का सर्वाधिक पूर्वी एवं पश्चिमी पुरास्थल है - **क्रमश: आलमगीरपुर (मरेठ, उत्तर प्रदेश) तथा सुत्कागेंडोर (ब्लूचिस्तान)**
- हड़प्पा सभ्यता के बारे में सबसे पहले जानकारी दी - **चार्ल्स मैसन ने (1826 ई० में)**
- मोहनजोदड़ो एवं हड़प्पा की पुरातात्विक खुदाई के प्रभारी - **सर जॉन मार्शल**
- हड़प्पा की सभ्यता थी - **कांस्ययुगीन**
- सिंधु घाटी सभ्यता की लिपि - **चित्रात्मक**
- मिस्र के राजा कहलाते थे - **फराओ**
- खरोष्ठी लिपि लिखी जाती थी - **दाएं से बाएं**

नदियों के प्राचीन एवं नवीन नाम	
प्राचीन नाम	**आधुनिक नाम**
वितस्ता	झेलम
असिक्नी	चिनाब
विपासा	व्यास
परूष्णी	रावी
शतुद्रि	सतलुज
कुभा	काबुल
क्रुमु	कुर्रम
गोमती	गोमल
दृषद्वती	घग्घर

हड़प्पा सभ्यता की अवधि	
विद्वान	काल
सर जॉन मार्शल	3250-2750 ई. पू.
फेयर सर्विस	2000-1500 ई. पू.
आर.एस. शर्मा	2500-1800 ई. पू.
अर्नेस्ट मैके	2800-2500 ई. पू.
मार्टीमर व्हीलर	2500-1500 ई. पू.
माधोस्वरूप वत्स	3500-2700 ई. पू.
डेल्स	2900-1900 ई. पू.
सी.जे. गैड	2350-1700 ई. पू.
एन.सी.ई.आर.टी.	2500-1800 ई. पू.

- स्वास्तिक चिह्न देन है - **सिंधु घाटी सभ्यता की**
- सिंधु घाटी सभ्यता थी - **आद्य ऐतिहासिक**
- हड़प्पा स्थित है - **रावी नदी के तट पर**
- सिंधु घाटी सभ्यता का प्रमुख बंदरगाह - **लोथल**
- हड़प्पा के लोग अनभिज्ञ थे - **लोहे से**
- सिंधु घाटी सभ्यता का सर्वमान्य काल था - **2500 से 1750 ई० पू०**
- मोहनजोदड़ो है - **पाकिस्तान में**
- मोहनजोदड़ो की खोज की - **राखलदास बनर्जी ने**
- अमरी संस्कृति **बलूचिस्तान** में पनपी
- नर्तकी की कास्य मूर्ति मिली - **मोहनजोदड़ो से**
- सिंधु घाटी सभ्यता की सबसे बड़ी इमारत है - **मोहनजोदड़ो का अन्नागार**
- हड़प्पा संस्कृति की बहुसंख्यक मुहरें निर्मित हैं- **सेलखड़ी से**
- पकी मिट्टी का बना हल का एक प्रतिरूप **बनावली** से प्राप्त हुआ
- मोहनजोदड़ो में मिला प्रमुख स्मारक - **वृहत् स्नानागार**
- हड़प्पीय सीलों का सर्वाधिक प्रचलित प्रकार **बेलनाकार** है
- मेसोपोटामिया (आधुनिक नाम-इराक) से आशय है - **दो नदियों की बीच की भूमि**
- हड़प्पा की खुदाई हुई - **दयाराम साहनी के नेतृत्व में (1921 में)**
- सिंधु घाटी के लोगों ने पूजा की - **मातृदेवी की**
- हड़प्पा सभ्यता में प्राप्त मुहरे निर्मित थीं- **स्टेटाइट**
- हड़प्पा में प्रमुख अन्त्येष्टि प्रथा थी- **मृत्तिका पात्र के साथ शरीर का विस्तारित शवाधान**

सिंधु घाटी सभ्यता : तथ्य एक दृष्टि में

प्रमुख स्थल	संबंधित नदी	उत्खनन वर्ष	उत्खननकर्ता	स्थान
हड़प्पा	रावी	1921	दयाराम साहनी	मोंटगोमरी जिला (प. पंजाब, पाकिस्तान)
मोहनजोदड़ो	सिन्धु	1922	राखलदास बनर्जी	लरकाना जिला (सिंध प्रांत, पाकिस्तान)
सुत्कागेन्डोर	दाश्क	1927	ऑरेल स्टाइन	बलूचिस्तान (पाकिस्तान)
चन्हूदड़ो	सिंधु	1931	गोपाल मजूमदार	सिंध प्रांत (पाकिस्तान)
कालीबंगा	घग्घर	1954	बृजवासी लाल व बी. के. थापर	गंगानगर जिला (राजस्थान)
कोटदीजी	सिंधु	1953	फजल अहमद	खैरपुर (सिंध प्रांत)
रंगपुर	भादर	1953-54	रंगनाथ राव	काठियावाड़ जिला (गुजरात)
रोपड़	सतलज	1953-56	यज्ञदत्त शर्मा	रोपड़ (पंजाब)
लोथल	भोगवा	1957-58	रंगनाथ राव	अहमदाबाद (गुजरात)
आलमगीरपुर	हिन्डन	1958	यज्ञदत्त शर्मा	मेरठ (उ. प्र.)
बनावली	रंगोई	1974	रवीन्द्र सिंह विष्ट	हिसार (हरियाणा)

वैदिक काल

- पुराणों की संख्या (रचना-गुप्तकाल) है - 18
- प्रसिद्ध गायत्री मंत्र **सविता (सूर्य देवता)** को समर्पित है
- स्मृतियों में सबसे प्राचीन स्मृति **मनुस्मृति** माना जाता है
- ऋग्वेद के एक चौथाई मंत्र **इन्द** देवता को समर्पित हैं
- सबसे प्राचीन पुराण - **मत्स्य पुराण**
- पुराणों के रचयिता - **लोमहर्ष एवं उग्रश्रवा**
- वेदों व वेदांगों की संख्या - **क्रमशः 4 एवं 6**
- उपनिषदों की सख्या - 108 (**प्रमाणिक**-13)
- पुराणों का अध्ययन करने वाला पहला मुसलमान था - **अलबरूनी**
- उपनिषद् की विषय वस्तु है - **दर्शन**
- ब्राह्मण ग्रंथ संबंधित है - **कर्मकांड से**
- सबसे प्राचीनतम् वेद है - **ऋग्वेद (सूक्त-1028)**
- गद्य एवं पद्य वाला वेद है - **यजुर्वेद**
- शतपथ ब्राह्मण संबंधित है - **यजुर्वेद से**
- तंत्र-मंत्र संगृहीत वेद है - **अथर्ववेद**
- भारतीय संगीत का जनक है - **सामवेद**
- 'गायत्री मंत्र' लिया गया है - **ऋग्वेद से**
- 'गायत्री मंत्र' के रचनाकार - **विश्वामित्र**
- 'गोत्र' शब्द मिलता है - **अथर्ववेद में**
- भागवत धर्म के प्रवर्तक थे - **कृष्ण**
- भक्ति आंदोलन का प्रारंभ किया - **आलवर संतों ने**

प्रमुख धर्म, पूजा स्थल एवं पुस्तक

धर्म	पूजा स्थल	धार्मिक पुस्तक
यहूदी	सिनेगॉग	तोरह (ओल्ड टेस्टामेंट)
पारसी	अग्नि मंदिर	जेंद अवेस्ता
सिक्ख	गुरुद्वारा	गुरुग्रंथ साहिब
इस्लाम	मस्जिद	कुरान
ईसाई	चर्च	बाइबिल
हिन्दू	मंदिर	रामायण व गीता

वेद : उनके ब्राह्मण और उपवेद

वेद	वेदों के ब्राह्मण	उपदेव
ऋग्वेद	ऐतरेय एवं कौषितकी	आयुर्वेद
यजुर्वेद	शतपथ	धनुर्वेद
सामवेद	पंचविश	गंधर्ववेद
अथर्ववेद	गोपथ	शिल्पवेद

- आर्यों की जानकारी का स्रोत है - **ऋग्वेद**
- ऋग्वेद में सर्वाधिक बार वर्णित नदी - **सिंधु**
- ऋग्वेद में वर्णित सबसे पवित्र नदी का नाम - **सरस्वती**
- ऋग्वेद में वर्णित प्रमुख देवता हैं - **इन्द्र (पुरंदर)**
- ऋग्वेद का सबसे बाद में निर्मित मंडल - **10वां**
- ऋग्वेद में पूर्णतः सोम को समर्पित मंडल - **नौवां**
- 'सत्यमेव जयते' लिया गया है - **मुण्डकोपनिषद् से**
- प्राचीन हिन्दू विधिक का लेखक है - **मनु**
- स्मृति ग्रंथों में सबसे प्राचीन है - **मनुस्मृति**
- पुस्तक 'मिताक्षरा' के लेखक हैं - **विज्ञानेश्वर**
- स्मृति ग्रंथों में सबसे प्राचीन है - **जय संहिता**
- महाभारत (रचना-वेदव्यास) के फारसी अनुवाद का शीर्षक है - **रज्मनामा**
- आर्यों का भारत आगमन - **1500 ई० पू० से पहले**
- आर्य पहले बसे - **पंजाब व अफगानिस्तान में**
- ऋग्वैदिक आर्यों की भाषा - **संस्कृत**

भारतीय दर्शन की प्रमुख शाखाएं

दर्शन	संस्थापक
न्याय दर्शन	महर्षि गौतम
सांख्य दर्शन	महर्षि कपिल
मीमांसा दर्शन	महर्षि जैमिनी
योग दर्शन	महर्षि पतंजलि
वेदांत दर्शन	महर्षि बादरायण
लिंगायत दर्शन	महर्षि वासवराज
वैशेषिक दर्शन	महर्षि कणाद

- आर्य लोग भारत आए - **मध्य एशिया से**
- शून्यवाद के प्रतिपादक - **नागार्जुन**
- प्राचीन भारत में महिला अध्यापिका को **आचार्या** कहा जाता था
- यजुर्वेद के मंत्र संबंधित हैं– **वैदिक अनुष्ठान से**
- वेदों में **यजुर्वेद** की रचना गद्य एवं पद्य दोनों में की गयी है।
- वेदांगों में **कल्प, शिक्षा, निरुक्त, व्याकरण, छन्द, ज्योतिष का** समावेश है
- वैदिक सभा और समिति को **प्रजापति** देवता की दो पुत्रियाँ कहा गया है

धार्मिक आंदोलन

- बुद्ध का जन्म - **लुम्बनी में (563 ई० पू०)**
- बुद्ध की मृत्यु हुई - **कुशीनगर में (483 ई० पू०)**
- बुद्ध की मृत्यु की घटना कहलाई - **महापरिनिर्वाण**
- बुद्ध के पहले गुरु - **आलार कालाम**
- बुद्ध द्वारा गृहत्याग की घटना कहलाई - **महाभिनिष्क्रमण**
- बुद्ध का प्रथम प्रवचन कहलाता है - **धम्मचक्रप्रवर्तन**
- बुद्ध ने सर्वप्रथम उपदेश दिया था - **सारनाथ में**
- बुद्ध ने उपदेश दिये - **पाली भाषा में**
- बुद्ध ने सर्वाधिक उपदेश दिए - **श्रावस्ती में**
- बौद्ध धर्म के त्रिरत्न हैं - **बुद्ध, धम्म और संघ**
- बौद्ध धर्म ग्रहण करने वाली पहली महिला - **बुद्ध की मौसी (गौतमी)**
- बुद्ध के पूर्वजन्म पर आधारित कथाएं है - **जातक में**
- अजंता की गुफाओं में किस ग्रंथ का चित्रण है - **जातक (बौद्धों का पवित्र ग्रंथ)**
- बौद्ध धर्म का प्रमुख ग्रंथ - **पिटक (सुत्त विनय एवं अभिधम्म पिटक)**
- बौद्ध धर्म का पूजा स्थल - **चैत्य मंडप**
- 'बुद्धचरित' के लेखक - **अश्वघोष**
- आजीवक पंथ का प्रवर्तक - **मक्खली गोशाल**
- जैन धर्म के प्रथम तीर्थंकर - **ऋषभदेव**
- कोणार्क के सूर्य मंदिर को बनवाया था - **नरसिंह देव ने (13वीं सदी में)**
- ब्लैक पैगोडा है - **कोणार्क के सूर्य मंदिर का नाम**
- जैन धर्म के अंतिम (24वें) तीर्थंकर - **महावीर**
- महावीर **क्षत्रिय** राजघराने में पैदा हुए।
- जैन तीर्थकरों की जीवनी का संकलन है - **कल्पसूत्र में**
- महावीर का जन्म हुआ - **वैशाली में (540 ई. पू.)**
- महावीर की मृत्यु हुई - **पावापुरी में (468 ई० पू०)**
- महावीर का प्रथम अनुयायी था - **जामाली (दामाद)**

बौद्ध सभाएं

सभा	समय	स्थान	अध्यक्ष	शासनकाल
प्रथम बौद्ध संगीति	483 ई० पू०	राजगृह	महाकश्यप	अजातशत्रु
द्वितीय बौद्ध संगीति	383 ई० पू०	वैशाली	सबाकामी	कालाशोक
तृतीय बौद्ध संगीति	251 ई० पू०	पाटलिपुत्र	मोग्गलिपुत्त तिस्स	अशोक
चतुर्थ बौद्ध संगीति	ई० की प्रथम शताब्दी	कुण्डलवन	वसुमित्र/अश्वघोष	कनिष्क

जैन संगीतियां			
सभा	स्थान	अध्यक्ष	शासनकाल
प्रथम 322 ईपू.	पाटलिपुत्र	स्थूलभद्र	चन्द्रगुप्त प्रथम
द्वितीय 512 ई.	वल्लभी (गुजरात)	देवर्धि क्षमाश्रवण	–

- महावीर और बुद्ध दोनों ने उपदेश दिया – **मगध नरेश बिम्बिसार के शासनकाल में**
- जैन धर्म के त्रिरत्न हैं – **सम्यक दर्शन, सम्यक ज्ञान, सम्यक आचरण**
- जैन धर्म के दो सम्प्रदाय हैं – **श्वेताम्बर और दिगम्बर**
- जैन धर्म का चरम लक्ष्य है – **मोक्ष**
- जैन साहित्य को कहा जाता है – **आगम**
- ईसा मसीह का जन्म हुआ – **4 ई० पू० बेथलहेम में**
- ईसा मसीह को सूली पर चढ़ाया गया – **33 ई० में (शुक्रवार को, रोमन गवर्नर पोंटियस द्वारा)**
- क्षत्रियजन यौधेय किस देवता के उपासक थे– **वासुदेव**
- भागवत धर्म में 9 प्रकार की भक्ति का उल्लेख है

मौर्यकालीन भारत (322 से 185 ई.पू.)

- मगध की राजधानी – **गिरिव्रज (राजगृह)**
- चन्द्रगुप्त मौर्य के सैन्य अभियानों की सफलता की जानकारी **रुद्रदामन के जूनागढ़ अभिलेख से** मिलती है
- सोलह महाजनपदों की सूची उपलब्ध है – **अंगुत्तरनिकाय में**
- कौटिल्य के अर्थशास्त्र के अनुसार दीवानी कचहरी को कहा जाता था– **धर्मस्थीय**
- मौर्यवंश का संस्थापक – **चंद्रगुप्त मौर्य**
- मौर्यवंश की जानकारी मिलती है – **अर्थशास्त्र और विष्णु पुराण से**
- सुदर्शन झील का निर्माण कराया – **चंद्रगुप्त मौर्य ने**
- चंद्रगुप्त अनुयायी था – **जैनधर्म का**
- चंद्रगुप्त मौर्य के गुरु एवं महामंत्री थे – **चाणक्य**
- चाणक्य (विष्णुगुप्त या कौटिल्य) रचित 'अर्थशास्त्र' पुस्तक है – **प्रशासन के ऊपर**
- चंद्रगुप्त ने जैन धर्म की शिक्षा ली – **भद्रबाहु से**
- चंद्रगुप्त मौर्य के दरबार में आने वाला प्रसिद्ध यूनानी था – **मेगस्थनीज (पुस्तक-इंडिका)**
- चंद्रगुप्त मौर्य ने अपने अंतिम दिन (मृत्यु–298 ई० पू०) बिताये – **श्रवणबेलगोला (कर्नाटक) में**
- अपने जीवन के अंतिम दिनों में जैन धर्म को अपनाया था – **चंद्रगुप्त मौर्य ने**
- शिलालेख का प्रचलन प्रारंभ किया – **अशोक ने**
- अशोक ने 'धम्म' स्वीकार किया – **कलिंग युद्ध (261 ई० पू०) के बाद**
- अशोक ने बौद्ध धर्म के प्रचार के लिए श्रीलंका भेजा – **महेंद्र व संघमित्रा को**

संगम परिषदें
प्रथम संगम
• **अध्यक्ष**–अगस्त्य • **स्थल**–मदुरा • **महत्त्वपूर्ण ग्रंथ**–मुदुकुरूम, अकात्तियम आदि
द्वितीय संगम
• **अध्यक्ष**–अगस्त्य एवं तोलकाप्पियर • **स्थल**–कपाटपुरम • **महत्त्वपूर्ण ग्रंथ**–तोलक्कापियम, अगत्तियम, मापुरानम
तृतीय संगम
• **अध्यक्ष**–नक्कीरर • **स्थल**–उत्तरी मदुरा • **महत्त्वपूर्ण ग्रंथ**–परिपादल, पदित्रपुत्र नैडुण्थौके आदि

प्रमुख विदेशी यात्री		
मूल देश	**अवधि**	**शासक**
मेगस्थनीज (यूनानी)	305 ई.पू.	चन्द्रगुप्त मौर्य
डाइमेकस (सीरिया)	298 ई.पू.	बिन्दुसार
फाह्यान (चीन)	399 ई.	चन्द्रगुप्त द्वितीय
ह्वेनसांग (चीन)	630 ई.	हर्षवर्द्धन
इत्सिंग (चीन)	675 ई.	–
मार्कोपोलो (इटली)	1288 ई.	कायाल (पाण्ड्य)
इब्नबतूता (मोरक्को)	1333 ई.	मुहम्मद बिन तुगलक

- अशोक का राज्याभिषेक हुआ था – **269 ई० पू० में**
- अशोक का सबसे लंबा स्तंभ अभिलेख – **सातवाँ**
- अशोक का नाम 'अशोक' – **मॉस्की (आंध्र प्रदेश) एवं गुर्जरा (मध्य प्रदेश) अभिलेख में मिलता है।**

सोलह महाजनपद	
महाजनपद	**राजधानी**
अंग	चम्पा
काशी	वाराणसी
मगध	गिरिव्रज (राजगृह)
अवंती	उज्जयिनी/महिष्मती
वत्स	कोशाम्बी
गांधार	तक्षशिला
कंबोज	हाटक
कुरू	इन्द्रप्रस्थ
पांचाल	कांपिल्य
अश्मक	पोतन या पोटली
मल्ल	कुशीनारा
चेदि	शुक्तिमती
शूरसेन	मथुरा
मत्स्य	विराटनगर
वज्जि	विदेह या मिथिला
कौशल	श्रावस्ती/अयोध्या

प्राचीन कवि और उनके संरक्षक	
कालिदास	चन्द्रगुप्त द्वितीय
बाणभट्ट	हर्षवर्धन
सोमदेव	विग्रह राज चतुर्थ
चन्दबरदाई	पृथ्वीराज चौहान
बदायूंनी	अकबर
फैजी	अकबर
अमीर खुसरो	अलाउद्दीन खिलजी
अबुल फजल	अकबर

- अशोक ने स्वयं को मगध का सम्राट बताया – **भाब्रू (बैराट) स्तंभ लेख (जयपुर, राजस्थान) में**
- कलिंग युद्ध की विजय व विनाश का वर्णन है – **अशोक के शिलालेख-13 में**
- सांची का स्तूप बनवाया – **अशोक ने**
- श्रीनगर की स्थापना की – **अशोक ने**
- अशोक के अभिलेखों की खोज 1750 ई० में की थी – **पाद् टीफैन्थलर ने**
- अशोक के अभिलेखों को सर्वप्रथम पढ़ा – **जेम्स प्रिंसेप ने (1837 ई० में)**
- अशोक की मृत्यु हुई – **232 ई० पू० में**
- हरिषेण का इलाहाबाद प्रशस्ति लेख जानकारी देता है – **समुद्रगुप्त की**
- मौर्य वंश का अंतिम शासक – **वृहद्रथ**
- शुंग वंश की नींव डाली – **पुष्यमित्र शुंग ने**
- भरहूत स्तूप का निर्माणकर्ता – **पुष्यमित्र शुंग**

अशोक कालीन प्रांत व उनकी राजधानियां	
उत्तरापथ	तक्षशिला
दक्षिणापथ	सुवर्णगिरी
अवन्ति	उज्जयिनी
मध्य क्षेत्र	पाटलिपुत्र
कलिंग	तोसली

- शुंग वंश का अंतिम शासक - **देवभूति**
- भारतीय सीमा में प्रवेश करने वाला प्रथम यवन शासक - **डेमेट्रियस प्रथम**
- डेमेट्रियस को पराजित किया था - **पुष्यमित्र शुंग ने**
- पुष्यमित्र शुंग ने अश्वमेघ यज्ञ कराया - **दो बार**
- शिशुनाग वंश का संस्थापक - **शिशुनाग**
- पाटलिपुत्र की स्थापना की - **उदायिन ने**
- पाटलिपुत्र बसा है - **गंगा-सोन के संगम पर**
- हर्यक वंश का संस्थापक - **बिम्बिसार**
- अमित्रघात के रूप में प्रसिद्ध - **बिन्दुसार**
- जनपद 'अवन्ति' की राजधानी थी - **उज्जैन**
- नंद वंश का अंतिम शासक था - **धनानंद**
- भारत पर आक्रमण (326 ई० पू०) करने वाला प्रथम विदेशी शासक - **सिकन्दर**
- सिकन्दर और पोरस (पंजाब) के मध्य का युद्ध कहलाता है - **हाइडेस्पीज (वितस्ता) का युद्ध**
- सिकन्दर की मृत्यु हुई - **323 ई० पू० (बेबीलोन)**
- सातवाहन वंश की स्थापना की - **सिमुक ने**
- दाशराज युद्ध (दस राजाओं का युद्ध) लड़ा गया - **परूष्णी नदी के तट पर**
- भारत में सबसे पहले सोने के सिक्के जारी किये - **हिन्द-यूनानियों ने**
- शुद्ध सोने के सिक्के चलाए -**कुषाणों ने**
- सर्वाधिक स्वर्ण मुद्राएं जारी हुईं - **गुप्त काल में**
- सीसे का सिक्का जारी किया था - **सातवाहनों ने**
- चांदी का सिक्का सर्वप्रथम चलाया - **चंद्रगुप्त द्वितीय (विक्रमादित्य) ने**
- कुषाण वंश का संस्थापक था - **कुजुल कडफिसेस**
- बुद्ध की खड़ी प्रतिमा बनी थी - **कुषाण काल में**
- कुषाण वंश का प्रसिद्ध शासक था - **कनिष्क**
- कनिष्क की प्रथम राजधानी थी - **पुरुषपुर**
- कनिष्क की दूसरी राजधानी थी - **मथुरा**
- शक संवत् की शुरूआत की था - **कनिष्क ने (78 ई० में)**
- मूर्तियों का निर्माण शुरू हुआ - **कुषाण काल में**

गुप्तकाल (320 ई. से 520 ई.)

- गुप्त वंश का संस्थापक - **श्री गुप्त**
- मंदिरों का निर्माण शुरू हुआ - **गुप्त काल में**
- मंदिर निर्माण कला में विमान शैली का प्रचलन हुआ - **चोलवंश के शासन में**
- दशमलव प्रणाली की शुरूआत हुई - **गुप्त काल में**
- राष्ट्रीय पंचांग आधारित है - **शक संवत् पर**
- चरक थे - **आयुर्वेद के जनक**
- 'सिल्क मार्ग' को आरंभ कराया था - **कनिष्क ने**

गुप्तकालीन स्मारक

मंदिर	स्थान
पार्वती मंदिर	नचना कुठार (मध्य प्रदेश)
शिव मंदिर	भूमरा (नागोद, मध्य प्रदेश)
दशावतार मंदिर	देवगढ़ (झांसी, मध्य प्रदेश)
वराह एवं विष्णु मंदिर	सरज (मध्य प्रदेश)
विष्णु मंदिर	तिगवां (जबलपुर, मध्य प्रदेश)
लक्ष्मण मंदिर	भितरगांव (कानपुर, उ. प्रदेश)

- कुषाण वंश का अंतिम शासक - **वासुदेव**
- गुप्त वंश की जानकारी प्राप्त होती है - **वायु पुराण से**
- समुद्रगुप्त को 'भारत का नेपोलियन' कहा - **वींसेट आर्थर स्मिथ ने**
- सिक्कों पर वीणा बजाते स्थित है - **समुद्रगुप्त**
- समुद्रगुप्त का दरबारी कवि - **हरिषेण**
- प्रसिद्ध चीनी बौद्ध यात्री फाह्यान आया - **चन्द्रगुप्त द्वितीय के काल में (5वीं शताब्दी)**
- चंद्रगुप्त-II (विक्रमादित्य) ने अपनी दूसरी राजधानी बनाया - **उज्जैन को**
- विक्रम संवत् प्रारंभ हुआ - **58 ई० पू०**
- गुप्तकालीन रजत एवं स्वर्ण मुद्राओं के नाम - **क्रमशः रूपक और दिनार**
- नालन्दा विश्वविद्यालय का संस्थापक था - **गुप्त शासक कुमारगुप्त**
- नालंदा विश्वविद्यालय को ध्वस्त किया था - **बख्तियार खिलजी ने (मोहम्मद गोरी का सेनापति)**
- विक्रमशिला विश्वविद्यालय की स्थापना की - **पाल वंश के शासक धर्मपाल (770-810 ई०) से**
- महरौली स्थित राजा चन्द्र के लौह स्तंभ को बनवाया था - **चंद्रगुप्त द्वितीय ने**
- गंगई कोंड कहा जाता है - **राजेन्द्र प्रथम को**
- गुप्तकाल की राजकीय भाषा - **संस्कृत**
- भारतीय इतिहास का स्वर्ण युग कहा गया - **गुप्तकाल को**
- गुप्त वंश का अंतिम शासक - **विष्णुगुप्त**
- वर्द्धन साम्राज्य का संस्थापक - **पुष्यभूति**
- पुष्यभूति वंश का संस्थापक - **नरवर्धन**
- हर्षवर्धन ने अपनी राजधानी थानेश्वर से स्थानांतरित कर स्थापित की - **कन्नौज में**
- भूमि देने की सामंती प्रथा शुरू की - **हर्षवर्धन ने**
- चीनी यात्री ह्वेनसांग जिसके शासनकाल में भारत आया था - **हर्षवर्धन**
- ह्वेनसांग द्वारा लिखित पुस्तक - **सी-यू-की**
- यात्रियों में राजकुमार कहा जाता है - **ह्वेनसांग को**
- 'नीति का पंडित' और 'शाक्य मुनि' कहा जाता है - **ह्वेनसांग को**
- हर्षवर्धन का दरबारी कवि - **बाणभट्ट**
- पुलकेशिन द्वितीय ने हर्षवर्धन को 634 ई० में पराजित किया - **नर्मदा नदी के किनारे**
- हर्षवर्धन जहां हर पांच वर्ष बाद धार्मिक सम्मेलन करता था - **प्रयाग**
- हर्षवर्धन के काल में भू-राजस्व दर थी -कुल उपज का छठा हिस्सा
- पल्लव वंश का संस्थापक था - **सिंहविष्णु**
- पल्लवों की राजधानी थी - **कांचीपुरम् (तमिलनाडु)**

ग्रंथ, रचनाकार एवं विषय

ग्रंथ	रचनाकार	विषय
• मुद्राराक्षस	विशाखदत्त	चन्द्रगुप्त मौर्य से संबंधित कथा।
• देवीचन्द्रगुप्तम्	विशाखदत्त	चन्द्रगुप्त व ध्रुवस्वामिनी के विवाह का वर्णन।
• मालविकाग्निमित्रम्	कालिदास	अग्निमित्र तथा मालविका की प्रेमकथा।
• अभिज्ञानशाकुन्तलम्	कालिदास	दुष्यन्त तथा शकुन्तला की प्रेमकथा।
• विक्रमोर्वशीयम्	कालिदास	पुरूरवा एवं उर्वशी की प्रेमकथा।
• स्वप्नवासवदत्तम्	भास	उदयन् तथा वासवदत्ता की प्रेम कथा।
• मृक्षकटिकम्	शूद्रक	ब्राह्मण, चारूदत्त तथा गणिका वसंतसेना की कहानी।

- नटराज की मूर्तियां हैं - **चोल काल की**
- राष्ट्रकूट वंश का संस्थापक - **दन्तिदुर्ग**
- राष्ट्रकूट वंश की राजधानी - **मान्यखेट**
- चालुक्यों की राजधानी - **वातापी**
- कल्याणी के चालुक्य वंश की स्थापना की - **तैलप द्वितीय ने**
- चोल वंश का अंतिम राजा - **राजेन्द्र-III**
- भारत में प्रथम बार सैनिक शासन व्यवहार में लाया गया - **ग्रीकों द्वारा**
- नौ-सैनिक शक्ति के लिए प्रसिद्ध थे - **चोल**
- 'स्थानीय स्वशासन' विशेषता थी - **चोल वंश की**
- होयसल वंश की राजधानी - **द्वारसमुद्र**
- हूणों का आक्रमण हुआ - **स्कन्दगुप्त के समय 455 ई. में**
- हूणों का पहला शासक था - **तोरमाण**
- मिहिरकुल पराजित हुआ - **यशोवर्मन द्वारा**
- वराहमिहिर थे - **खगोलविद्**
- संगम युग का महान शासक था - **करिकाल**
- संगम का तात्पर्य है - **कवियों की गोष्ठी**
- प्रथम एवं तृतीय संगम हुआ - **मदुरै में**
- द्वितीय संगम हुआ - **कपाटपुरम (अलेवै) में**
- प्रथम संगम के अध्यक्ष थे - **अगस्त्य**
- चोल शासकों में से **कुलोत्तुंग प्रथम** मूलत: वेंगी का चालुक्य राजकुमार था
- **तंजौर के वृहदेश्वर मंदिर** का संबंध चोलों से है
- 'कोप्पम की लड़ाई' किस के बीच हुई थी– **पश्चिमी चालुक्य और चोल**
- विक्रमशिला विश्वविद्यालय की स्थापना **धर्मपाल** ने की
- 'ब्रह्मदेय' शब्द प्रथम बार **गुप्तपूर्व अभिलेखों में** मिलता है
- विदेशी यात्रियों में से कौन अछूतों की सबसे लम्बी सूची प्रस्तुत करता है– **अलबरूनी**
- **ललितादित्य ने** कश्मीर में परिहासपुर नगर बसाया था।
- चन्देल राजवंश की नींव **नन्नुक ने** डाली थी।
- बल्लालसेन ने **दानसागर** ग्रंथ की रचना की थी।

मध्यकालीन इतिहास (1206 ई. से 1707 ई)

तुर्क आक्रमण

- महमूद गजनवी जो गजनी का शासक था, ने भारत पर कुल 17 बार आक्रमण किये
- महमूद गजनवी 'सुल्तान' की उपाधि धारण करने वाला प्रथम तुर्क सरदार था। उपर्युक्त कथन की पुष्टि होती है– **तारीख-ए-गुजीदा से**
- महमूद गजनवी के भारतीय आक्रमणों में सर्वाधिक महत्त्वपूर्ण आक्रमण **सोमनाथ पर** था
- भारत पर महमूद का अंतिम आक्रमण 1027 **में जाटों के विरुद्ध** था।
- मुहम्मद गोरी ने भारत पर **1175 से 1205 ई.** तक आक्रमण किया
- 1175 ई. में मुहम्मद गोरी ने **मुल्तान** राज्य पर प्रथम आक्रमण किया
- मुहम्मद गोरी भारत में पहली बार पराजित हुआ– **1178 ई.**
- महमूद की सेना में **सेवंदराम एवं तिलक** नामक हिन्दुओं को उच्च पद प्राप्त था।

सल्तनत काल

- दिल्ली सल्तनत राज्य था– **धर्म प्रधान**
- 'दीवान-ए-रियासत' विभाग की स्थापना **अलाउद्दीन खिलजी** द्वारा की गई।
- 'दीवान-ए-इस्तिहाक' विभाग की स्थापना फिरोज तुगलक द्वारा की गई।

यह विभाग सम्बद्ध था– **पेंशन विभाग से**

- सल्तनत काल में इक्ता से छोटी इकाई कही जाती थी– **शिक**
- सल्तनतकालीन इतिहासकार **इब्नबतूता** ने सौ ग्रामों के समूह को एक प्रशासनिक इकाई के रूप में वर्णित किया और इस इकाई को 'सदी' के नाम से उल्लिखित किया
- 'इक्ता व्यवस्था' की शुरुआत **इल्तुतमिश** ने की।
- सैनिक सुधारों की दृष्टि से **अलाउद्दीन खिलजी** का काल सर्वोकृष्ट माना जाता है
- सर्वप्रथम भारत में **मुहम्मद बिन कासिम** के द्वारा जजिया कर की वसूली की गई।
- जजिया कर को **मुण्डकर** भी कहा गया।
- **गयासुद्दीन तुगलक** ने सर्वप्रथम नहर-निर्माण की दिशा में प्रयास किया।
- **फिरोज तुगलक** ने सर्वप्रथम 'सर्बकर' नामक सिंचाई कर की वसूली की
- **लोदी वंश** के शासकों ने भूमि की नाप की इकाई के रूप में 'सिकंदरी गज' का प्रयोग किया।
- भारत में सर्वप्रथम 'चर्खे' के प्रयोग का प्रमाण **चौदहवीं सदी में** मिलता है।
- सल्तनतकालीन सिक्कों में सबसे महत्त्वपूर्ण सिक्का **जीतल** था।
- 'दिल्लीवाल' था– **एक सल्तनतकालीन सिक्का**
- मुहम्मद गोरी ने **तराइन के दूसरे युद्ध में** पृथ्वीराज को पराजित कर कैद कर लिया।
- सैय्यद वंश का सर्वाधिक योग्य शासक **मुबारक शाह** था।
- किस गुलामवंशीय शासक को 'लाखबख्श' की उपाधि दी गई– **कुतुबुद्दीन ऐबक**
- मुहम्मद तुगलक का वास्तविक नाम **जौना खां** था।
- दिल्ली के 'सिरी' किले का निर्माण **अलाउद्दीन खिलजी** ने कराया।

मध्यकाल में भारत पर आक्रमण करने वाले प्रमुख आक्रमणकारी

वर्ष	आक्रमणकारी	तत्कालीन भारतीय सुल्तान
1221 ई.	चंगेज खां (मंगोल)	इल्तुतमिश
1245 ई.	हसन कार्लून एवं कबीर खां	अलाउद्दीन मसूद शाह
1285 ई.	तमीर खां (मंगोल)	बलबन
1292 ई.	अब्दुल्ला खां (मंगोल)	जलालुद्दीन खिलजी
1297 ई.	कादिर खां (मंगोल)	अलाउद्दीन खिलजी
1298 ई.	साल्दी खां (मंगोल)	अलाउद्दीन खिलजी
1299 ई.	कुतुलुग ख्वाजा (मंगोल)	अलाउद्दीन खिलजी
1303 ई.	तार्गी खां (मंगोल)	अलाउद्दीन खिलजी
1305 ई.	अलीबेग एवं तरताक खां (मंगोल)	अलाउद्दीन खिलजी
1306 ई.	इकबाल मंद एवं कुबक (मंगोल)	अलाउद्दीन खिलजी
1327 ई.	तरमाशरीन (मंगोल)	मुहम्मद तुगलक
1398 ई.	अमीर तैमूर (समरकंद)	नासिरूद्दीन महमूद तुगलक
1510 ई.	अल्बुकर्क (पुर्तगाली सुबेदार)	यूसुफ आदिल शाह (बीजापुर)
1526 ई.	बाबर (मुगल)	इब्राहिम लोदी

सल्तनत कालीन इमारतें	
कुव्वत-उल-इस्लाम	कुतुबुद्दीन ऐबक
कुतुबमीनार	कुतुबुद्दीन ऐबक और इल्तुतमिश (दिल्ली)
अढ़ाई दिन का झोपड़ा	कुतुबुद्दीन ऐबक
लाल महल	बलबन, दिल्ली
अलाई दरवाजा	अलाउद्दीन खिलजी
जमातखाना मस्जिद	अलाउद्दीन खिलजी
सिकंदर लोदी का मकबरा	इब्राहिम लोदी, दिल्ली
सुल्तानगढ़ी	इल्तुतमिश
होज-ए-शम्सी	इल्तुतमिश
अतरिन का दरवाजा	इल्तुतमिश
होज-ए-खास	अलाउद्दीन खिलजी
तुगलकाबाद	गयासुद्दीन तुगलक
आदिलाबाद का किला	मुहम्मद बिन तुगलक
जहांपनाह नगर	मुहम्मद बिन तुगलक
कोटला फिरोजशाह	फिरोजशाह तुगलक
खान-ए-जहां	जूनाशाह
तेलंगानी का मकबरा	
काली मस्जिद (अष्टभुजीय)	फिरोजशाह तुगलक

- मुहम्मद तुगलक की दूसरी राजधानी थी– **दौलताबाद**
- सैय्यद वंश का संस्थापक खिज्र खां था।
- सैय्यद वंश का अन्तिम शासक अलाउद्दीन आलमशाह था।
- टोपी की सिलाई कर अपना जीवन निर्वाह करने वाला सुल्तान नासिरूद्दीन महमूद था।
- इस्लाम की राजधानी **बगदाद को** कहा गया है।
- द्वितीय सिकंदर की उपाधि धारण की– **अलाउद्दीन खिलजी ने**
- **मुबारक खिलजी** ने स्वयं को खलीफा घोषित किया।
- जयपाल **हिन्दुशाही वंश** का शासक था
- बलबन अपने को **अफरसियाब** का वंशज मानता था।
- दिल्ली सल्तनत में एक चांदी का टंका 48 **जीतल** के बराबर था।
- महमूद गजनवी के साथ युद्ध में अपमानजनक पराजय के पश्चात्

दिल्ली सल्तनत के प्रमुख वंश एवं शासक	
वंश/शासक	**शासनकाल**
गुलाम वंश	**1206-1290**
कुतुबुद्दीन ऐबक	1206-1210
आरामशाह	1210-1211
इल्तुतमिश	1211-1236
रूक्नुद्दीन फिरोज	1236
रजिया	1236-1240
मुइजुद्दीन बहरामशाह	1240-1242
अल्लाउद्दीन मसूदशाह	1242-1246
नासिरूद्दीन महमूद	1246-1265
गियासुद्दीन बलबन	1265-1287
मुईजुद्दीन कैकुबाद	1287-1290
कैमूर्श	1290
खिलजी वंश	**1290-1320**
जलालुद्दीन खिलजी	1290-1296
अलाउद्दीन खिलजी	1296-1316
मुबारक खिलजी	1316-1320
तुगलक वंश	**1320-1414**
गयासुद्दीन तुगलक	1320-1325
मुहम्मद बिन तुगलक	1325-1351
फिरोजशाह तुगलक	1351-1388
गयासुद्दीन तुगलक-II	1388-89
अबूबक्र शाह	1389
नासिरूद्दीन महमूद शाह	1390-1394
नासिरूद्दीन महमूद	1394-1412
सैयद वंश	**1414-1451**
खिज्र खां	1414-1421
मुबारक शाह	1421-1434
मुहम्मह शाह	1434-1445
आलमशाह	1445-1450
लोदी वंश	**1451-1526**
बहलोल लोदी	1451-1489
सिकन्दर लोदी	1489-1517
इब्राहिम लोदी	1517-1526

सिख धर्म गुरु और उनके कार्य		
समय (गुरु-काल)	सिख गुरु	कार्य
1469-1538 ई.	गुरु नानक देव	सिख धर्म की स्थापना, 'आदि ग्रंथ रचना'
1538-1552 ई.	गुरु अंगद	गुरुमुखी लिपि के जनक
1552-1574 ई.	गुरु अमरदास	धर्म प्रसार हेतु 22 गद्दियों की स्थापना
1574-1581 ई.	गुरु रामदास	अमृतसर की स्थापना (1577)
1581-1606 ई.	गुरु अर्जुन देव (1604)	'स्वर्ण मंदिर' की नींव रखी, 'गुरु ग्रंथ साहब' का संकलन
1606-1645 ई.	गुरु हरगोविंद सिंह	'अकाल तख्त' की स्थापना, सिखों को लड़ाकू समुदाय में बदला
1645-1664 ई.	गुरु हरराय	उत्तराधिकार (मुगलों के) युद्ध में भाग लिया
1661-1664 ई.	गुरु हरकिशन	अल्पवयस्क अवस्था में ही मृत्यु
1664-1675 ई.	गुरु तेग बहादुर	इस्लाम कुबूल न करने के कारण औरंगजेब ने फांसी दे दी
1675-1708 ई.	गुरु गोविंद सिंह	'खालसा' सेना की स्थापना की और सिखों के अंतिम गुरु रहे

आत्महत्या करने वाला पंजाब का हिन्दू राजा **जयपाल** था।

- लक्ष्मी की आकृतियुक्त सिक्के **मोहम्मद गोरी ने** चलाये थे।
- कबीर सिकंदर लोदी के समकालीन थे।
- हिजरी संवत का प्रारंभ 622 ई. में हुआ।
- सिख धर्म का प्रवर्तन 1500 ई. में हुआ।
- इस्लाम धर्म के प्रवर्तक हजरत मुहम्मद साहब का जन्म 570 ई. में मक्का में हुआ।

विजयनगर साम्राज्य

- विजयनगर के शासक कृष्णदेव राय की रचना 'आमुक्त-माल्यद' **तेलुगू** भाषा में लिखी गई
- तालीकोटा का युद्ध 1565 में हुआ।
- विठ्ठलस्वामी मंदिर का निर्माण **कृष्णदेव राय** ने करवाया।
- **कृष्णदेव राय** ने आंध्रभोज की उपाधि धारण की।
- विजयनगर साम्राज्य के संस्थापक **हरिहर-बुक्का** थे।

15वीं-16वीं सदी में धार्मिक आंदोलन

- भारत में सूफी आंदोलन की शुरुआत **बारहवीं** शताब्दी के आस-पास मानी जाती है।
- सूफी संतों में **मंसूर-बिन-हल्लाज** ने स्वयं को 'अनलहक' (मैं ईश्वर हूँ) घोषित किया।
- भारत भूमि पर स्थापित महत्त्वपूर्ण सिलसिले थे– **चिश्ती एवं सुहरावर्दी**।
- चिश्ती सिलसिले का मुख्य केन्द्र था– **अजमेर**
- सूफी संतों में **शेख नासिरुद्दीन को** 'चिराग-ए-दिल्ली' के नाम से जाना जाता था।

सूफी सम्प्रदाय एवं उनके संस्थापक		
सम्प्रदाय	संस्थापक	भारत में प्रचारक
चिश्ती	अबू अब्दाल चिश्ती	ख्वाजा मुइनुद्दीन चिश्ती
सुहारावर्दी	जियाउद्दीन अबुलजीव	वहाउद्दीन जकारिया
कादिरी	अब्दुल कादिर	शाह नियामतुल्ला
नक्शबन्दी	बहाउद्दीन	मखदूम जिलानी
शत्तारिया	अब्दुल शत्तार	ख्वाजा बाकीबिल्लाह

- सुल्तान बलबन सूफी संतों में **बाबा फरीद** का शिष्य था।
- सूफी संतों में **निजामुद्दीन औलिया** ने 'महबूब-ए-इलाही' की उपाधि धारण की।
- चिश्ती सिलसिले के संत शेख निजामुद्दीन औलिया ने सल्तनतकालीन सात सुल्तानों के शासन काल को देखा, परन्तु सुल्तान **गयासुद्दीन तुगलक** से औलिया ने कोई भी संबंध नहीं रखा। **गयासुद्दीन तुगलक** ने निजामुद्दीन को गयासपुर (दिल्ली) छोड़ने का आदेश दिया।
- निजामुद्दीन औलिया ने सूफी संत **शेख सिराजुद्दीन उस्मानी** को 'आइना-ए-हिन्द' (भारत दर्पण) कहा
- दक्षिण भारत में सूफी सिलसिले के चिश्ती सम्प्रदाय की शुरुआत **शेख बुरहानुद्दीन गरीब** के द्वारा की गई।
- सूफी संतों में **ख्वाजा फरीदुद्दीन गंज-ए-शकर** की रचनाओं को 'गुरुग्रंथ साहिब' में संकलित किया गया है।
- कादिरी सम्प्रदाय के संतों में **शेख मुल्लाशाह बदख्शी** मुगल शहजादा दारा शिकोह का गुरु था
- भारत में फिरदौसी सिलसिले की स्थापना **बदरुद्दीन** के द्वारा की गई
- 'ऋषि आंदोलन' का संस्थापक **शेख नूरूद्दीन को** माना जाता है

प्रसिद्ध शासकों के मकबरे	
शासक	**मकबरा**
बाबर	काबुल
हुमायूं	दिल्ली
शेरशाह	सासाराम
अकबर	सिकंदरा
जहांगीर	लाहौर
शाहजहां	आगरा
औरंगजेब	खुल्दाबाद
बहादुरशाह 'जफर'	रंगून (वर्तमान यंगून)

अकबर के प्रमुख युद्ध	
पानीपत का दूसरा युद्ध	1526 ई.
मालवा विजय	1561 ई.
चुनार पर अधिकार	1561 ई.
मेड़ता पर अधिकार	1562 ई.
रणथम्भौर की विजय	1569 ई.
गुजरात विजय	1571 ई.
बिहार तथा बंगाल विजय	1574-76 ई.
हल्दी घाटी का युद्ध	1576 ई.
काबुल विजय	1581 ई.
कश्मीर विजय	1586 ई.

- 'श्री सम्प्रदाय' का संस्थापक **रामानुज को** माना जाता है
- भक्ति आंदोलन को दक्षिण भारत से उत्तर भारत में लाने का श्रेय **रामानंद को** दिया जाता है

मुगल काल

- रूप चित्रकारी की शुरुआत **अकबर** के समय में हुई।
- नूरजहाँ के बचपन का नाम था– **मेहरुन्निशा**
- जहाँगीर के दरबार में **कैप्टन हॉकिन्स** को 400 का मनसब प्राप्त हुआ।
- दहशाला पद्धति लागू की– **टोडरमल ने**
- पानीपत का द्वितीय युद्ध किसके बीच हुआ- **अकबर – हेमू**
- अकबर ने **फतेहपुर सीकरी** की स्थापना करके उसे अपनी नई राजधानी बनाया।
- मज्मा-उल-बहरीन के कृतित्व का श्रेय **दारा शिकोह को** दिया जाता है

नादिरशाह का आक्रमण

- ईरान के सम्राट नादिरशाह ने 1739 ई. में दिल्ली पर आक्रमण किया था। (मुहम्मदशाह के समय में)
- नादिरशाह लगभग 70 करोड़ रुपये की धनराशि और शाहजहां का बनवाया हुआ तख्तेताऊस तथा कोहिनूर हीरा लूट कर ले गया।

अकबर के दरबार के नव-रत्न	
1. मुल्ला दो प्याजा	2. अब्दुर रहीम खानखाना
3. हकीम खां	4. अबुल फजल
5. तानसेन	6. राजा मानसिंह
7. टोडरमल	8. फैजी
9. बीरबल	

- अकबर का मकबरा स्थित है– **सिकंदरा**
- सर्वाधिक हिन्दू पदाधिकारी **औरंगजेब** के राजदरबार में थे।
- मुगलों और मराठों के बीच संघर्ष **औरंगजेब** के राज्यकाल में आरंभ हुआ।
- मुगल साम्राज्य के अवसान के समय **सूरजमल** ने जाटों को राजनैतिक शक्ति के रूप में संगठित किया।
- सुप्रसिद्ध कोहिनूर हीरा शाहजहाँ को भेंट किया– **मीर जुमला ने**
- शाहजहाँ द्वारा निर्मित मोती मस्जिद **आगरा में** है।
- हुमायूँ की कब्र **दिल्ली में** है।
- बादशाह अकबर ने भूमि की माप के लिए रस्सी द्वारा निर्मित सिकंदरी गज के स्थान पर बांस द्वारा निर्मित जरीब 'इलाही गज' का प्रयोग **1586-87 ई. में** शुरू करवाया।
- मुगलकाल में माप का सबसे बड़ा पैमाना था– **मन**
- अंतिम महान मुगल बादशाह औरंगजेब की मृत्यु के बाद उसके जीवित तीन पुत्रों में मुअज्जम, मुहम्मद आजम और मुहम्मद कामबख्श में उत्तराधिकार का युद्ध हुआ। इस युद्ध में अंतिम रूप से **मुअज्जम** विजयी रहा।

मुगलकालीन पुस्तकें

रचनाकार	कृति
बाबर	बाबरनामा
गुलबदन बेगम (हुमायूं की सौतेली बहन)	हुमायूंनामा
हैदर दौगलत	तारीख-ए-रसीदी
ख्वंदमीर	कानून-ए-हुमायूंनी
मुल्ला दाऊद	तारीख-ए-उल्फी
अबुल फजल	अकबरनामा (आइन-ए-अकबरी)
बदायूंनी	मुन्तखाब-उत-तवारिख
निजामुद्दीन अहमद	तबकात-ए-अकबरी
फैजी	अकबरनामा
कजनीवी	नफाइस-उल-मासिर
अब्बास खां सरवानी	तोहफा-ए-अकबरी
जहांगीर, मौतमिद खां	तुजुक-ए-जहांगीरी
अब्दुल हमीद लाहौरी	पादशाहनामा
मुहम्मद अमीर कजनीवी	बादशाहनामा
इनायत खां	शाहजहांनामा
काजिम शिराजी	आलमगीरनामा
दारा शिकोह	मज्मा-उल-बहरीन
मुसतइद खां	मासिर-ए-आलमगिरि

- बहादुर शाह प्रथम की उपाधि के साथ मुगल सिंहासन पर बैठने वाला राजकुमार था– **मुअज्जम**
- **बंदा बहादुर** के विरुद्ध बहादुर शाह ने कठोर सैनिक कदम उठाया।
- अम्बाला के उत्तर-पूर्व में हिमालय की तराई में स्थित 'लोहगढ़ किले' का निर्माण **गुरु गोविन्द सिंह** के द्वारा कराया गया था।
- मुहम्मद शाह को **रंगीला** नाम से पुकारा गया।
- सिख नेता **बंदाबहादुर** की हत्या फर्रुखसियर के समय में की गई।
- 13 फरवरी, 1739 को हुए **करनाल के** युद्ध में मुहम्मदशाह की सेनायें नादिरशाह द्वारा बुरी तरह पराजित की गईं।

मुगलकाल में आये विदेशी यात्री

मुगल बादशाह	यूरोपीय यात्री
अकबर	फादर एक्कावाविक (1578), फादर एंथोनी मोंसेरेट(1580-82), राल्फ फिंच(1588-91)
जहांगीर	विलियम हॉकिंस (1603-13), विलियम फिंच (1608), जौन जार्यिन (1608-17), निकोलस डाउंटन (1614), निकोलस विथिंगटन (1612-16), थॉमस कोरयट (1612-17), जेक्स-1 (1615), सर टॉमस रो (1615-19), एडवर्ड टेरी (1616-19), पिट्रा डेल्ला वल्ला, फ्रांसिस्को पेलसार्ट
शाहजहां	बैपटिस्ट टैवर्नियर, फ्रॉसिस वर्नियर, ज्यांद थेवेतो (1666)
औरंगजेब	फ्रांसिस बर्नियर

- अहमदशाह अब्दाली का भारत पर प्रथम आक्रमण 1748 **ई. में** हुआ।
- अपदस्थ मुगल सम्राट् शाहआलम द्वितीय **महादजी सिंधिया** के सहयोग से 1771-72 ई. में पुनः सत्तासीन हुआ।
- मुगल बादशाह शाहआलम द्वितीय ने **अंग्रेजी ईस्ट इंडिया कंपनी** के साथ 'इलाहाबाद की संधि' की।
- अंग्रेजों के संरक्षण में बनने वाला प्रथम मुगल बादशाह **अकबर द्वितीय** था।
- **नादिर शाह को** 'ईरान का नेपोलियन' कहा गया।
- अवध का अंतिम नवाब **वाजिद अली शाह** था।
- **मद्रास के** युद्ध में घायल हो जाने के कारण 7 दिसम्बर, 1782 को हैदर अली की मृत्यु हो गई।
- द्वितीय आंग्ल-मैसूर युद्ध (**17** मार्च, **1784**) में 'मंगलौर की संधि' के बाद समाप्त हुआ। यह संधि **निजाम, हैदर अली और अंग्रेजों** के बीच सम्पन्न हुई।
- **फ्रांसीसी क्रांति** से प्रभावित होकर टीपू सुल्तान ने श्रीरंगपट्टनम् में 'जैकोबिन क्लब' की स्थापना की और उसका सदस्य बना।

अकबर के कुछ महत्वपूर्ण कार्य	
कार्य	**वर्ष**
दासप्रथा का अंत	1562
अकबर को हरमदल से मुक्ति	1562
तीर्थयात्रा कर समाप्त	1563
जजिया कर समाप्त	1564
फतेहपुर सीकरी की स्थापना एवं राजधानी का आगरा से फतेहपुर सीकरी स्थानांतरण	1571
इबादतखाने की स्थापना	1575
लोगों के प्रवेश की अनुमति	1578
मजहरनामे की घोषणा	1579
दीन-ए-इलाही की स्थापना	1582
इलाही संवत् की शुरुआत	1583
राजधानी लाहौर स्थानांतरित	1585
विशेषः	
1. अकबर ने फारसी को राजभाषा अपनाया था।	
2. अकबर का प्रथम वजीर या वित्त मंत्री या दीवान मुजफ्फर खां था जबकि उसका प्रसिद्ध वित्तमंत्री टोडरमल था।	

- हैदर अली और टीपू दोनों ही धार्मिक सहिष्णुता की भावना के धनी थे। मंदिरों में **शृंगेरी मंदिर** को 1791 ई. में मराठा आक्रमण से क्षतिग्रस्त होने के कारण टीपू ने पुननिर्माण के लिए धन दिया।
- तृतीय आंग्ल-मैसूर युद्ध (1790–92) के लिए अंग्रेजों ने **टीपू के ऊपर फ्रांसीसियों से अंग्रेजों के विरुद्ध सांठ-गांठ के आरोप** को कारण बनाया।
- अंग्रेजों और टीपू के बीच मार्च, 1792 में हुई 'श्रीरंगपट्टनम् की संधि' के बाद तृतीय आंग्ल-मैसूर युद्ध समाप्त हुआ। संधि की शर्तों में शामिल था– **टीपू को अपने राज्य का आधा भाग अंग्रेजों और उनके सहयोगियों को देना पड़ा**
- द्वितीय आंग्ल-सिख युद्ध के दौरान लड़ा गया पहला युद्ध 'चिलियानवाला का युद्ध' के नाम से जाना गया। यह युद्ध अनिर्णीत समाप्त हुआ। इस युद्ध में अंग्रेजी सेना का नेतृत्व **लॉर्ड गफ** ने किया
- अंतिम रूप से पंजाब को ब्रिटिश साम्राज्य में **30 मार्च**, 1849 को मिलाया गया

मराठा साम्राज्य

- शिवाजी का राज्याभिषेक **1674 ई. में** हुआ।
- पेशवाओं की शृंखला में अन्तिम पेशवा **पेशवा बाजीराव द्वितीय** था
- जिस पेशवा के शासनकाल में पानीपत का तृतीय युद्ध हुआ उसका नाम **बालाजी बाजीराव** था।

यूरोपीय कम्पनियां	
कम्पनी	**स्थापना-वर्ष**
पुर्तगाली ईस्ट इंडिया कम्पनी	1498 ई.
अंग्रेजी ईस्ट इंडिया कम्पनी	1600 ई.
डच ईस्ट इंडिया कम्पनी	1602 ई.
डेनिश ईस्ट इंडिया कम्पनी	1616 ई.
फ्रांसीसी ईस्ट इंडिया कम्पनी	1664 ई.
स्वीडिश ईस्ट इंडिया कम्पनी	1731 ई.

1857 ई. की महान् क्रांति के प्रमुख केंद्र				
केंद्र	भारतीय नायक	विद्रोह की तिथि	विद्रोह दबाने वाला	तिथि
दिल्ली	बख्त खां (सैन्य नेतृत्व)	11, 12 मई, 1857	निकलसन एवं हडसन	21 सितम्बर, 1857 ई.
कानपुर	नाना साहब, तात्यां टोपे	5 जून, 1857	कैम्पबेल	6 सितम्बर, 1857 ई.
लखनऊ	बेगम हजरत महल	4 जून, 1857	कैम्पबेल	मार्च, 1858
झांसी	रानी लक्ष्मीबाई	जून, 1857	ह्यूरोज	3 अप्रैल, 1858 ई.
इलाहाबाद	लियाकत अली	1857	कर्नल नील	1858 ई.
जगदीशपुर	कुंवर सिंह	अगस्त, 1857	विलियम टेलर आयर	1858 ई.
बरेली	खान बहादुर खां	1857	–	1858 ई.
फैजाबाद	मौलवी अहमदुल्ला	1857	–	1858 ई.
फतेहपुर	अजीमुल्ला	1857	जनरल रेनर्ड	1858 ई.

आधुनिक भारत

यूरोपीय कंपनियों का आगमन

- भारत में फ्रांसीसियों की पहली बस्ती **सूरत में** स्थापित हुई।
- ईस्ट इंडिया कंपनी ने बंगाल में कारखाने की स्थापना **1651 ई. में** की।
- बंगाल में स्वतंत्र रूप से व्यापार करने हेतु 1717 में ब्रिटिश ईस्ट इंडिया कंपनी को फरमान देने वाला मुगल बादशाह था– **फर्रुखसियर**
- भारत में साम्राज्य स्थापित करने की फ्रांसीसी चेष्टा का **वांडिवाश** युद्ध में अंत हो गया।
- **मुर्शीद कुली खां** की सूबेदारी के समय बंगाल स्वतंत्र हुआ।
- बिहार का नवाब अलीवर्दी खां 1740 ई. में 'गिरिया के युद्ध' में **सरफराज खां को** पराजित कर बंगाल का नवाब बना।
- 9 अप्रैल, 1756 को अलीवर्दी खां की जलशोथ नामक बीमारी के कारण मृत्यु हो गई। इसके बाद बंगाल का नवाब **सिराज-उद-दौला** हुआ, जिसे अंग्रेजों से प्रत्यक्ष संघर्ष करना पड़ा।
- 1756 ई. में **कलकत्ता** को जीतने के बाद सिराज ने उसका नाम बदलकर 'अलीनगर' रख दिया।
- क्लाइव ने 1757 ई. में कलकत्ता पर अधिकार करने के बाद बंगाल के नवाब सिराज-उद्-दौला को **अलीनगर की संधि** पर हस्ताक्षर करने के लिए मजबूर किया।
- क्लाइव और सिराज की सेनाओं के बीच ऐतिहासिक 'प्लासी का युद्ध' 23 **जून,** 1757 को लड़ा गया।
- प्लासी के बाद बंगाल में अंग्रेजी सत्ता की स्थापना की दिशा में अंग्रेजों द्वारा जीता गया दूसरा महत्त्वपूर्ण युद्ध **वेदरा का युद्ध** था।
- बक्सर का ऐतिहासिक युद्ध **22 अक्टूबर, 1764** को लड़ा गया।
- बक्सर युद्ध में अंग्रेजी सेना ने **हेक्टर मुनरो (कैप्टन)** के नेतृत्व में मीर कासिम, अवध के नवाब शुजाउद्दौला तथा मुगल सम्राट शाहआलम II की संयुक्त सेना को पराजित किया।
- इलाहाबाद की दूसरी संधि (6 अगस्त, 1765) क्लाइव तथा अवध के नवाब **शुजा-उद्-दौला** के मध्य सम्पन्न हुई।
- 1938 में स्थापित भारत की प्रथम राजनीतिक संस्था 'लैण्ड होल्डर्स सोसायटी' की स्थापना का उद्देश्य **जमींदार वर्ग के हितों की रक्षा करना** था।
- अंग्रेजों के काल में **मशीन के पुर्जे** बनाने का उद्योग नहीं था।
- धन-निष्क्रमण सिद्धांत (ड्रेन थियरी) को प्रतिपादित करने वाले का नाम है – **दादा भाई नौरोजी**

1857 के पूर्व एवं पश्चात् विद्रोह

- **1857** के विद्रोह की असफलता का प्रमुख कारण था– **संगठित नेतृत्व का अभाव**

- **1857** के विद्रोह को झांसी में दबाने का श्रेय **ह्यूरोज** को दिया जाता है।
- 1857 के विद्रोहों के नायकों में से **नाना साहब** ने फ्रांस के सम्राट् को लिखा था कि "अंग्रेजी सरकार के अन्याय एवं शपथ-भंग के कार्य चारों ओर ऐसे दहक रहे हैं, जैसे सूर्य की किरणें"।
- **1857** के विद्रोह का तात्कालिक कारण था– **कारतूस में चर्बी मिलाये जाने की अफवाह**
- बिहार में **1857** के विद्रोह का मुख्य संगठनकर्ता **कुंवर सिंह** था।
- संथाल विद्रोह **(1853-57) छोटानागपुर में** हुआ।
- **मिर्जा मुगल, मिर्जा ख्वाजा सुल्तान और मिर्जा अबूबक्र** बहादुर शाह **II** के पुत्र और पौत्र थे जो **1857** के विद्रोह में प्रमुख भूमिका निभाकर बंदी हुए और गोली से मार दिए गए।
- मोपला विद्रोह 1921-22 में **मालाबार में** हुआ।

भारतीय राष्ट्रीय कांग्रेस	
स्थापना	28-31 दिसम्बर, 1885
संस्थापक	ए.ओ. ह्यूम
स्थापना स्थल	गोकुलदास तेजपाल महिला संस्कृत महाविद्यालय, बम्बई
प्रथम अध्यक्ष	व्योमेश चन्द्र बनर्जी
कुल प्रतिनिधि (प्रथम अधिवेशन)	72
ब्रिटेन के प्रधानमंत्री (प्रथम अधिवेशन)	ग्लैडस्टोन
प्रथम अधिवेशन में भाग नहीं लेने वाला व्यक्ति	सुरेन्द्र नाथ बनर्जी
कांग्रेस के प्रथम मुस्लिम अध्यक्ष	बदरुद्दीन तैय्यबजी
कांग्रेस के प्रथम यूरोपियन अध्यक्ष	जॉर्ज यूले
कांग्रेस की प्रथम महिला अध्यक्ष	ऐनी बेसेन्ट
कांग्रेस की प्रथम भारतीय महिला अध्यक्ष	सरोजनी नायडू
कांग्रेस को सम्बोधित करने वाली प्रथम महिला	कादम्बिनी गांगुली
भारतीय आजादी के समय कांग्रेस के अध्यक्ष	जे.बी. कृपलानी

अंग्रेजी शासन के दौरान हुए महत्त्वपूर्ण विद्रोह		
आंदोलन/विद्रोह	**संबंधित नेता/ नेतृत्व**	**विद्रोह का वर्ष**
संन्यासी विद्रोह	केना सरकार, दिरजीनारायण	1763-1800
चुआर विद्रोह	दुर्जन सिंह	1798
वेलुथम्पी विद्रोह	वेलुथम्पी	1808-09
भील विद्रोह	सेवाराम	1825-31
रामोसी विद्रोह	चित्तर सिंह	1822-29
पागलपंथी विद्रोह	टीपू	1825-27
अहोम विद्रोह	गोमधर कुंवर	1828
वहाबी आंदोलन	सैयद अहमद टीटू मीर	1831
कोल आंदोलन	नारायण राव	1831-32
खासी विद्रोह	तीरथ सिंह	1833
फैराजी आंदोलन	शरीयतुल्ला	1839
संथाल विद्रोह	सिद्धू कान्हू	1855-57
मुण्डा विद्रोह	बिरसा मुण्डा	1899-1900
नील आंदोलन	दिगम्बर	1859-60
पाबना विद्रोह	ईशानचंद्र राय एवं शम्भुपाल	1873-76
मोपला विद्रोह	अली मुदलियार	1920-22
कूका आंदोलन	भगत जवाहरलाल	–
रम्पा विद्रोह	सीताराम राजू	1879-1922
तानाभगत आंदोलन	जतरा भगत	1914
तेभागा आंदोलन	कम्पाराम सिंह एवं भवन सिंह	1946
तेलंगाना आंदोलन	–	1946

- 20वीं सदी के किसान आंदोलनों को राष्ट्रीय आंदोलन के साथ जोड़ने का श्रेय **महात्मा गांधी को** दिया जाता है।
- गांधीजी के नेतृत्व में होने वाला पहला किसान आंदोलन **बारदोली** था।
- **राजकुमार शुक्ल** ने चंपारण के किसानों का नेतृत्व करने के लिए गांधी जी को चंपारण आने का न्योता दिया।
- अवध में किसानों को संगठित करने में महत्त्वपूर्ण भूमिका का निर्वाह किया– **होमरूल लीग ने**
- 1919 ई. में 'नाई–धोबी बंद' (सामाजिक बहिष्कार की प्रथम घटना) आंदोलन **इलाहाबाद में** चलाया गया।
- बारदोली सत्याग्रह के समय वल्लभ भाई पटेल को **बारदोली की महिलाओं द्वारा** 'सरदार' की उपाधि प्रदान की गई।

- ब्रह्म समाज को आध्यात्मिक रूप में **देवेन्द्र नाथ टैगोर** ने विकसित किया।
- 'दुर्बलता किसी भी रूप में हो वह एक अभिशाप' है। यह कथन **स्वामी विवेकानंद** का है।
- 'प्रार्थना सभा' के संस्थापक थे– **एम. जी. रानाडे**
- 'मोहम्मडन ऐंग्लो ओरिएंटल कॉलेज' की स्थापना **सर सैय्यद अहमद खां** ने की।
- नवीन हिन्दूवाद के प्रणेता थे– **विवेकानन्द**

कांग्रेस अधिवेशन

सन्	स्थान	अध्यक्ष
1885	बम्बई	ब्योमेश चन्द्र बनर्जी (प्रथम अध्यक्ष)
1886	कलकत्ता	दादा भाई नौरोजी
1887	मद्रास	बदरूद्दीन तैयबजी (प्रथम मुस्लिम अध्यक्ष)
1888	इलाहाबाद	जॉर्ज यूले
1889	बम्बई	विलियम वेडरबर्न
1890	कलकत्ता	फिरोजशाह मेहता
1891	नागपुर	वी. आनन्द चार्लू
1892	इलाहाबाद	ब्योमेश चन्द्र बनर्जी
1893	लाहौर	दादाभाई नौरोजी
1894	मद्रास	अल्फ्रेड वेव (कांग्रेस संविधान का निर्माण)
1895	पूना	सुरेन्द्रनाथ बनर्जी
1896	कलकत्ता	रहीमतुल्ला सयानी (प्रथम बार वंदेमातरम् गाया)
1897	अमरावती	शंकरन नायर
1898	मद्रास	आनन्द मोहन बसु
1899	लखनऊ	रमेशचन्द दत्त
1900	लाहौर	नारायण गणेश चंदावरकर
1901	कलकता	दिनशा ईतुलची वाचा
1902	अमहदाबाद	सुरेन्द्रनाथ बनर्जी
1903	मद्रास	लाल मोहन घोष
1904	बम्बई	सर हेनरी कॉटन
1905	बनारस	गोपाल कृष्ण गोखले
1906	कलकत्ता	दादाभाई नौरोजी(स्वराज्य शब्द का प्रथम बार प्रयोग)
1907	सूरत (स्थागित)	रासबिहारी बोस
1908	मद्रास	रासबिहारी बोस
1909	लाहौर	मदनमोहन मालवीय
1910	इलाहाबाद	विलियम वेडरबर्न
1911	कलकत्ता	विशन नारायण दत्त (जन-गण-मन प्रथम बार गाया)
1912	बांकीपुर	रा.बा. रंगनाथ नृसिंह
1913	कराची	नवाब सैयद मुहम्मद बहादुर
1914	मद्रास	भूपेन्द्र नाथ बसु
1915	बम्बई	सत्येन्द्र प्रसाद सिन्हा
1916	लखनऊ	अम्बिका चरण मजूमदार (मुस्लिम लीग से समझौता)
1917	कलकत्ता	ऐनी बेसेंट (प्रथम महिला अध्यक्ष)
1918	दिल्ली	मदन मोहन मालवीय
1919	अमृतसर	मोती लाल नेहरू
1920	नागपुर	चक्रवर्ती विजय राघवाचार्य
1921	कलकत्ता	हकीम अजमल खान (विशेष अधिवेशन)
1922	गया	चित्तरंजन दास
1923	दिल्ली	अबुल कलाम आजाद (सबसे युवा अध्यक्ष)
1924	बेलगाम	महात्मा गांधी (गांधी जी प्रथम बार अध्यक्ष)
1925	कानपुर	सरोजनी नायडू (प्रथम भारतीय महिला अध्यक्ष)
1928	कलकत्ता	मोतीलाल नेहरू
1929	लाहौर	जवाहरलाल (पूर्ण स्वराज्य की मांग)
1931	कराची	सरदार पटेल
1932	दिल्ली	रणछोड़मल अमृतलाल
1933	कलकत्ता	नलिनी सेनगुप्ता
1934	बम्बई	राजेन्द्र प्रसाद
1936	कलकत्ता	जवाहरलाल नेहरू
1937	फैजपुर	जवाहरलाल नेहरू (गांव में आयोजित प्रथम अधिवेशन)
1938	हरिपुरा	सुभाषचन्द्र बोस
1939	त्रिपुरा	सुभाषचन्द्र बोस
1946	मेरठ	जे.बी. कृपलानी (आजादी के समय अध्यक्ष)
1947	दिल्ली	राजेन्द्र प्रसाद
1948	जयपुर	पट्टाभि सीतारमैया

- राम कृष्ण मिशन की स्थापना की– **विवेकानंद**
- स्वामी दयानंद सरस्वती ने आर्य समाज की स्थापना **बंबई में** की थी।
- 'वेदों की ओर चलो' **दयानंद सरस्वती** ने कहा था।
- लाहौर में 'दयानंद एंग्लो वैदिक कॉलेज' की स्थापना **लाला हंसराज** ने की थी।
- 'संगत सभा' की स्थापना **केशव चंद्र सेन** ने की थी।

- 1906 ई. में बंबई में प्रथम भारतीय महिला विश्वविद्यालय की स्थापना के पीछे **एच.एच. बंगाली** थे।
- हिन्दू धर्म को नवीन, आधुनिक और सरल बनाने का श्रेय **आर्य समाज** को है।
- 'सत्य शोधक समाज' की स्थापना **ज्योतिबा फूले** ने की।
- भारत में 'शिक्षा परिषद्' की स्थापना 1842 में हुई।
- भारत में विश्वविद्यालयों की स्थापना **चार्ल्स वुड डिस्पैच** की सिफारिशों पर हुई।
- पत्रकार के कर्त्तव्य का निर्वहन करते हुए जेल जाने वाला प्रथम भारतीय था– **सुरेन्द्र नाथ बनर्जी**
- भारत से प्रकाशित होने वाला प्रथम समाचार-पत्र था– **बंगाल गजट**
- किसी भारतीय द्वारा सम्पादित, प्रकाशित तथा संचालित प्रथम भारतीय समाचार पत्र था– **संवाद कौमुदी**

स्वतंत्रता आंदोलन

- राष्ट्रीय आंदोलन का प्रथम चरण **1885 से 1905** तक माना जाता है।
- भारतीय राष्ट्रीय कांग्रेस की स्थापना से पूर्व अनेक राजनीतिक संस्थाओं का जन्म हुआ। इन संस्थाओं में **बंगाल ब्रिटिश इंडियन एसोसिएशन को** भारत की प्रथम राजनीतिक संस्था माना जाता है।

ऑल इंडिया मुस्लिम लीग
स्थापना–30 दिसम्बर 1906; ढाका सम्मेलन के दौरान प्रस्ताव पास।
विघटन–14 अगस्त 1947; इसकी जगह ली मुस्लिम लीग ने।
मुख्यालय–लखनऊ
मुख्य ध्येय–हिंदू और मुस्लिम दो-राष्ट्र की संकल्पना। मुस्लिमों के लिए अलग देश की स्थापना का लक्ष्य।
प्रारंभिक नेतृत्व–सर सैयद अहमद खां, मोहम्मद अली जिन्ना, लियाकत अली खान

प्रमुख क्रांतिकारी घटनाएं

वर्ष	घटना	स्थान	क्रांतिकारी
1897	कमिश्नर रैंड व एमहर्स्ट हत्याकांड	पुणे	चापेकर बंधु
1908	किंग्सफोर्ड की हत्या का प्रयास (अलीपुर षड्यंत्र कांड)	मुजफ्फरपुर	खुदीराम बोस व प्रफुल्ल चाकी
1909	जैक्सन हत्याकांड	नासिक	अनन्त कन्हेरे
1909	कर्नल वाइली हत्याकांड	लन्दन	मदनलाल धींगरा
1912	वायसराय हार्डिंग की हत्या का प्रयास (दिल्ली बमकांड)	दिल्ली	रासबिहारी बोस व बसंत कुमार
1927	काकोरी कांड	काकोरी	चंद्रशेखर आजाद रामप्रसाद बिस्मिल व अशफाक उल्ला खां
1928	साण्डर्स हत्याकांड	लाहौर	सरदार भगत सिंह
1930	शस्त्रागार डकैती कांड	चटगांव	सूर्यसेन
1940	जनरल डायर हत्याकांड	लन्दन	ऊधम सिंह

- संस्थाओं में **इंडियन नेशनल यूनियन** को भारतीय राष्ट्रीय कांग्रेस का अग्रदूत माना जाता है।
- 28 दिसम्बर, 1885 को हुए 'इंडियन नेशनल यूनियन' के प्रथम सम्मेलन में **दादा भाई नौरोजी** के सुझाव पर 'भारतीय राष्ट्रीय संघ' का नाम बदलकर 'भारतीय राष्ट्रीय कांग्रेस' कर दिया गया।
- 1916 में 'यंग इंडिया' में प्रकाशित एक लेख में लाला लाजपत राय ने कांग्रेस को **लॉर्ड डफरिन** के 'दिमाग की उपज' बताया।
- उग्रवादी विचारधारा को अभिव्यक्त करने वाले सर्वाधिक प्रमुख नेता **बाल गंगाधर तिलक** थे।
- स्वराज, स्वदेशी तथा बहिष्कार का नारा देने वाला प्रथम राष्ट्रवादी नेता **बाल गंगाधर तिलक** था।

- असम का प्रथम विभाजन **1874** में हुआ।
- बंगाल विभाजन की प्रक्रिया सर्वप्रथम **दिसम्बर, 1903** में शुरू हुई।
- बंगाल विभाजन की घोषणा के बाद 16 **अक्टूबर**, 1905 का दिन समूचे बंगाल में 'शोक दिवस' के रूप में मनाया गया।
- **नवाब सलीमुल्लाह खां** के द्वारा 'अखिल भारतीय मुस्लिम लीग' नामक राजनीतिक संस्था की स्थापना की गई।
- **बी.जी. तिलक को** सरकार के विरुद्ध लेख लिखने के कारण 1908 में 6 वर्ष की सजा के साथ मांडले जेल भेज दिया गया।
- 30 अप्रैल, 1908 को बंगाल के **खुदीराम बोस एवं प्रफुल्ल चाकी** क्रांतिकारियों ने बंगाल प्रेसीडेंसी के मजिस्ट्रेट किंग्सफोर्ड की हत्या के उद्देश्य से उनकी गाड़ी पर बम फेंका।
- प्रथम विश्व युद्ध **4 अगस्त, 1914** को शुरू हुआ।
- **गोपाल कृष्ण गोखले को** गांधी जी ने अपना राजनीतिक गुरु बनाया।
- गांधी जी ने **जून, 1915** को साबरमती नदी के तट पर रचनात्मक कार्यों के लिए 'सत्याग्रह आश्रम' की स्थापना की।
- **रवीन्द्रनाथ टैगोर** ने गांधी जी को 'महात्मा' कहकर सम्बोधित किया।
- **13 अप्रैल, 1919** के दिन 'जलियांवाला बाग हत्याकांड' की घटना हुई।
- जलियांवाला बाग हत्याकांड के समय पंजाब का गवर्नर **माइकल ओ डायर** था।

चौरी-चौरा की घटना

यह घटना हुई–5 फरवरी 1922 को तत्कालीन संयुक्त प्रांत के गोरखपुर जनपद के अधीन चौरी चौरा में।

इस दिन–गांधी जी द्वारा चलाए गए असहयोग आंदोलन में भाग ले रही भीड़ हिंसक हो उठी।

हिंसा फैलने का कारण–आंदोलनकारियों की स्थानीय थाने के दरोगा द्वारा पिटाई।

परिणाम–पुलिस ने गोलियां चलायी भीड़ हिंसक हो उठी और उसने थाने पर पथराव किए और बाद में थाना फूंक दिया और दरोगा को भी मार दिया।

हताहत–सरकारी रिकॉर्ड के अनुसार तीन आंदोलनकारी और 23 पुलिस वाले मारे गए।

प्रतिक्रिया–हिंसा से आहत गांधी जी ने आंदोलन रोक दिया।

भारतीय इतिहास के प्रमुख युद्ध

युद्ध	तिथि/वर्ष	पक्ष
वितस्ता/झेलम का युद्ध	326 ई.पू.	सिकंदर व पोरस
तराइन का प्रथम युद्ध	1191	मुहम्मद गौरी व पृथ्वीराज चौहान
तराइन का द्वितीय युद्ध	1192	मुहम्मद गौरी व पृथ्वीराज चौहान
चन्दावर का युद्ध	1194	मुहम्मद गौरी व राजा जयचन्द
पानीपत का प्रथम युद्ध	1526	बाबर व इब्राहिम लोदी
खानवा का युद्ध	1527	बाबर व राणा सांगा
चन्देरी का युद्ध	1528	बाबर व मेदिनीराय
घाघरा का युद्ध	1529	बाबर व अफगान
चौसा का युद्ध	1539	हुमायूं व शेरशाह सूरी
बिलग्राम का युद्ध	1540	शेरशाह सूरी व हुमायूं
पानीपत का द्वितीय युद्ध	1556	अकबर व हेमू
तालीकोटा का युद्ध	1565	बहमनी व विजयनगर
हल्दी घाटी का युद्ध	1576	राणा प्रताप व अकबर
असीरगढ़ का युद्ध	1599-1600	अकबर व मीरन बहादुर
करनाल का युद्ध	1739	नादिरशाह व मुगल सम्राट
प्लासी का युद्ध	1757	क्लाइव व सिराजुद्दौला
वांडिवाश का युद्ध	1760	अंग्रेज व फ्रांसीसी
पानीपत का तृतीय युद्ध	1761	अहमदशाह अब्दाली व मराठे
बक्सर का युद्ध	1764	अंग्रेज तथा मीर कासिम की संयुक्त सेना
प्रथम मैसूर युद्ध	1767-69	हैदर अली व अंग्रेज
द्वितीय मैसूर युद्ध	1780-84	हैदर अली व अंग्रेज
तृतीय मैसूर युद्ध	1790	टीपू सुल्तान व अंग्रेज
चतुर्थ मैसूर युद्ध	1799	टीपू सुल्तान व अंग्रेज
चिलियान वाला युद्ध	1849	ईस्ट इंडिया कंपनी व सिख
भारत-चीन सीमा युद्ध	1962	भारत व चीन
भारत-पाक युद्ध	1965	भारत व पाकिस्तान
भारत-पाक युद्ध	1971	भारत व पाकिस्तान
कारगिल युद्ध	1999	भारत व पाकिस्तान

क्रांतिकारियों पर हुए मुकदमें		
नासिक षड्यंत्र	1909–10	विनायक सावरकर को निर्वासन, अन्य 26 को कारावास
अलीपुर या मानिकतल्ला षड्यंत्र केस	1908	अरविंद घोष सहित कई व्यक्तियों पर मुकदमा चलाया गया।
हावड़ा षड्यंत्र केस	1910	जतीन मुखर्जी मुख्य अभियुक्त थे
ढाका षड्यंत्र केस	1910	पुलिनदास को 7 वर्ष की सजा
दिल्ली षड्यंत्र केस	1912	मास्टर अमीन चन्द्र, अवध बिहारी एवं बाल मुकुंद को फांसी
बनारस षड्यंत्र केस	1915–16	सचिन्द्र नाथ सान्याल को आजीवन कालापानी की सजा
काकोरी षड्यंत्र केस	1925	चंद्रशेखर आजाद, राम प्रसाद बिस्मिल व अशफाक उल्ला खां को फांसी

- जलियांवाला बाग हत्याकांड के विरोध में **महात्मा गांधी** ने ब्रिटिश सरकार द्वारा दी गई 'नाइटहुड' की उपाधि वापस कर दी।
- 'अखिल भारतीय खिलाफत कमेटी' का गठन **सितम्बर, 1919** को हुआ।
- असहयोग आंदोलन गांधी जी के नेतृत्व में शुरू हुआ– **1 अगस्त, 1920**
- गांधीजी ने **1921** में शरीर पर पहने जाने वाले अधिकांश वस्त्र का त्यागकर केवल लंगोटी धारण की।
- असहयोग आंदोलन की समाप्ति की घोषणा पर **सुभाष चंद्र बोस** के द्वारा यह उद्‌गार व्यक्त किया गया कि – "ठीक उस समय जब जनता का उत्साह चरमोत्कर्ष पर था, वापस लौटने का आदेश दे देना राष्ट्रीय दुर्भाग्य से कम न था।"
- 1922–28 ई. के बीच बंगाल में सर्वाधिक सक्रिय क्रांतिकारी संगठन था–**इंडियन रिपब्लिकन आर्मी** (I.R.A.)
- ब्रिटिश सरकार द्वारा साइमन आयोग की घोषणा **दिसम्बर, 1927** को की गई।
- फरवरी, 1930 में **साबरमती आश्रम** पर हुई कांग्रेस कार्यकारिणी की बैठक में गांधीजी को 'सविनय अवज्ञा आंदोलन' शुरू करने का उत्तरदायित्व सौंपा गया।
- वायसराय इर्विन द्वारा गांधीजी द्वारा प्रस्तुत 11 सूत्री मांग-पत्र पर कोई विचार न करने की स्थिति में 'नमक सत्याग्रह' की शुरुआत हुई– **12 मार्च, 1930**
- खान अब्दुल गफ्फार खां ने 1929 में 'खुदाई खिदमतगार' अथवा 'लालकुर्ती' (ईश्वर के सेवक) नामक संस्था की स्थापना की।
- कांग्रेस मंत्रिमंडल के त्यागपत्र के बाद मुस्लिम लीग ने **22 दिसम्बर, 1939** को 'मुक्ति दिवस' मनाया।
- कांग्रेस के अध्यक्ष पद से त्याग पत्र देने के तत्काल बाद सुभाष ने– **'फॉरवर्ड ब्लॉक' की स्थापना की**
- 'व्यक्तिगत सत्याग्रह' की शुरुआत **17 अक्टूबर, 1940** को हुई।
- 'व्यक्तिगत सत्याग्रह' करने वाले प्रथम सत्याग्रही **विनोबा भावे** थे।
- 'भारत छोड़ो आंदोलन' के शुरू होने से पूर्व **वर्धा में** 1 अगस्त, 1942 को 'तिलक दिवस' मनाया गया।
- **8 अगस्त, 1942** में गांधीजी द्वारा दिये गये नारे 'करो या मरो' (Do or Die) के साथ 'भारत छोड़ो आंदोलन' शुरू हुआ।
- भारत छोड़ो आंदोलन के समय स्थापित समानांतर सरकारों में सर्वाधिक समय तक चलने वाली सरकार थी– **सतारा**
- 'आजाद हिन्द फौज' का गठन **1 सितम्बर, 1942** को हुआ।
- 'आजाद हिन्द फौज' का गठन **रास बिहारी बोस** के द्वारा किया गया।
- ब्रिटिश भारतीय सेना के **50,000** सिपाही और अधिकारी जिनको लेकर 'आजाद हिन्द फौज' का गठन किया गया, वे जापानी सेना द्वारा **सिंगापुर** में बंदी बनाये गये।
- सुभाष चंद्र बोस को सर्वप्रथम 'नेताजी' कहकर **जर्मनी में** संबोधित किया गया।
- रास बिहारी बोस द्वारा सुभाष चंद्र बोस को 4 **जुलाई**, 1943 में 'आजाद हिन्द फौज' की जिम्मेदारी सौंपी गई।
- सिंगापुर में स्थापित भारत की अस्थायी सरकार का प्रधानमंत्री तथा आई.एन.ए.

का सर्वोच्च कमांडर **सुभाष चंद्र बोस** को नियुक्त किया गया।

- भारतीय शाही नौसेना में विद्रोह **18 फरवरी, 1946** को हुआ।
- **सरदार वल्लभ भाई पटेल एवं मुहम्मद अली जिन्ना** के हस्तक्षेप के बाद शाही नौसेना का विद्रोह समाप्त हुआ।
- **ब्रिटिश सरकार द्वारा भारत को सत्ता हस्तांतरण** से माउंटबेटन योजना का संबंध था
- लॉर्ड माउंटबेटन का सर्वाधिक विवादास्पद कार्य था– **सत्ता हस्तांतरण की तारीख जून, 1948 से बदलकर 15 अगस्त, 1947 करना**
- एटली ने भारत के अंतिम एवं 20वें वायसराय के रूप में वेवेल की जगह लॉर्ड माउंटबेटन को नियुक्त किया। माउंटबेटन **22 मार्च, 1947** में भारत पहुँचा।
- विभाजन के बाद भारत की भौगोलिक सीमा के अंतर्गत **562** रियासतें थीं।
- 15 अगस्त, 1947 से पूर्व **500** रियासतों ने अपने को शांतिपूर्ण ढंग से भारत में विलय कर दिया।
- पहली बार भारतीय तिरंगा झण्डा **31 दिसम्बर, 1929** को फहराया गया।
- लॉर्ड माउंटबेटन ने भारत विभाजन संबंधी ऐतिहासिक घोषणा **3 जून, 1947** को की।
- भारत और पाकिस्तान दो नये राज्य के रूप में **14-15 अगस्त, 1947** में अवतरित हुए।
- मुस्लिम लीग ने कैबिनेट मिशन योजना को ठुकराकर **16 अगस्त, 1946** को पाकिस्तान के लिए प्रत्यक्ष कार्रवाई दिवस मनाने का निश्चय किया।

राष्ट्रीय स्वतंत्रता आंदोलन संबंधी प्रमुख वचन, नारे व गीत

प्रसिद्ध वचन	संबद्ध व्यक्ति
'स्वराज हमारा जन्म सिद्ध अधिकार है'	बाल गंगाधर तिलक
'सरफरोशी की तमन्ना अब हमारे दिल में है'	राम प्रसाद बिस्मिल
'भारत वर्ष को तलवार के बल पर जीता गया था और तलवार के बल पर ही उसे ब्रिटानी कब्जे में रखा जाएगा'	लॉर्ड एल्गिन
'सारे जहां से अच्छा हिन्दोस्तां हमारा'	अल्लामा इकबाल
'वन्दे मातरम्'	बंकिमचंद्र चटर्जी
'हे राम्'	महात्मा गांधी
'जन-गण-मन-अधिनायक जय हे'	रवीन्द्रनाथ टैगोर
'हू लिव्स इफ इंडिया डाइज'	जवाहर लाल नेहरू
'इन्कलाब जिन्दाबाद'	मो. इकबाल
'दिल्ली चलो'	सुभाष चन्द्र बोस
'हमने घुटने टेककर रोटी मांगी, किन्तु उत्तर में हमें पत्थर मिले'	महात्मा गांधी सविनय अवज्ञा आंदोलन के पूर्व
'यह एक ऐसा चेक था, जिसका बैंक पहले ही नष्ट हो जाने वाला था'	महात्मा गांधी क्रिप्स प्रस्ताव के संदर्भ में
'समूचा भारत एक विशाल बन्दीगृह है'	सी.आर. दास
'मेरे शरीर पर पड़ी एक-एक लाठी ब्रिटिश साम्राज्य के कफन में कील सिद्ध होगी'	लाला लाजपत राय
'पूर्ण स्वराज'	जवाहर लाल नेहरू
'हिन्दी, हिन्दू, हिन्दोस्तान'	भारतेन्दु हरिश्चन्द्र
'तुम मुझे खून दो मैं तुम्हें आजादी दूंगा'	सुभाष चन्द्र बोस
'वेदों की ओर लौटो'	दयानन्द सरस्वती
'आराम हराम है'	जवाहर लाल नेहरू
'भारत छोड़ो'	महात्मा गांधी
'विजयी विश्व तिरंगा प्यारा'	श्याम लाल गुप्ता
'करो या मरो'	महात्मा गांधी
'जय हिन्द'	सुभाष चन्द्र बोस

विश्व व भारत का भूगोल

सौरमंडल

- हमारा सौरमंडल **मन्दाकिनी** आकाशगंगा में स्थित है।
- **अरुण और वरुण** दो ग्रह 'सहोदर भाई' के नाम से जाने जाते हैं।
- उत्तरी ध्रुव **21 जून से 22 सितम्बर** तक हमेशा प्रकाश में रहता है।
- एक ग्रह की अपने कक्ष में सूर्य से अधिकतम दूरी को **अपसौर** तथा न्यूनतम दूरी को **उपसौर** कहा जाता है।
- **22** दिसम्बर को सबसे बड़ा दिन होता है- **दक्षिणी गोलार्द्ध में**
- पूर्ण सूर्य ग्रहण के समय सूर्य का **किरीट** भाग दिखायी देता है।
- **पूर्वी** देशान्तर से भारत का मानक समय निर्धारित किया जाता है।
- **1°** देशान्तर के अन्तर पर **4 मिनट** समय का अन्तर होता है।

सबसे बड़ा ग्रह	बृहस्पति
सबसे छोटा ग्रह	बुध
पृथ्वी का उपग्रह	चन्द्रमा
सूर्य से सबसे निकट ग्रह	बुध
सूर्य से सबसे दूर ग्रह	वरूण
पृथ्वी के सबसे निकट ग्रह	शुक्र
सबसे अधिक चमकीला ग्रह	शुक्र
सबसे अधिक चमकीला तारा	साइरस
सबसे अधिक उपग्रहों वाला ग्रह	बृहस्पति
सबसे अधिक ठंडा ग्रह	वरूण
रात्रि में लाल दिखाई देने वाला ग्रह	मंगल
सबसे अधिक भारी ग्रह	बृहस्पति
सौरमंडल का सबसे बड़ा उपग्रह	गेनिमेडे
सौरमंडल का सबसे छोटा उपग्रह	डीमोस
नीला ग्रह	पृथ्वी
लाल ग्रह	मंगल
सांझ/भोर का तारा	शुक्र
पृथ्वी का बहिन	शुक्र

भूगोल का जनक–**हिकेटियस**
ज्योग्रैफिका शब्द का प्रथम प्रस्तावक–**इरेटोस्थनीज**
भौगोलिक विश्वकोश का रचनाकार–**स्ट्रेबों**
भौतिक भूगोल का जनक–**पोलीडोनियम**
सांस्कृतिक भूगोल का जनक–**कॉर्ल-ओ-सावर**
गणितीय भूगोल के संस्थापक–**थेल्स व अनेग्जीमेंडर**
विश्व ग्लोब का निर्माता–**मार्टिन बैहम**
विश्व मानचित्र के निर्माणकर्त्ता–**अनेग्जी मेण्डर**
वर्तमान भूगोल का जनक–**अलेक्जेण्डर वॉन हम्बोल्ट**
व्यवस्थित भूगोल का जनक–**इरेटोस्थनीज**

- ब्रह्माण्ड से संबंधित अध्ययन है - **कॉस्मोलॉजी**
- ब्रह्माण्ड में लगातार प्रसार की घटना है - **बिग-बैंग**
- ब्रह्माण्ड की उत्पत्ति के संबंध में बिग-बैंग सिद्धांत की संकल्पना दी - **जॉर्ज लैमिन्टर ने**
- ब्रह्माण्ड में विस्फोटी तारा - **सुपरनोवा**
- ब्रह्माण्ड की आयु आंकी गई है - **13 बिलियन वर्ष**
- ब्रह्माण्ड का व्यास है - **10^8 प्रकाश वर्ष**
- विषुवत रेखा से ध्रुवों की ओर जाने पर ग्रीष्म काल में दिन की अवधि– **बढ़ती है**
- सौरमण्डल का सबसे छोटा उपग्रह **डिमोस** है।
- 1 वर्ष में प्रकाश द्वारा तय की गई दूरी है - **प्रकाश वर्ष**
- खगोलीय दूरी का सबसे बड़ा मात्रक है - **पारसेक**
- 1 पारसेक बराबर है - **3.26 प्रकाश वर्ष के**
- 1 प्रकाश वर्ष बराबर है - **9.46×10^{12} किमी.**

- 'सूर्य सौरमंडल का केंद्र है' कहा था - **केपलर ने**
- 'पृथ्वी गोल है' कहने वाला पहला विद्वान था - **पाइथागोरस**
- तारों के बड़े-बड़े गुच्छों का समूह है - **आकाशगंगा (गेलैक्सी)**
- आकाशगंगा की आकृति है - **सर्पिलाकार**
- तारामंडलों की कुल संख्या - **89**
- सबसे बड़ा तारामंडल - **हाइड्रा**
- सबसे चमकीला तारामंडल - **सेन्टॉरस**
- आकाशगंगा की निकटतम मंदाकिनी - **देवयानी (Andromeda)**
- पृथ्वी तथा सौरमंडल जिस आकाशगंगा में स्थित हैं, वह कहलाता है - **दुग्धमेखला**
- मंदाकिनी है - **अरबों तारों का वह समूह जो धुंधला दिखता है**
- दुग्ध-मेखला है - **एक मंदाकिनी**
- नवीनतम ज्ञात मंदाकिनी है - **ड्वार्फ मंदाकिनी**
- पल्सर हैं - **तेजी से घूमने वाले तारे**
- आकाशगंगा मंदाकिनी को सर्वप्रथम देखा था - **गैलीलियों ने**
- 76 वर्षों के अंतराल पर दिखाई देने वाला धूमकेतु है - **हेली**
- हेली धूमकेतु पुनः दिखाई पड़ेगा - 2062 में
- **चन्द्रमा** को परिक्रमण और परिभ्रमण दोनों गति में बराबर समय लगता है।
- **चन्द्रमा** 'रात की रानी' कहलाता है।
- सौरमण्डल के बड़े उपग्रहों में से एक टाइटन **शनि** का उपग्रह है।
- 'सी ऑफ ट्रंक्विलिटी' **चन्द्रमा** पर है।
- पृथ्वी पर दिन-रात की अवधि समान होती है– **भूमध्य रेखा पर**
- शनि ग्रह के चारों ओर पाये जाने वाले वलयों की संख्या 10 है।
- पार्थिव ग्रहों की संख्या 4 है।
- 'ब्लू मून' परिघटना होती है– **जब एक ही माह में दो पूर्णिमा हों**
- **मीथेन** गैस की उपस्थिति के कारण वरुण ग्रह हरे रंग का दिखाई देता है
- दक्षिणी गोलार्द्ध में सबसे लम्बा दिन **22 सितम्बर** होता है
- इक्विनॉक्स (Equinox) तिथि – **दिन और रात समान अवधि के होते हैं।**

सूर्य और उसके परिवार के सदस्य ग्रह	सूर्य से औसत दूरी (000, 000 किमी)	कक्षीय अवधि	अक्ष के सहारे घूर्णन की अवधि	उपग्रहों की संख्या
सूर्य (Sun)	–	–	24 घंटे 40 दिन	–
बुध (Mercury)	58	88–00	59 दिन	–
शुक्र (Venus)	108	225–00 दिन	–243 दिन	0
पृथ्वी (Earth)	150	365–25 दिन	23 घंटे 56 दिन	1
मंगल (Mars)	228	1–88 वर्ष	24 घंटे 37 मि.	2
बृहपति (Jupiter)	779	11–86 वर्ष	9 घंटे 56 मि.	61
शनि (Satrun)	1434	29–50 वर्ष	10 घंटे 37 मि.	31
अरूण (Uranus)	2873	84–00 वर्ष	–17 घंटे 14 मि.	21
वरूण (Naptune)	4495	164–80 वर्ष	16 घंटे 7 मि.	11

भू-आकृति

- पृथ्वी के केन्द्र में पाया जाने वाला चुम्बकीय पदार्थ है– **निकेल**
- पेडीमेण्ट निर्माण संबधित है– **नदी क्रिया से**
- पृथ्वी के किस भाग में भूकम्प आना आम बात है– **पूर्वी एशिया में**
- सिस्मोग्राफ **भूकम्पीय तरंगों को** मापने के काम में लाया जाता है।
- समान भूकम्पीय तीव्रता वाले स्थानों को मिलाने वाली रेखा को **समभूकम्प रेखा** कहा जाता है।
- एण्डीज पर्वतमाला की सर्वोच्च चोटी कौन-सी है– **एकांकागुआ**
- लोयस का निर्माण होता है– **पवन से**
- 'मोह स्केल' से **चट्टानों की कठोरता** का मापन किया जाता है।
- महासागरीय सतह का निर्माण **बैसाल्ट** प्रकार की चट्टानों से हुआ है।
- **मिसीसिपी नदी** का डेल्टा चिड़िया के पैर जैसा है।
- पवन की गति **ऐनीमोमीटर** से मापी जाती है।
- पृथ्वी के द्रव पदार्थों के घनीभूत हो जाने से बनी चट्टानों को कहते हैं– **आग्नेय**
- मोरेन **हिमानी क्षेत्र में** बनते हैं।

जल-मण्डल

- अटलांटिक महासागर का सबसे गहरा भाग है– **प्यूर्टोरिको ट्रेंच**

चट्टानों का रूपान्तरण	
मूल चट्टान	**रूपान्तरित चट्टान**
शेल	स्लेट
चूना पत्थर	संगमरमर
चॉक तथा डोलोमाइट	संगमरमर
बलुआ पत्थर	क्वार्ट्जाइट
ग्रेनाइट	नीस
बेसाल्ट	सिस्ट
स्लेट	फाइलाइट
कांग्लोमरेट	क्वार्ट्जाइट

- वृहत पृष्ठीय क्षेत्रफल वाला महासागर है– **प्रशान्त महासागर**
- वृहत् ज्वार आता है– **जब सूर्य तथा चन्द्रमा एक सीधी रेखा में होते हैं**
- विश्व में सबसे बड़ी खाड़ी है– **मैक्सिको की खाड़ी**
- विश्व में क्षेत्रफल की दृष्टि से सबसे बड़ा सागर है– **दक्षिणी चीन सागर**
- हिन्द महासागर में सबसे बड़ा द्वीप है– **मेडागास्कर**
- नील नदी **भूमध्य सागर में** गिरती है
- लंदन **टेम्स** नदी के किनारे स्थित है
- विश्व की सबसे तेज बहने वाली महासागरीय जलधारा है– **गल्फस्ट्रीम**
- पृथ्वी पर सबसे गहरा स्थल है– **मृत सागर**
- अगुलहास धारा चलती है– **हिन्द महासागर में**
- विश्व का सबसे छोटा महासागर है– **आर्कटिक महासागर**
- सबसे लवणीय सागर है– **मृत सागर**
- गंगा नदी को बांग्लादेश में **पद्मा** नाम से जाना जाता है।
- विश्व का सबसे गहरा महासागरीय गर्त है– **मेरियाना ट्रेंच**

वायु-मण्डल

- वायुमण्डल में सर्वाधिक **नाइट्रोजन** गैस मिलती है।
- वायुमण्डल में सर्वाधिक मात्रा में विद्यमान आक्रिय गैस **ऑर्गन** है।
- वायुमण्डल मुख्यत: गर्म होता है- **पृथ्वी से विकिरण द्वारा**
- न्यूफोर्ट स्केल पर क्या दर्शाया जाता है– **पवन की गति**
- कृत्रिम वर्षा में **सिल्वर आयोडाइड** का प्रयोग किया जाता है।
- विश्व में वार्षिक वर्षा का औसत **100 सेमी.** है।

- वायुमण्डल के विभिन्न स्तरों का सही अनुक्रम है- **क्षोभ मण्डल, समताप मण्डल, मध्य मण्डल, आयन मण्डल**
- वायुदाब प्रायः सर्वाधिक होता है, जब वायु होती है- **ठण्डी तथा शुष्क**
- नेफोमीटर से **बादलों की दिशा एवं गति** का मापन किया जाता है।
- व्यापारिक हवाएँ कैसी होती हैं- **नियमित व स्थिर**
- दिन-रात जिस कारण होते हैं, वह है- **भू-परिभ्रमण**
- मेघ गर्जन वायुमण्डल की **क्षोभ मण्डल** परत में होता है।
- ओजोन परत पृथ्वी से करीब कितनी ऊँचाई पर है- **20 किमी.**

मृदा एवं प्राकृतिक वनस्पति

- द. अमेरिका के शीत शीतोष्ण घास के मेदानों को **पम्पास** कहते हैं।
- विश्व के वन क्षेत्रों में से **उष्ण कटिबन्धीय वर्षा वन** के फैलाव की प्रतिशतता सर्वाधिक है।
- रोपण कृषि **विषुवतीय प्रदेश** में की जाती है।
- रबड़ **विषुवतीय प्रदेश** की उपज है।
- **विषुवतीय प्रदेश** 'सिनकोना' के उत्पादन की दृष्टि से महत्वपूर्ण स्थान रखता है।
- **शंकुधारी वन** को 'बोरियल वन' के नाम से भी जाना जाता है।
- टुण्ड्रा वनस्पति का सर्वाधिक विस्तार पाया जाता है- **उत्तरी अमेरिका में**
- अमेजन नदी की घाटी में विषुवतरेखीय उष्णार्द्र वनों को कहा जाता है- **सेल्वास**
- विश्व में कनाडा मुलायम लकड़ी एवं लकड़ी की लुग्दी का सबसे बड़ा उत्पादक एवं निर्यातक है।
- पेन्सिल बनाने में किस वृक्ष की लकड़ी का सामान्यतः प्रयोग किया जाता है- **सिडार**

प्राकृतिक संसाधन, कृषि एवं उद्योग

- विश्व का सबसे बड़ा यूरेनियम उत्पादक देश है- **कनाडा** (अन्धी घाटी क्षेत्र)
- विश्व का सर्वाधिक जूट उत्पादक क्षेत्र है- **गंगा-ब्रह्मपुत्र डेल्टाई मैदान**
- संसार का सर्वाधिक चाय निर्यातक देश है- **श्रीलंका**
- विश्व में चीनी का सबसे बड़ा उत्पादक देश है- **ब्राजील**
- विश्व में कपास का उत्पादन करने वाले प्रमुख देशों का उत्पादन के आधार पर सही अवरोही क्रम है- **चीन, भारत, संयुक्त राज्य अमेरिका एवं पाकिस्तान**
- **भारत** में बकरियों की संख्या विश्व में सबसे अधिक है।
- मोनोजाइट **थोरियम** का अयस्क है।
- **रूस** हीरे का सबसे बड़ा उत्पादक है।
- **डेनमार्क** अल्प जनसंख्या की समस्या से ग्रसित है।
- सर्वाधिक जनसंख्या घनत्व वाला देश है- **सिंगापुर**

अंतर्राष्ट्रीय परिवहन एवं संचार

- ट्रांस साइबेरियन रेलमार्ग **लेनिनग्राड से ब्लाडीवोस्टक** तक जाता है।
- विश्व में सड़कों की लम्बाई की दृष्टि से प्रथम तीन देशों का अवरोही क्रम है- **USA, भारत, ब्राजील**
- विश्व की सबसे लम्बी सड़क है- **पैन अमेरिकन महामार्ग**
- विश्व मे **ब्रिटेन** में प्रथम रेलमार्ग का निर्माण हुआ।
- ग्वादर पत्तन **पाकिस्तान** में है।
- विश्व का सबसे व्यस्त समुद्री रास्ता **उत्तरी अटलांटिक महासागर** है।
- **स्वेज नहर** संसार की सबसे बड़ी पोतवाहक नहर है।
- विश्व का सबसे व्यस्ततम् बन्दरगाह माना जाता है- **रॉटरडम**

महाद्वीप

- 'प्यासी भूमि का महाद्वीप' कहा जाता है - **ऑस्ट्रेलिया**
- विषमताओं का महाद्वीप - **एशिया**
- अंध महाद्वीप - **अफ्रीका**
- अग्नि द्वीप - **आइसलैंड**
- प्रशान्त महासागर का चौराहा-**हवाई द्वीप**
- 'सन सिटी' (sun city) अवस्थित है- **दक्षिण अफ्रीका में**
- डूबते सूर्य का देश - **ब्रिटेन**
- पश्चिम एशिया का स्विट्जरलैंड-**लेबनान**
- यूरोप महाद्वीप का सर्वोच्च पर्वत शिखर है- **माउण्ट एल्बुश**
- ऑस्ट्रेलिया महाद्वीप का सर्वोच्च पर्वत शिखर है- **माउण्ट कोस्यूस्को**
- अफ्रीका महाद्वीप की सबसे बड़ी झील है- **विक्टोरिया**
- विश्व में मैदानों का सर्वाधिक विस्तार **यूरोप** महाद्वीप में है।
- **अफ्रीका** महाद्वीप का विस्तार उत्तरी, दक्षिणी, पूर्वी तथा पश्चिमी सभी गोलार्द्धों में है।
- **अफ्रीका** महाद्वीप से होकर कर्क, विषुवत एवं मकर तीनों रेखाएँ गुजरती हैं।
- जापान का सबसे छोटा द्वीप है- **शिकोकू**
- भारत का दक्षिणतम द्वीप है- **ग्रेट निकोबार**
- भारत का सबसे बड़ा द्वीप है- **मध्य अंडमान**
- नहरों का शहर - **वेनिस**
- डोवर जलसन्धि जोड़ती है- **इंग्लिश चैनल एवं उत्तर सागर को**
- पूर्व का मोती - **श्रीलंका**

भारत का सामान्य परिचय

- ग्लोब पर कर्क रेखा भारत के **आठ** राज्यों से होकर गुजरती है
- भारतीय मानक समय आधारित है- **82°30' पूर्वी देशान्तर पर**
- भारत के **सिक्किम राज्य** की सीमाएँ तीन देशों क्रमशः नेपाल, भूटान एवं चीन से मिलती हैं।
- राज्यों में से **गुजरात** की सर्वाधिक तटरेखा है।
- **गोवा** की समुद्रतटीय सीमा सबसे छोटी है।
- क्षेत्रफल की दृष्टि से भारत का सबसे बड़ा जिला है- **कच्छ**
- भारत की सबसे लम्बी अंतर्राष्ट्रीय सीमा **बांग्लादेश** के साथ है।
- भारत आकार में विश्व का बड़ा देश है- **सातवाँ**
- **1956 में** आन्ध्र प्रदेश का एक भाषायी राज्य के रूप में गठन किया गया
- शिवसमुद्रम् **कावेरी** नदी द्वारा बनाया गया द्वीप है।
- भारत की तट रेखा की कुल लम्बाई लगभग है- **7,516 किमी.**
- 9 डिग्री चैनल **लक्षद्वीप और मिनिकाय को** अलग करता है।
- चार दक्षिणी राज्यों - आन्ध्र प्रदेश, कर्नाटक, केरल और तमिलनाडु में से **केवल कर्नाटक** सबसे अधिक भारतीय राज्यों के साथ सीमावर्ती है।
- वर्ष 1953 में जब आन्ध्र प्रदेश राज्य एक अलग राज्य बना, तब उसकी राजधानी **कुर्नूल** बनी।
- भारत के पश्चिमी तट का उत्तरी भाग जाना जाता है- **कोंकण तट**
- भारत और पाकिस्तान के बीच की सीमा का निर्धारण **सर सिरिल जॉन रेडक्लिफ** ने किया।
- क्षेत्रफल की दृष्टि से देश का सबसे बड़ा राज्य है- **राजस्थान**
- मरकत द्वीप (एमराल्ड आईलैण्ड) के नाम से प्रसिद्ध है- **अण्डमान निकोबार द्वीप समूह**

- पाकिस्तान की सीमा से लगे भारतीय राज्य **गुजरात, जम्मू-कश्मीर, पंजाब तथा राजस्थान** हैं।
- लक्षद्वीप समूह स्थित है- **अरब सागर में**
- सम्पूर्ण विश्व के क्षेत्रफल में भारत की भागीदारी लगभग है- **2.40%**
- सियाचिन ग्लेशियर क्षेत्र के ऊपर **भारत और पाकिस्तान** के मध्य झगड़ा है।
- सियाचिन ग्लेशियर भारत के **जम्मू-कश्मीर** राज्य में है।
- पूर्वी तटीय मैदान का एक अन्य नाम है- **कोरोमण्डल तटीय मैदान**
- इन्दिरा प्वाइण्ट **अंडमान और निकोबार द्वीप समूह** का दक्षिणी छोर है।
- उत्तराखंड का सबसे ऊँचा पर्वत शिखर है- **नन्दादेवी**
- जोजिला दर्रा **लेह एवं श्रीनगर** को जोड़ता है।
- टौनुप दर्रा भारत को **म्यांमार** के साथ जोड़ने वाला पर्वतीय मार्ग है।
- खैबर. का दर्रा **पाकिस्तान में** है।
- **गाडविन ऑस्टिन** पर्वत चोटी संसार की दूसरी सर्वोच्च पर्वत चोटी है।
- भारत में हिमालयी राज्य हैं- 10
- हिमालय का पाद प्रदेश (Foothill Regions) **शिवालिक** नाम से जाना जाता है।
- पश्चिमी घाट **ब्लॉक पर्वत** तरह की पर्वत श्रेणी है।
- उत्तर-पश्चिम में स्थित पर्वत है- **अरावली**

अपवाह तंत्र एवं जल संसाधन

- भागीरथी नदी निकलती है- **गोमुख से**
- नदियों की लम्बाई का सही अवरोही क्रम है- **ब्रह्मपुत्र-गंगा-गोदावरी-नर्मदा**
- **महानदी** को 'उड़ीसा का शोक' कहा जाता है।
- सहस्र धारा जलप्रपात स्थित है- **मसूरी**
- हुण्डरू जलप्रपात निर्मित है- **स्वर्ण रेखा नदी पर**
- सरदार सरोवर बांध **नर्मदा** नदी पर बनाया गया है।
- भाखडा नांगल एक संयुक्त परियोजना है- **हरियाणा-पंजाब-राजस्थान की**
- भारत में अलवण जल की सबसे बड़ी झील **बुलर झील** है।
- भारत में **केरल** राज्य में इदुक्की -जल-विद्युत परियोजना स्थित है।
- तुलबुल परियोजना सम्बन्धित है- **झेलम से**

जलवायु

- मानसून निवर्तन से सबसे अधिक वर्षा **चेन्नई में** होती है।
- भारत के **तमिलनाडु** में जाड़े के मौसम में वर्षा होती है।
- आम्र वर्षा (Mango Shower) है- **बिहार एवं बंगाल में मार्च एवं अप्रैल में होने वाली वर्षा**
- भारत की सर्वाधिक वर्षा मुख्यत: प्राप्त होती है- **दक्षिण-पश्चिम मानसून से**
- वर्तमान में विश्व की सर्वाधिक वर्षा वाला स्थान मासिनराम **मेघालय** राज्य में स्थित है।
- भारत में वर्षा का औसत है- **118 सेमी.**

मृदा एवं प्राकृतिक वनस्पति

- भारत में काली कपासी मृदा के निर्माण में सहायक शैल है- **बेसाल्ट**
- गुजरात प्रदेश अधिकांशत: आच्छादित है- **काली मिट्टी से**
- भारत में प्रमुख वनस्पति **पतझड वन** है।
- वनों की सुरक्षा के लिए स्वतन्त्रता प्राप्ति के पश्चात् सर्वप्रथम **1952 ई. में** सरकार द्वारा वन नीति की घोषणा की गई।
- भारत के **मिजोरम** राज्य में उसके क्षेत्र का अधिकतम प्रतिशत क्षेत्र वनाच्छादित है।

- भारत में चन्दन की लकड़ी के वन सर्वाधिक **नीलगिरि की पहाड़ियों में** पाए जाते हैं।
- भारतीय वन सर्वेक्षण विभाग का मुख्यालय **देहरादून** में स्थित है।
- राष्ट्रीय पर्यावरण शोध संस्थान (NERI) **नागपुर में** स्थित है।
- भारत में वृक्षारोपण उत्सव जिसे 'वन महोत्सव' के नाम से जाना जाता है, के जन्मदाता **के.एम. मुंशी** हैं।
- पश्चिमी घाट पर पायी जाने वाली वनस्पति का प्रकार है- **सदाहरित**
- भारत का सुन्दर वन उदाहरण है- **ज्वारीय वन का**
- वन महोत्सव सप्ताह **1 जुलाई से 7 जुलाई** तक मनाया जाता है।
- **कर्नाटक** शहतूत तथा रेशम उत्पादित करता है।
- भारत के सर्वाधिक महत्वपूर्ण व्यावसायिक वन हैं: **उष्ण कटिबन्धीय पतझड़ वन**
- उष्ण कटिबन्धीय आर्द्र सदाबहार वन पाए जाते हैं- **शिलांग पठार पर**
- **देवदार** वृक्ष समुद्रतल से सर्वाधिक ऊँचाई पर पाया जाता है।
- भारत में मैंग्रोव का दूसरा सबसे बड़ा क्षेत्र **गुजरात तट के सहारे** पाया जाता है।
- लैटेराइट मिट्टी का प्रयोग होता है- **भवन निर्माण के लिए**
- कपास की काली मिट्टी में **माण्टमोरिलोनाइट** का आधिक्य होता है।
- भारत में चन्दन की लकड़ी के लिए प्रसिद्ध राज्य है- **कर्नाटक**
- फूलों की घाटी स्थित है- **उत्तराखंड**
- शान्त-घाटी अवस्थित है- **केरल**
- **पंजाब** राज्य के कुल भौगोलिक क्षेत्रफल के सबसे कम भाग पर वनों का विस्तार पाया जाता है।
- दलदली अथवा ज्वार-भाटा क्षेत्रों में पाये जाने वाले वन को **मैंग्रोव वन** कहा जाता है।

कृषि

- पीली-क्रांति **तिलहन** के उत्पादन से संबद्ध है।
- दक्षिण पश्चिमी मानसून के तत्काल बाद बोई गई फसल को **खरीफ** कहते हैं।
- गोल क्रान्ति (Round revolution) का संबंध **आलू उत्पादन** से है।
- **गुजरात** राज्य अग्रणी कपास उत्पादक है।
- गेहूँ के अधिकतम उत्पादक वाला राज्य है- **उत्तर प्रदेश**
- **हरिके बाँध से** इन्दिरा गाँधी नहर निकलती है।
- भारत में सबसे लम्बी सिंचाई नहर है- **इन्दिरा गाँधी नहर**
- नीलगिरि के पहाड़ी क्षेत्रों में **कॉफी** की खेती की जाती है।
- भारत का सर्वाधिक खाद्यान्न उत्पादन करने वाला राज्य है- **उत्तर प्रदेश**
- **गुजरात** मूंगफली का सबसे बड़ा उत्पादक है।
- **चावल** की फसल भारत में सबसे अधिक उपज देती है।
- भारत **चाय** का सबसे बड़ा उत्पादक और उपभोक्ता है।
- भारत में सर्वोत्तम चाय **दार्जीलिंग** पैदा होती है।
- ऑपरेशन फ्लड का सम्बन्ध है- **दुग्ध उत्पादन से**
- गुलाबी क्रान्ति (Pink revolution) **झींगा उत्पादन** से सम्बन्धित है।
- भारत में सिंचाई का सबसे प्रमुख साधन है- **कुएँ और नलकूप**
- नारियल उत्पादन में भारत का विश्व में **तृतीय** स्थान है।

- भारत में नहर द्वारा सिंचाई में **पंजाब** राज्य अग्रणी है।
- केन्द्रीय उपोष्ण बागवानी संस्थान अवस्थित है- **बंगलुरु में**
- भारत में रेशम का सबसे अधिक उत्पादन करने वाला राज्य **कर्नाटक** है।
- फल उत्पादन में भारत का विश्व में **द्वितीय** स्थान है।
- सब्जी उत्पादन में भारत का विश्व में **द्वितीय** स्थान है।
- भारत में प्राकृतिक रबड़ का सबसे अधिक उत्पादन **केरल** राज्य में होता है।

खनिज एवं ऊर्जा संसाधन

- भारत की सबसे महत्वपूर्ण यूरेनियम खान **जादूगोड़ा में** है।
- भारत में ज्वार-शक्ति उत्पादन में अग्रणी तटीय क्षेत्र है- **खम्भात की खाड़ी**
- भारत में सर्वप्रथम 1974 ई० में कोयले का उत्खनन **रानीगंज** में किया गया।
- भारत का सर्वाधिक जस्ता उत्पादक राज्य है- **राजस्थान**
- भारतीय खनिज पदार्थों का भण्डार गृह कहलाता है- **छोटानागपुर का पठार**
- विश्व का सर्वोत्तम किस्म का अभ्रक प्राप्त होता है- **हजारीबाग से**
- स्वदेशी तकनीक से निर्मित परमाणु संयंत्र है- **कलपक्कम**
- बैलाडिला **लौह-अयस्क** के लिए प्रसिद्ध है।
- भारत में जिप्सम का सबसे अधिक उत्पादन करने वाला राज्य है- **राजस्थान**
- राजस्थान की 'खेतड़ी-परियोजना' किसके उत्पादन के लिए है- **तांबा**
- टंग्स्टन उत्पादन के लिए प्रसिद्ध डेगाना खान **राजस्थान** में स्थित है।
- भारत में सर्वाधिक हीरा किस स्थान से निकाला जाता है- **पन्ना (मध्य-प्रदेश)**
- गुजरात में वड़ोदरा क्षेत्र की मोतीपुरा खान से **सफेद संगमरमर** पत्थर निकाला जाता है।
- उदयपुर की जावर खानें **जिंक या जस्ते** के उत्खनन के लिए प्रसिद्ध हैं।
- भारत में सर्वाधिक लोहा उत्पादन करने वाला राज्य है- **ओड़िशा**
- भारत में सबसे अधिक कोयले के भण्डार हैं- **दामोदर नदी की घाटी में**
- राज्यों में से **गुजरात** पवन ऊर्जा के उत्पादन में प्रथम स्थान रखता है।
- जिप्सम प्रचुर मात्रा में **राजस्थान में** उपलब्ध है।
- ओबरा शहर प्रसिद्ध है- **थर्मल पावर प्लॉण्ट के लिए**
- **हाइड्रोजन को** 'भविष्य का ईंधन' कहा जाता है।
- भारत में **महाराष्ट्र** राज्य ताप विद्युत का सबसे बड़ा उत्पादक है।
- **दामोदर** नदी घाटी को 'भारत का रूर' कहा जाता है।
- **खम्भात की खाड़ी** क्षेत्र 'ज्वारीय ऊर्जा' उत्पादन का प्रमुख क्षेत्र है।
- भारत की प्रथम जल-विद्युत् परियोजना है- **कावेरी नदी पर शिवसमुद्रम परियोजना**
- कोलार स्वर्ण खदान **कर्नाटक** राज्य में स्थित हैं।
- भारत में सर्वोत्तम श्रेणी का संगमरमर **मकराना** से प्राप्त होता है।
- **लिग्नाइट** को भूरा कोयला कहा जाता है।

उद्योग

- उत्तर प्रदेश में दियासलाई उद्योग का प्रमुख केन्द्र है- **बरेली**
- भारत में रासायनिक उर्वरकों के दो बड़े उपभोक्ता हैं- **पंजाब एवं हरियाणा**
- बरौनी **तेलशोधन** उद्योग के लिए प्रसिद्ध है।

- डीजल लोकोमोटिव कारखाना **वाराणसी** में स्थित है
- देश में रेशम उद्योग का सर्वाधिक स्थानीयकरण जिस राज्य में हुआ है, वह है- **कर्नाटक**
- सीमेण्ट उत्पादन में भारत का विश्व में **दूसरा** स्थान है।
- नेपानगर में स्थित सबसे महत्वपूर्ण उद्योग है- **अखबारी कागज**
- भारत का सबसे महत्वपूर्ण लघु उद्योग कौन-सा है- **हथकरघा**
- देश की प्रमुख जीप निर्माता कम्पनी 'महिन्द्रा एण्ड महिन्द्रा लि.' **पुणे में** है।
- पेट्रो रसायन के उत्पादन का सबसे बड़ा केन्द्र **जामनगर में** स्थित है।
- भारत का **वस्त्र** उद्योग बड़ी संख्या में कार्यकर्त्ता नियुक्त करता है।
- भारत में सीमेण्ट उत्पादन में प्रथम स्थान वाला राज्य है- **मध्य प्रदेश**
- कानपुर **चमड़ा उद्योग के** लिए प्रसिद्ध है।
- विभाजन के कारण भारत का **जूट तथा रूई उद्योग** बुरी तरह प्रभावित हुआ।

परिवहन

- पक्की सड़कों की लम्बाई की दृष्टि से भारत के अग्रणी राज्य हैं- **महाराष्ट्र एवं तमिलनाडु**
- इण्डियन एयरलाइन्स का मुख्यालय **दिल्ली** में स्थित है।
- पैलेस ऑन व्हील्स की तर्ज पर नई रेलगाड़ी 'डेक्कन ओडिसी' का परिचालन **महाराष्ट्र** राज्य में हो रहा है।
- **मुम्बई** बन्दरगाह को भारत का प्रवेश द्वार कहा जाता है।
- प्रथम सम्पर्क क्रान्ति ट्रेन चली- **दिल्ली-बंगलुरु**
- राष्ट्रीय जलमार्ग संख्या-1 जोड़ता है- **इलाहाबाद-हल्दिया**
- **काण्डला** एक ज्वारीय बन्दरगाह है।
- रामसेतु (Adam's Bridge) **धनुष्कोडि से** शुरू होता है।
- नेताजी सुभाष चन्द्र बोस अंतर्राष्ट्रीय हवाई अड्डा **कोलकाता में** है।
- भारत का सबसे लम्बा रेलवे प्लेटफॉर्म **गोरखपुर** है।
- **कोलकाता-हल्दिया** बन्दरगाह 'भारतीय सामुद्रिक व्यापार का पूर्वी द्वार' कहलाता है
- ग्रेट दक्कन रोड **मिर्जापुर से बंगलुरू** तक जाती है।
- राष्ट्रीय राजमार्गों में से **NH-6** महाराष्ट्र, छत्तीसगढ़ और ओडिशा में से जाता है।
- भारत और पाकिस्तान के बीच चलने वाली रेलगाड़ी का नाम है- **समझौता एक्सप्रेस**
- कोंकण रेलमार्ग की कुल लम्बाई है- **760 किमी.**
- देश का सबसे गहरा बन्दरगाह है- **विशाखापट्टनम**
- भारत के बंदरगाहों में **चेन्नई** खुला सागरीय बंदरगाह है।
- **NH-1** राष्ट्रीय राजमार्ग को शेरशाह सूरी राजमार्ग कहते हैं।
- राष्ट्रीय राजमार्ग संख्या-**5** जोड़ता है- **चेन्नई को कोलकाता से**
- अब तक काम में आने वाला विश्व का सबसे पुराना भाप इंजन **फेयरी क्वीन** है।
- भारत के पूर्वी तट पर सर्वश्रेष्ठ प्राकृतिक बन्दरगाह है- **विशाखापट्टनम में**

जनसंख्या एवं नगरीकरण

- जनसंख्या की दृष्टि से भारत का सबसे बड़ा केन्द्रशासित प्रदेश है- **दिल्ली**
- जनसंख्या की दृष्टि से भारत का सबसे छोटा केन्द्र शासित प्रदेश है- **लक्षद्वीप**
- भारत का सर्वाधिक नगरीकरण वाला राज्य है- **गोवा**

❑❑❑

भारतीय राजव्यवस्था

संविधान

- संघीय प्रणाली का पहला प्रयास भारत सरकार अधिनियम **1935** द्वारा किया गया था।
- भारत की संविधान सभा गठित करने का आधार **कैबिनेट मिशन प्लान, 1946** था।
- सन् 1936 में भारतीय राष्ट्रीय काँग्रेस द्वारा 'संविधान सभा के गठन की माँग' **फैजपुर** में हुए अधिवेशन में रखी गई।
- कैबिनेट मिशन योजना के अनुसार संविधान सभा में कुल 389 सदस्य होने थे।
- संविधान सभा में विभिन्न प्रान्तों के लिए 292 सदस्यों का निर्वाचन होना था। इनमें से काँग्रेस के 208 प्रतिनिधि निर्वाचित होकर आए।
- पुनर्गठन के फलस्वरूप वर्ष 1947 में संविधान सभा के सदस्यों की संख्या 299 रह गई।
- संविधान सभा (पुनर्गठित) में देशी रियासतों के 70 प्रतिनिधि थे।
- पुनर्गठित संविधान सभा में विभिन्न प्रान्तों के लिए 229 प्रतिनिधि थे
- संविधान सभा को **जवाहर लाल नेहरु** ने मूर्त रूप प्रदान किया।
- संविधान सभा के स्थायी अध्यक्ष **डॉ. राजेन्द्र प्रसाद** थे।

प्रारूप समिति के सदस्य
• डॉ. भीमराव अम्बेडकर (अध्यक्ष)
• अल्लादी कृष्णास्वामी अय्यर
• कन्हैयालाल माणिकलाल मुंशी
• एन. गोपालस्वामी आयंगर
• सैयद मोहम्मद सादुल्ला (मुस्लिम लीग के प्रतिनिधि)
• एन. माधवराव (बी.एल. मित्र के स्थान पर नियुक्त)
• डी.पी. खेतान (1948 में इनकी मृत्यु के बाद टी कृष्णमाचारी को सदस्य बनाया गया)

संविधान के स्रोत	
देश	**स्रोत**
ब्रिटेन	संसदीय शासन, विधि निर्माण प्रक्रिया, एकल नागरिकता
यूएसए	मौलिक अधिकार, न्यायिक पुनरावलोकन, न्यायपालिका की स्वतंत्रता, सर्वोच्च न्यायालय का गठन एवं शक्तियां, राष्ट्रपति पर महाभियोग
कनाडा	संघात्मक व्यवस्था, अविशिष्ट शक्तियों का केंद्र के पास होना
आयरलैण्ड	नीति-निर्देशक सिद्धांत
जर्मनी	आपात् उपबन्ध
ऑस्ट्रेलिया	प्रस्तावना की भाषा, समवर्ती सूची, केंद्र-राज्य संबंध
जापान	विधि द्वारा स्थापित प्रक्रिया
फ्रांस	गणतंत्र
रूस	मौलिक कर्त्तव्यों का प्रावधान

- संविधान सभा के संवैधानिक सलाहकार थे- **बी. एन. राव**
- भारतीय संविधान **26 नवम्बर, 1949** को अंगीकार किया गया था।
- संविधान सभा की प्रारूप (मसविदा) समिति की नियुक्ति **29 अगस्त, 1947** की गई।
- भारतीय संविधान सभा की प्रारूप (मसविदा) समिति के अध्यक्ष थे- **डॉ. बी.आर. अम्बेडकर**

संविधान सभा की प्रमुख समितियां एवं उनके अध्यक्ष	
संचालन समिति	डॉ. राजेन्द्र प्रसाद
संघ संविधान समिति	पं. जवाहर लाल नेहरू
प्रांतीय संविधान समिति	सरदार वल्लभ भाई पटेल
प्रारूप समिति	डॉ. भीमराव अम्बेडकर
संघ शक्ति समिति	पं. जवाहर लाल नेहरू

- संविधान सभा की प्रारूप (मसविदा) समिति में सदस्यों की संख्या 7 थी।
- संविधान की प्रारूप (मसविदा) समिति के समक्ष प्रस्तावना का प्रस्ताव **जवाहर लाल नेहरू** ने रखा।

➲ भारतीय संविधान सभा के प्रथम दिन के अधिवेशन की अध्यक्षता किसने की थी- **डॉ॰ सच्चिदानंद सिन्हा**

➲ भारत का संविधान लागू हुआ था- **26 जनवरी, 1950 को**

➲ भारतीय संविधान सभा में कुल 15 महिलाएँ थीं।

➲ संविधान सभा में **हैदराबाद** रियासत के प्रतिनिधि ने भाग नहीं लिया था।

➲ संविधान सभा का प्रथम अधिवेशन **दिल्ली में** हुआ था।

➲ 42वें संविधान संशोधन अधिनियम, 1976 द्वारा प्रस्तावना में **गुटनिरपेक्ष** शब्द को जोड़ा गया।

संघ और उसका राज्य क्षेत्र

➲ भारत है- **राज्यों का संघ**

➲ आंध्र प्रदेश एक भाषाई राज्य के रूप में गठित किया गया- **1953 में**

➲ भारतीय संघ में किसी राज्य को सम्मिलित करने का अधिकार **संसद** को है।

➲ किसी राज्य के नाम में परिवर्तन करने का अधिकार **संसद** को प्राप्त है।

➲ राज्य पुनर्गठन आयोग की सिफारिशों के अनुसार भारतीय राज्यों का व्यापक पुनर्गठन 1956 में पूरा किया गया था।

➲ हरियाणा राज्य **1 नवम्बर, 1966** को बना।

➲ झारखण्ड राज्य का गठन **15 नवम्बर, 2000 में** हुआ

➲ भारत में **28 राज्य एवं 8 केन्द्र शासित प्रदेश** हैं।

➲ अन्य रजवाड़ों के भारत में विलय के बाद भी **जूनागढ़, हैदराबाद एवं जम्मू-कश्मीर** तीन राज्यों ने भारत में शामिल होना विलम्बित किया।

➲ 500 से अधिक रजवाड़ों (देशी रियासतों) के भारत में विलय के लिए **सरदार वल्लभ भाई पटेल** उत्तरदायी थे।

➲ संविधान लागू होने के पश्चात् **सिक्किम** भारतीय संघ का एक आरक्षित राज्य था।

➲ हिमाचल प्रदेश को राज्य का दर्जा प्रदान किया गया- **1970 में**

➲ **धर आयोग** की अनुशंसा के आधार पर पंजाब पुनर्गठन अधिनियम द्वारा पंजाब और हरियाणा राज्य गठित किए गए।

संविधान के भाग, अनुच्छेद एवं संबंधित विवरण

भाग/अनुच्छेद	विवरण
भाग-1/अनुच्छेद 1-4	संघ और उसका राज्य क्षेत्र, नए राज्य का निर्माण
भाग-2/अनुच्छेद 5-11	नागरिकता
भाग-3/अनुच्छेद 12-35	मौलिक अधिकार
भाग-4/अनुच्छेद 36-51	राज्य के नीति-निर्देशक सिद्धांत
भाग-4ए/अनुच्छेद 51ए	नागरिकों के मौलिक कर्त्तव्य (1976 के 42वें संशोधन से जोड़ा गया था)
भाग-5/अनुच्छेद 52-151	संघ सरकार से संबंधित
भाग-6/अनुच्छेद 152-237	राज्य सरकार से संबंधित
भाग-7/अनुच्छेद 238	प्रथम अनुच्छेद के भाग 'बी' से जुड़ा है। 1956 में 7वें संविधान संशोधन से हटा दिया गया।
भाग-8/अनुच्छेद 239-242	केंद्र शासित प्रदेशों का प्रशासन
भाग-9/अनुच्छेद 242-243	पंचायतें
भाग-9/अनुच्छेद 243 पी-243 जेड. जी.	नगरपालिका
भाग-10/अनु. 244-44	अनुसूचित जनजाति क्षेत्र
भाग-11/अनु. 245-63	संघ और राज्यों के बीच संबंध
भाग 12/अनु. 264-300ए	वित्त, सम्पत्ति, संविदाएं और वाद
भाग 13/अनु. 301-307	भारत के राज्य क्षेत्र के अंदर व्यापार, वाणिज्य और समागम
भाग 14/अनु. 308-323	संघ और राज्यों के अधीन सेवाएं
भाग 13/अनु. 323ए-323बी	अधिकरण
भाग 15/अनु. 324-329ए	निर्वाचन
भाग 16/अनु. 330-342	कुछ वर्गों के संबंध में विशेष उपबंध
भाग 17/अनु. 343-351	राजभाषा
भाग-18/अनुच्छेद 352-360	आपात उपबंध
भाग-19/अनुच्छेद 361-367	प्रकीर्ण/विविध
भाग-20/अनुच्छेद 368	संविधान संशोधन
भाग-21/अनुच्छेद 369-392	अस्थायी, परिवर्तित और विशेष कानून
भाग-22/अनुच्छेद 393-395	संक्षिप्त नाम, प्रारंभ, हिन्दी में प्राधिकृत पाठ और निरसन

प्रमुख संविधान संशोधन
प्रथम (1951) राज्यों के भूमि सुधार कानूनों को नवीं अनुसूची में रखकर न्यायालयों के अधिकार क्षेत्र से बाहर कर दिया गया।
सातवां (1966) भाषायी आधार पर राज्यों का पुनर्गठन किया गया। राज्यों एवं केंद्रशासित प्रदेशों में उन्हें विभाजित किया गया।
बारहवां (1962) पुर्तगाली आधिपत्य वाले केंद्रशासित प्रदेश गोवा, दमन तथा दीव को भारत का अंग बना लिया गया।
इक्कीसवां (1967) सिंधी भाषा को संविधान की आठवीं अनुसूची के अंतर्गत पन्द्रहवीं भाषा के रूप में शामिल किया गया।
छब्बीसवां (1971) राजाओं की उपाधियाँ, प्रिवीपर्स तथा विशेषाधिकार समाप्त।
छत्तीसवां (1975) सिक्किम को पूर्ण राज्य का दर्जा दिया गया।
बयालीसवां (1976) प्रस्तावना में पंथनिरपेक्ष, समाजवादी और अखण्डता शब्द जोड़े गए।
राष्ट्रपति मंत्रिमंडल की सलाह मानने के लिए बाध्य। मौलिक कर्त्तव्यों का समावेश।
चवालीसवां (1978) सम्पत्ति के मौलिक अधिकार को समाप्त किया।
सशस्त्र विद्रोह की स्थिति में और मंत्रिमंडल की लिखित सलाह पर आपात्काल की घोषणा राष्ट्रपति करेगा।
बावनवां (1985) दल-बदल विरोधी प्रावधान।
इकसठवां (1989) मताधिकार की आयु 21 से घटाकर 18 की गई।
पैंसठवां (1990) इसके द्वारा अनुच्छेद 338 में संशोधन करके अनुसूचित जाति और जनजाति आयोग को संवैधानिक दर्जा प्रदान किया गया।
उनहत्तरवां (1991) दिल्ली का नाम राष्ट्रीय राजधानी क्षेत्र किया गया तथा विधानसभा की स्थापना की गई।
इकहत्तरवां (1992) आठवीं अनुसूची में कोंकणी, मणिपुरी और नेपाली भाषा को सम्मिलित किया गया।
तिहत्तरवां (1992-93) पंचायती राज लागू हुआ।
पचासीवां (2001) सरकारी सेवाओं में अनुसूचित जाति/जनजाति के अभ्यर्थियों के लिए पदोन्नतियों में आरक्षण की व्यवस्था।
छियासीवां (2002) राज्य द्वारा 6 से 14 साल तक के सभी बच्चों को नि:शुल्क तथा अनिवार्य शिक्षा उपलब्ध कराने का प्रावधान।
इक्यानवेवां (2003) दल-बदल में केवल संपूर्ण दल के विलय को मान्यता।
केंद्र में लोकसभा तथा राज्य में विधानसभा की कुल सदस्य संख्या के 15% से अधिक मंत्री नहीं हो सकते।
बयानवेवां (2003) संविधान की आठवीं अनुसूची में बोडो, डोगरी, मैथिली और संथाली भाषा का समावेश।
तिरानवेवां (2006) निजी एवं बिना सरकारी अनुदान प्राप्त शिक्षण संस्थाओं में प्रवेश हेतु सामाजिक एवं शैक्षणिक रूप से पिछड़ों के लिए आरक्षण।
पंचानबे (विधेयक) लोकसभा तथा राज्य विधान सभाओं में अनुसूचित जातियों तथा जनजातियों एवं आंग्ल-भारतीयों के लिए आरक्षण 26 जनवरी, 2010 से आगामी दस वर्षों के लिए बढ़ा दिया गया।
सौवाँ (2015) इस संशोधन द्वारा भारत एवं बांग्लादेश के मध्य हुए 4 साल पुराने भूमि-सीमा समझौता (LBA-1974) को लागू किया गया।
एक सौ एकवाँ (2015) यह संशोधन देश में एकीकृत वस्तु एवं सेवाओं का हस्तांतरण करने एवं विविध करों के बोझ को कम करने से संबंधित है।
एक सौ दोवाँ (2015) इस संशोधन द्वारा अन्य पिछड़ा वर्ग आयोग को संवैधानिक दर्जा प्रदान किया गया।
एक सौ तीनवाँ (2019) इस संशोधन द्वारा संविधान के अनुच्छेद 16 में एक नया उपबंध किया गया है जिसके माध्यम से सरकारी सेवाओं में नियुक्ति के लिए आर्थिक रूप से पिछड़े वर्गों के लिए 10 प्रतिशत आरक्षण का प्रावधान किया गया है।
एक सौ चारवाँ (2019) इस संशोधन के द्वारा अनुसूचित जाति एवं जनजाति के लिए आरक्षण की समयावधि बढ़ाकर 25 जनवरी, 2030 तक कर दी गई है।

- भारतीय संघ में सम्मिलित किया गया 29वां राज्य था- **तेलंगाना**
- जम्मू-कश्मीर राज्य पुनर्गठन अधिनियम-2019 के द्वारा 31 अक्टूबर, 2019 से जम्मू-कश्मीर का राज्य का दर्जा समाप्त करके उसे दो केंद्रशासित प्रदेशों जम्मू-कश्मीर और लद्दाख में विभाजित कर दिया गया।
- दादरा व नगर हवेली एवं दमन व दीव केन्द्रशासित प्रदेशों को 26 जनवरी, 2020 को मिलाकर एक केंद्रशासित प्रदेश बना दिया गया है।
- 1956 में भाषायी आधार पर राज्यों का पुनर्गठन किया गया।
- भाषायी आधार पर भारत में पहला राज्य **आन्ध्र प्रदेश** बनाया गया।

नागरिकता एवं मौलिक अधिकार

- भारतीय संविधान **एकल नागरिकता** प्रदान करता है।
- मौलिक अधिकारों की संरक्षक है- **न्यायपालिका**
- वर्ष 2005 में सूचना का अधिकार अधिनियम प्रभावी हुआ।
- नागरिकता प्राप्त करने व खोने के विषय में विस्तार से चर्चा **1955 के नागरिकता कानून में** की गई है।

- पाकिस्तान से आकर भारत में नागरिकता प्राप्त करने सम्बन्धी प्रावधान का वर्णन अनुच्छेद 6 में वर्णित है।
- भारत में एकल नागरिकता की अवधारणा अपनायी गई है- **इंग्लैण्ड से**
- नागरिकता संशोधन अधिनियम, 1992 के अनुसार- **भारत के बाहर पैदा होने वाले बच्चे को, यदि उसकी माँ भारतीय है, तो उसे भारतीय नागरिकता प्राप्त होगी**
- मौलिक अधिकार संविधान के **भाग** III में वर्णित है।
- मूल अधिकारों पर आवश्यक प्रतिबंध लगाने का अधिकार **संसद को** है।

मूल अधिकार
• समता या समानता का अधिकार (अनु. 14 से 18)
• स्वतंत्रता का अधिकार (अनु. 19 से 22)
• शोषण के विरुद्ध अधिकार (अनु. 23 से 24)
• धार्मिक स्वतंत्रता का अधिकार (अनु. 25 से 28)
• संस्कृति और शिक्षा संबंधी अधिकार (अनु. 29 से 30)
• संवैधानिक उपचारों का अधिकार (अनु. 32)

- मौलिक अधिकारों के अन्तर्गत अनुच्छेद 24 बच्चों के शोषण से सम्बन्धित है
- कारखानों अथवा खानों में कोई व्यक्ति नियुक्त नहीं किया जा सकता, जब तक उसकी आयु कम-से-कम- **14 वर्ष हो**
- भारतीय संविधान के अनुसार किसी भी व्यक्ति को जिसे गिरफ्तार अथवा बंदी किया जाता है, सबसे नजदीकी मजिस्ट्रेट के समक्ष उपस्थित करना होगा- **24 घण्टे के अन्दर**

राज्य के नीति निदेशक तत्व एवं मौलिक कर्त्तव्य

- संविधान में राज्य के नीति निदेशक तत्वों को शामिल करने के पीछे उद्देश्य **सामाजिक-आर्थिक लोकतंत्र की स्थापना** है।
- भारत के **गोवा** राज्य में समान नागरिक संहिता लागू है।
- राज्य के नीति निदेशक सिद्धान्तों के अनुसार 14 **वर्ष** तक के बच्चों को निःशुल्क एवं अनिवार्य शिक्षा देने की आशा की जाती है।

विश्व के संसदों के नाम

देश	संसद
अफगानिस्तान	शोरा
ब्रिटेन/कनाडा	पार्लियामेंट
भारत	संसद
जापान	डाइट
बांग्लादेश	जातीय संसद
पाकिस्तान/हंगरी/फ्रांस	नेशनल असेम्बली
सं. रा. अमेरीका	कांग्रेस
इजराइल	नेसेट
ईरान/मालदीव	मजलिस
रूस	ड्यूमा
डेनमार्क	फोल्केटिंग
स्विट्जरलैंड	फेडरल असेम्बली
स्पेन	कोर्टेस
नेपाल	राष्ट्रीय पंचायत
स्वीडन	रिश्ताग
नार्वे	स्टोर्टिंग
जर्मनी	बुन्डस्टेग
आयरलैंड/ऑस्ट्रेलिया	पार्लियामेंट
मंगोलिया	खुरल
पोलैंड	सेजम
मिस्र	पीपुल्स असेम्बली
मलेशिया	दीवान निगारा

- मौलिक कर्तव्यों को निर्धारित किया गया- 42**वें संविधान संशोधन द्वारा**
- वर्तमान में संविधान में कुल 11 मूल कर्तव्यों का उल्लेख है।
- मौलिक कर्तव्यों की अवहेलना करने वालों को- **दंड देने की व्यवस्था नहीं है।**

शपथ एवं त्याग-पत्र विधियां

पद	शपथ	त्याग-पत्र
राष्ट्रपति	मुख्य न्यायाधीश	उपराष्ट्रपति
उपराष्ट्रपति	राष्ट्रपति	राष्ट्रपति
राज्यपाल	राज्य उच्च न्यायालय के मुख्य न्यायाधीश	राष्ट्रपति
मुख्य न्यायाधीश	राष्ट्रपति	राष्ट्रपति
प्रधानमंत्री	राष्ट्रपति	राष्ट्रपति

संघीय व्यवस्थापिका एवं कार्यपालिका

- भारत की संघीय व्यवस्थापिका को **संसद के** नाम से जाना जाता है।
- साधारण विधेयक से सम्बन्धित गतिरोध को दूर करने के लिए संसद के दोनों सदनों की संयुक्त बैठक **राष्ट्रपति** बुलाता है।
- स्वतंत्र भारत के संसदीय इतिहास में अभी तक 3 बार संयुक्त बैठक (अधिवेशन) बुलायी गई है।
- भारत के संविधान में कहा गया है कि भारत की संसद के तीन अंग हैं। इनमें से एक अंग है - लोकसभा, दूसरा अंग है - राज्यसभा, जबकि तीसरा अंग है- **राष्ट्रपति**
- संसद का स्थायी सदन है- **राज्यसभा**
- संसद के दोनों सदनों के संयुक्त अधिवेशन की अध्यक्षता **लोकसभाध्यक्ष** करता है।
- संविधान संशोधन प्रस्ताव के संबंध में दोनों सदनों में मतभेद होने की स्थिति में- **प्रस्ताव गिर जाएगा**
- संसद की कार्यवाही सूची में प्रथम विषय होता है- **प्रश्न काल**
- **शून्य काल** प्रथा संसदीय प्रणाली को भारत की देन है
- संसद के दो सत्रों के बीच अधिकतम **6 महीने** का अंतराल दिया जा सकता है।
- संसद के कुल सदस्यों का 1/10 भाग वैधानिक चैम्बर की मीटिंग बुलाने के लिए आवश्यक गणपूर्ति (कोरम) है।
- संविधान लागू होने के बाद सर्वप्रथम त्रिशंकु संसद (Hung Parliament) का गठन 1989 में हुआ।
- भारत की पार्लियामेन्ट (संसद) का उद्घाटन 1927 में हुआ था।
- किसी संसद सदस्य की अयोग्यता के सन्दर्भ में निर्णय **राष्ट्रपति** करता है।
- भारत की संचित निधि से 'धन निर्गम' पर **संसद** का नियंत्रण है।
- संसद की **लोकसभा को** 'प्रतिनिधि सभा' भी कहा जाता है।
- संघ की कार्यपालिका शक्ति निहित है- **राष्ट्रपति में**
- राष्ट्रपति चुनाव संबंधी मामले **उच्चतम न्यायालय** के पास भेजे जाते हैं।
- भारत के राष्ट्रपति का चुनाव 5 वर्षों के लिए होता है।
- राष्ट्रपति के चुनाव के लिए निर्वाचक मंडल में होते हैं- **संसद के दोनों सदनों तथा विधान सभाओं के निर्वाचित सदस्य**
- भारत के राष्ट्रपति को उसके पद से हटाया जा सकता है- **संसद द्वारा महाभियोग से**
- भारत में सभी रक्षा बलों का सर्वोच्च कमांडर है- **भारत का राष्ट्रपति**
- भारत का राष्ट्रपति अपना त्यागपत्र **उपराष्ट्रपति को** सम्बोधित करता है।
- राष्ट्रपति के त्यागपत्र की सूचना उपराष्ट्रपति **लोकसभाध्यक्ष को** देता है।
- एक ही समय में यदि राष्ट्रपति और उपराष्ट्रपति दोनों का पद रिक्त हो जाय तो राष्ट्रपति के कृत्यों का निर्वहन **भारत का मुख्य न्यायाधीश** करेगा।
- जब राष्ट्रपति मृत्यु, त्यागपत्र, पदच्चूत या अन्य कारणों से अपने कर्तव्य को नहीं निभा सकता है, तो उपराष्ट्रपति 6 माह तक राष्ट्रपति के रूप में कार्य करता है।
- सबसे लम्बे समय तक भारत के राष्ट्रपति रहे- **बिहार से डॉ. राजेन्द्र प्रसाद**
- भारत का राष्ट्रपति चुने जाने वाले प्रथम गैर काँग्रेसी उम्मीदवार **वी.वी. गिरि** थे।
- भारतीय राष्ट्रपति के सर्वसम्मति से चुने जाने का अभी तक एकमात्र उदाहरण है- **नीलम संजीवा रेड्डी**
- भारत में कार्यपालिका का अध्यक्ष राष्ट्रपति होता है।
- राष्ट्रपति पर महाभियोग का आरोप एक संकल्प के रूप में संसद के किसी

भी सदन में लाया जा सकता है। यह कम-से-कम 14 दिन की लिखित सूचना के बाद प्रस्तुत किया जाना चाहिए।

- सदन में राष्ट्रपति के विरुद्ध महाभियोग प्रस्ताव पास करने के लिए सदन के कुल सदस्यों में से कम-से-कम **2/3** सदस्यों का समर्थन चाहिए।
- राष्ट्रपति पद के लिए अधिकतम निर्वाचित होने की **कोई सीमा नहीं** है।
- राष्ट्रपति का निर्वाचन **अप्रत्यक्ष रूप से** होता है।
- भारत में राष्ट्रपति का चुनाव किया जाता है- **एकल हस्तांतरणीय मत पद्धति द्वारा**
- **राज्यों की विधानसभाएं** राष्ट्रपति के निर्वाचन का भाग है, परन्तु उसके महाभियोग अधिकरण का भाग नहीं हैं।
- लाभ के पद का निर्णय **संघीय संसद** करेगी।
- लोकसभा **प्रधानमंत्री के परामर्श से राष्ट्रपति द्वारा** भंग की जाती है
- राष्ट्रपति **सदन का अधिवेशन न रहने की स्थिति में** अध्यादेश जारी कर सकता है।
- भारत के राष्ट्रपति ने जिस एकमात्र मामले में वीटो (Pocket Veto) शक्ति का प्रयोग किया था, वह था- **भारतीय डाकघर (संशोधन) अधिनियम**
- राष्ट्रपति को लोकसभा में दो **एंग्लो-इण्डियन** सदस्यों को मनोनीत करने का अधिकार है।
- डॉ. राजेन्द्र प्रसाद भारत के प्रथम राष्ट्रपति थे। वे एक मात्र ऐसे व्यक्ति हैं जिन्हें दो बार भारत का राष्ट्रपति बनने का गौरव प्राप्त हुआ।
- नीलम संजीवा रेड्डी एक मात्र ऐसे राष्ट्रपति थे, जो एक बार चुनाव में पराजित हुए, दूसरी बार निर्विरोध निर्वाचित हुए।
- कार्यकाल में मृत्यु होने वाले एक मात्र राष्ट्रपति डॉ. जाकिर हुसैन थे।
- वी.वी. गिरि एक मात्र ऐसे राष्ट्रपति हैं, जिनके निर्वाचन में द्वितीय चक्र की मतगणना करनी पड़ी।
- काँग्रेस का स्पष्ट बहुमत प्राप्त होते हुए भी वी.वी. गिरि ने निर्दलीय उम्मीदवार के रूप में चुनाव में सफलता प्राप्त की।
- भारत के कार्यवाहक राष्ट्रपति-वी.वी. गिरि, न्यायमूर्ति मु. हिदायतुल्ला एवं बी. डी. जत्ती थे।
- श्री के. आर. नारायणन भारत के प्रथम ऐसे राष्ट्रपति थे जो दलित वर्ग के थे।
- डॉ. एपीजे अब्दुल कलाम ही मात्र ऐसे राष्ट्रपति थे जो वैज्ञानिक एवं अविवाहित थे।
- भारत की प्रथम महिला राष्ट्रपति प्रतिभा देवी सिंह पाटिल हैं।
- राजेन्द्र प्रसाद, फखरुद्दीन अहमद, नीलम संजीव रेड्डी, ज्ञानी जैल सिंह, एपीजे अब्दुल कलाम, प्रतिभा पाटिल तथा प्रणव मुखर्जी को छोड़कर अन्य सभी राष्ट्रपति पूर्व में उपराष्ट्रपति रहे हैं।
- उपराष्ट्रपति के कार्यकाल की अवधि 5 वर्ष की होती है
- उपराष्ट्रपति को **लोकसभाध्यक्ष** के समतुल्य वेतन (राज्यसभा के सभापति के रूप में) मिलता है
- राज्यसभा के सदस्यों का निर्वाचन होता है- **राज्य के विधानसभा के निर्वाचित सदस्यों द्वारा**
- राज्यसभा में गणपूर्ति (कोरम) के लिए निर्धारित संख्या है- 25
- **राज्यसभा** में अध्यक्ष उस सदन का सदस्य नहीं होता
- लोकसभा की भाँति राज्यसभा कभी भंग नहीं होती, किन्तु- **प्रत्येक 2 वर्ष बाद उसके एक-तिहाई सदस्यों की सदस्यता समाप्त हो जाती है**

भारत के राष्ट्रीय प्रतीक	
राष्ट्रीय ध्वज	तिरंगा
राष्ट्रीय गान	जन-गण-मन
राष्ट्रीय कैलेण्डर	शक-संवत्
राष्ट्रीय मुद्रा	रुपया
राष्ट्रीय योजना	पंचवर्षीय योजना
राष्ट्रीय पक्षी	मोर (पावो क्रिस्टेटस)
राष्ट्रीय भाषा	हिन्दी
राष्ट्रीय फल	आम
राष्ट्रीय विदेश नीति	गुटनिरपेक्षता
राष्ट्रीय जल जीव	गंगा डॉल्फिन
राष्ट्रीय नारा	श्रमेव जयते
राष्ट्रीय पर्व	स्वतंत्रता दिवस, गणतंत्र दिवस, गांधी जयंती
राष्ट्रीय राजचिह्न	अशोक चक्र
राष्ट्रीय गीत	वन्दे-मातरम्
राष्ट्रीय लिपि	देवनागरी
राष्ट्रीय वाक्य	सत्यमेव जयते
राष्ट्रीय नदी	गंगा
राष्ट्रीय पशु	बाघ (पैंथरा टाइग्रिस)
राष्ट्रीय खेल	हॉकी
राष्ट्रीय वृक्ष	वट (बरगद)
राष्ट्रीय पुष्प	कमल (नेलम्बो न्यूसीफेरा)
राष्ट्रीय पुरस्कार	भारत-रत्न
राष्ट्रीय मिठाई	जलेबी
राष्ट्रीय मंत्र	ओउम्
राष्ट्रीय ध्वज गीत	हिन्द देश का प्यारा झंडा.

- वर्तमान में राज्यसभा के सदस्यों की अधिकतम संख्या 250 हो सकती है।
- वर्तमान समय में राज्यसभा में सदस्यों की प्रभावी संख्या 245 है।
- राज्यसभा के लिए प्रत्येक राज्य के प्रतिनिधियों का निर्वाचन **विधानसभा के निर्वाचित सदस्य** करते है।
- उत्तर प्रदेश से राज्यसभा के लिए सर्वाधिक 31 सदस्य चुने जाते हैं।
- राज्यसभा के सदस्यों का कार्यकाल 6 वर्ष का होता है।
- **लोकसभा** जनता द्वारा प्रत्यक्ष रूप से निर्वाचित सदन है।
- मूल संविधान में लोकसभा सदस्यों की संख्या 500 निर्धारित की गई।
- **31**वें संवैधानिक संशोधन अधिनियम द्वारा लोकसभा की अधिकतम सदस्य संख्या 545 निर्धारित की गई।
- लोकसभा की अधिकतम सदस्य संख्या 552 हो सकती है।
- **लोक लेखा समिति** को प्राक्कलन समिति की जुड़वा बहन कहा जाता है।
- लोकसभा का नेता **प्रधानमंत्री** होता है।
- **वित्त विधेयक** केवल लोकसभा में ही प्रारम्भ किये जा सकते हैं।
- भारत में क्षेत्रफल की दृष्टि से सबसे बड़ा संसदीय निर्वाचन क्षेत्र **लद्दाख** है।
- अविश्वास प्रस्ताव लोकसभा में लाया जाता है।
- **मध्य प्रदेश** लोकसभा में अनुसूचित जनजातियों के सर्वाधिक प्रतिनिधि निर्वाचित करता है।
- लोकसभा का कार्यकाल 5 वर्ष से अधिक **जब राष्ट्रीय आपात लागू हो तब** बढ़ाया जा सकता है।
- लोकसभा के किसी सदस्य की सदस्यता 2 माह तक लगातार अनुपस्थित रहने पर समाप्त हो जाती है।
- अस्थायी लोकसभाध्यक्ष (प्रोटेम स्पीकर) को **राष्ट्रपति** नियुक्त करता है।
- मतदाता संख्या की दृष्टि से देश का सबसे बड़ा लोकसभा निर्वाचन क्षेत्र **मलकाजगिरि** है।
- लोकसभा का चुनाव लड़ने के लिए इच्छुक व्यक्ति की न्यूनतम आयु होनी चाहिए- **25 वर्ष**
- **छठी** लोकसभा में निर्वाचित महिला सांसदों की संख्या सबसे कम थी।
- प्रधानमंत्री जो शपथ ग्रहण करने के समय राज्यसभा के सदस्य थे- **लालबहादुर शास्त्री**

- इन्दिरा गाँधी दूसरी अवधि के लिए प्रधानमंत्री बनीं- **1980 से 1984 तक**
- प्रधानमंत्री पद पर किसी एक कार्यकाल के लिए सबसे कम समय के लिए **अटल बिहारी वाजपेयी** आसीन रहा।
- सबसे कम उम्र में प्रधानमंत्री पद पर आसीन होने वाले व्यक्ति है- **राजीव गाँधी**
- सबसे अधिक उम्र में प्रधानमंत्री पद पर आसीन होने वाले व्यक्ति है- **मोरारजी देसाई**
- प्रधानमंत्री पद से पदत्याग करने वाले प्रथम व्यक्ति हैं- **मोरारजी देसाई**
- ऐसे प्रथम प्रधानमंत्री जिनके विरुद्ध लोकसभा में अविश्वास प्रस्ताव लाया गया- **जवाहरलाल नेहरू**
- संघीय मंत्रिपरिषद् का अध्यक्ष **प्रधानमंत्री** होता है।
- मंत्रिमंडल (संघीय) की बैठक की अध्यक्षता **प्रधानमंत्री** करता है।
- संघीय मंत्रिपरिषद् के मंत्री उत्तरदायी होते हैं- **केवल लोकसभा के प्रति**
- मंत्रिपरिषद् के सदस्यों को पद की गोपनीयता की शपथ **राष्ट्रपति** दिलाता है।
- मंत्रिपरिषद् में वरीयता की दृष्टि से मंत्रियों का सही क्रम है- **कैबिनेट मंत्री** > **राज्य मंत्री** > **उपमंत्री**
- भारत के प्रथम उप-प्रधानमंत्री **सरदार वल्लभ भाई पटेल** थे।
- अब तक 7 व्यक्ति भारत के उप-प्रधानमंत्री पद पर नियुक्त हुए हैं।
- राज्य सभा में विपक्ष का प्रथम नेता **कमलापति त्रिपाठी** था।
- **मनमोहन सिंह** लोकसभा में विरोधी दल के नेता पद पर कभी नहीं रहे।
- लोकसभा के पिता के रूप में जाने जाते हैं- **जी.वी. मावलंकर**
- लोकसभा अध्यक्षों में से **बलराम जाखड** का कार्यकाल सबसे लम्बा रहा है।
- कोई विधेयक धन विधेयक है या नहीं, इसका निर्णय **लोकसभा अध्यक्ष** करता है।
- संसद के दोनों सदनों के संयुक्त अधिवेशन को **राष्ट्रपति** बुलाता है।
- संसद के संयुक्त अधिवेशन में किसी विधेयक पर निर्णायक मत देने का अधिकार **लोकसभा अध्यक्ष** को है।
- भारत सरकार का प्रथम विधि अधिकारी **भारत का महान्यायवादी** होता है।
- भारत के एटॉर्नी जनरल (महान्यायवादी) की नियुक्ति **भारत का राष्ट्रपति** करता है।
- **भारत के एटॉर्नी जनरल** को संसद के दोनों सदनों में बोलने, अन्य कार्यवाहियों में सम्मिलित होने तथा किसी भी संसदीय कमेटी का सदस्य होने का अधिकार तय है, परन्तु उसे वोट देने का अधिकार नहीं है।
- भारत का सॉलिसिटर जनरल होता है- **एक प्रशासनिक अधिकारी**
- कानूनी विषयों पर राज्य सरकार को परामर्श **एडवोकेट जनरल** देता है।
- **नियंत्रक एवं महालेखा परीक्षक** अधिकारी है जो भारत सरकार के वित्तीय लेन-देनों में लेखाकरण के लिए जिम्मेदार होता है।
- लेखा परीक्षक का मुख्य उद्देश्य **कार्यपालिका के** व्यय पर नियंत्रण करना होता है।
- कम्पट्रोलर एण्ड ऑडिटर जनरल सेवानिवृत होते हैं- **नियुक्ति के 6 वर्ष बाद या 65 वर्ष की आयु पूर्ण होने पर**
- **प्राक्कलन समिति** को स्थायी मितव्ययिता समिति भी कहा जाता है।

- प्राक्कलन समिति में 30 सदस्य होते है।
- प्राक्कलन समिति एक सबसे बड़ी संसदीय समिति है।

राज्य व्यवस्थापिका एवं कार्यपालिका

- राज्य सरकार का संवैधानिक प्रमुख होता है– **राज्यपाल**
- सामान्य रूप से राज्यपाल का कार्यकाल होता है– **5 वर्ष**
- जम्मू-कश्मीर के राज्यपाल को **भारत का राष्ट्रपति** नियुक्त करता है।
- राज्यपाल पद पर बना रहता है– **राष्ट्रपति के प्रसादपर्यन्त**
- राज्य मंत्रिपरिषद् का गठन **राज्यपाल** करता है।
- राज्यपाल के पद पर नियुक्ति की न्यूनतम उम्र सीमा है– **35 वर्ष**
- भारत के किसी राज्य की राज्यपाल बनने वाली प्रथम महिला थी– **सरोजिनी नायडू**
- राज्य की कार्यपालिका शक्ति **राज्यपाल में** निहित होती है।
- राज्य मंत्रिपरिषद् रूपी जहाज के निर्देशन चक्र का चालक होता है– **मुख्यमंत्री**
- राज्यपाल तथा मंत्रिपरिषद् के बीच की कड़ी होता है– **मुख्यमंत्री**
- किसी राज्य के मंत्रिपरिषद् की बैठक की अध्यक्षता **मुख्यमंत्री** करता है।
- राज्य का मुख्यमंत्री **विधान सभा** के प्रति उत्तरदायी होता है।
- भारत के **उत्तर प्रदेश** राज्य में सर्वप्रथम कोई महिला मुख्यमंत्री नियुक्त हुई।
- उत्तर प्रदेश की प्रथम महिला मुख्यमंत्री **सुचेता कृपलानी थी।**
- **ज्योति बसु का** मुख्यमंत्री के रूप में सबसे अधिक कार्यकाल रहा है।
- भारत में राज्य विधानपालिकाओं का उच्च सदन **विधानपालिका परिषद्** है।
- किसी राज्य में विधान परिषद् की संरचना अथवा विघटन किया जा सकता है– **संसद द्वारा राज्यपाल की अनुशंसा पर**
- राज्य विधान परिषद् के निर्वाचन क्षेत्रों का परिसीमन **परिसीमन आयोग** के द्वारा किया जाता है।
- **विधानपरिषद्** को समाप्त किया जा सकता है, पर भंग नहीं।
- विधान परिषद् को समाप्त करने वाला आखिरी राज्य **तमिलनाडु** है।
- **उत्तर प्रदेश** राज्य में विधान परिषद् की सदस्य संख्या सर्वाधिक है।
- भारत के **दिल्ली व पुडुचेरी** संघ शासित क्षेत्रों में विधान सभा अस्तित्व में है।
- राज्य की विधानसभा के सत्रावसान के आदेश **राज्यपाल** के द्वारा दिये जाते हैं।
- विधान सभा अध्यक्ष (स्पीकर) अपना त्यागपत्र **विधान सभा उपाध्यक्ष** को देता है।
- किसी राज्य विधान सभा के सदस्यों की न्यूनतम संख्या 60 हो सकती है।
- विधान सभा की बैठक की अंतिम तिथि तथा दूसरी बैठक की प्रथम तिथि के बीच 6 **माह** से अधिक का अंतर नहीं होना चाहिए।

स्थानीय स्वशासन

- भारत में त्रिस्तरीय पंचायती राज प्रणाली स्थापित करने की अनुशंसा सर्वप्रथम **बलवंत राय मेहता समिति द्वारा** द्वारा की गयी थी।
- पंचायती राज प्रथम प्रवर्तित किया गया– **राजस्थानं में 1959 ई.**
- देश में त्रिस्तरीय पंचायती राज व्यवस्था को **राजस्थान एवं आन्ध्र प्रदेश** राज्यों में सर्वप्रथम अपनाया गया

भारत के उच्च न्यायालय

नाम	स्थापना वर्ष	राज्य क्षेत्रीय अधिकारिता	मूल स्थान	खण्डपीठ
बम्बई	1862	महाराष्ट्र, गोवा, दादर एवं नगर हवेली और दमन तथा दीव	मुंबई	नागपुर, पणजी तथा औरंगाबाद
कलकत्ता	1862	पश्चिम बंगाल, अंडमान एवं निकोबार द्वीप समूह	कलकत्ता	पोर्ट ब्लेयर
मद्रास	1862	तमिलनाडु, पुदुचेरी	चेन्नई	मदुरै
इलाहाबाद	1866	उत्तर प्रदेश	इलाहाबाद	लखनऊ
कर्नाटक	1884	कर्नाटक	बंगलुरु	–
पटना	1916	बिहार	पटना	–
जम्मू-कश्मीर	1928	जम्मू-कश्मीर	श्रीनगर	जम्मू
गुवाहाटी	1948	असम, मणिपुर, मेघालय, त्रिपुरा, नागालैंड, मिजोरम एवं अरुणाचल प्रदेश	गुवाहाटी	कोहिमा, आइजोल, इम्फाल, शिलांग, अगरतला, इटानगर
उड़ीसा	1948	ओडिशा	कटक	–
राजस्थान	1949	राजस्थान	जोधपुर	जयपुर
आंध्र प्रदेश	2019	आंध्र प्रदेश	अमरावती	–
मध्य प्रदेश	1956	मध्य प्रदेश	जबलपुर	ग्वालियर, इंदौर
केरल	1958	केरल, लक्षद्वीप	अर्नाकुलम	–
गुजरात	1960	गुजरात	अहमदाबाद	–
दिल्ली	1966	दिल्ली	दिल्ली	–
हिमाचल प्रदेश	1971	हिमाचल प्रदेश	शिमला	–
पंजाब-हरियाणा	1966	पंजाब, हरियाणा, चण्डीगढ़	चण्डीगढ़	–
सिक्किम	1975	सिक्किम	गंगटोक	–
छत्तीसगढ़	2000	छत्तीसगढ़	बिलासपुर	–
उत्तराखंड	2000	उत्तराखंड	नैनीताल	–
झारखंड	2000	झारखंड	रांची	–
तेलंगाना	1954	तेलंगाना	हैदराबाद	–

- 73वां संविधान संशोधन सम्बन्धित है– **पंचायती राज प्रणाली से**
- पंचायती राज प्रदान करता है– **स्थानीय स्तर पर लोकतांत्रिक प्रशासन**
- यदि पंचायत भंग होती है, तो 6 **माह** के अंदर निर्वाचन होंगे।
- भारत में पहला नगर निगम **चेन्नई में** स्थापित हुआ था।
- भारत में प्रत्यक्ष लोकतंत्र का उदाहरण **ग्राम सभा** है।
- पंचायत चुनाव के लिए उम्मीदवारों की न्यूनतम आयु सीमा होनी चाहिए– 21 **वर्ष**

न्यायपालिका

- भारतीय संविधान की व्याख्या करने का मुख्य अधिकारी **सर्वोच्च न्यायालय** है।

पंचायती राजव्यवस्था में सुधार हेतु गठित समिति एवं संविधान संशोधन	
बलवंत राय मेहता समिति	1957
अशोक मेहता समिति	1977
पी. वी. के राय समिति	1985
एल. एम सिंघवी समिति	1986
64वां संविधान संशोधन	1989
73वां संविधान संशोधन	1993

- भारत के सर्वोच्च न्यायालय की स्थापना हुई थी– **भारत सरकार अधिनियम, 1935 के अधीन**
- मूल रूप से संविधान में सर्वोच्च न्यायलय में मुख्य न्यायाधीश के अतिरिक्त 7 न्यायाधीश की व्यवस्था थी।
- उच्चतम न्यायालय के न्यायाधीशों की संख्या में वृद्धि करने की शक्ति **संसद** के पास है।
- भारत के सर्वोच्च न्यायालय का एक न्यायाधीश 65 **वर्ष की** उम्र तक अपने पद पर बना रह सकता है।
- सर्वोच्च न्यायालय के न्यायाधीश **न्यायमूर्ति वी. रामास्वामी** के विरुद्ध 11 मई, 1993 को लोकसभा में लाया गया महाभियोग प्रस्ताव असफल रहा।
- उच्चतम न्यायालय के मुख्य न्यायाधीश की नियुक्ति **राष्ट्रपति** करता है।
- सर्वोच्च न्यायालय में न्यायाधीश नियुक्त होने के लिए व्यक्ति को कम-से-कम 10 वर्ष उच्च न्यायालय का एडवोकेट होना चाहिए।
- भारतीय संविधान का **अनुच्छेद 134 A को मिलाकर अनुच्छेद 132 को पढ़ना** संवैधानिक विवाद में सर्वोच्च न्यायालय के अपीलीय क्षेत्राधिकार से सम्बन्धित है।
- **केशवानन्द भारती** वाद में सर्वोच्च न्यायालय ने कहा था कि संसद को मूल अधिकार में संशोधन करने की शक्ति प्राप्त है, पर वह संविधान के मूल ढांचे में संशोधन नहीं कर सकती।
- सर्वोच्च न्यायालय के प्रथम मुख्य न्यायाधीश **हीरालाल जे. कानिया** थे
- सर्वोच्च न्यायालय के मुख्य न्यायाधीश के पद पर सर्वाधिक लम्बी अवधि तक **वाई.वी. चन्द्रचूड़** पदस्थ रहे।
- सर्वोच्च न्यायालय के मुख्य न्यायाधीश के पद पर सबसे कम समय तक **कमल नारायण सिंह** आसीन रहे।
- सर्वोच्च न्यायालय के मुख्य न्यायाधीश **एच.एम. हिदायुतुल्ला** ने 20 जुलाई, 1969 से 24 अगस्त, 1969 तक कार्यकारी राष्ट्रपति के रूप में कार्य किया।
- उच्च न्यायालय के न्यायाधीशों की– **राष्ट्रपति के द्वारा नियुक्ति होती है।**
- उच्च न्यायालय का न्यायाधीश अपना त्यागपत्र **राष्ट्रपति** को देता है।
- देश के 24 उच्च न्यायालयों में न्यायाधीशों की कुल स्वीकृत संख्या 906 है।
- भारत के **सिक्किम उच्च न्यायालय** में न्यायाधीशों की संख्या सबसे कम है।
- उच्च न्यायालय के न्यायाधीशों के सेवानिवृत्ति की अधिकतम उम्र सीमा 65 **वर्ष** है।
- भारत का सबसे बड़ा उच्च न्यायालय है– **इलाहाबाद उच्च न्यायालय**
- भारत में उच्च न्यायालय सर्वप्रथम आरम्भ हुआ– **बम्बई, मद्रास व कलकत्ता में**
- उच्च न्यायालय के न्यायाधीश पद पर नियुक्त होने वाली प्रथम महिला **अन्ना चण्डी** हैं।
- उच्च न्यायालय के मुख्य न्यायाधीश पद पर नियुक्त होने वाली प्रथम महिला **लीला सेठ** हैं।

संघ-राज्य संबंध

- भारतीय संविधान के अवशिष्ट अधिकार हैं– **केन्द्र के पास**
- भारतीय संविधान के अनुसार अवशिष्ट शक्तियाँ **संघीय संसद** को सौंपी गयी हैं।
- पंचायती राज विषय है– **राज्य की सूची में**
- आर्थिक नियोजन विषय है– **समवर्ती सूची में**
- सामाजिक सुरक्षा एवं सामाजिक बीमा तथा **शिक्षा** विषय समवर्ती सूची में है।
- सरकारिया आयोग की सिफारिशों का सम्बन्ध है– **केन्द्र और राज्यों के बीच सम्बन्धों से**
- केन्द्र राज्य संबंध में विवाद का एक कारण रहा है– **राज्यपाल का पद**
- भारतीय संघ का कोई राज्य किसी विदेशी राष्ट्र या अन्तर्राष्ट्रीय संगठन से ऋण **नहीं** ले सकता है।

भारत की राजभाषा एवं आपात् उपबंध

- संविधान की आठवीं अनुसूची में सम्मिलित भाषाओं की संख्या 22 है।
- भारत की राजभाषा है- **हिन्दी**
- भारतीय संविधान के अनुच्छेद 344 के तहत प्रथम राजकीय भाषा आयोग का गठन हुआ था- 1955 **ई. में बी.जी. खेर की अध्यक्षता में**
- भारत के **जम्मू एवं कश्मीर** में उर्दू को प्रथम राजभाषा का दर्जा प्रदान किया गया है।
- राष्ट्रपति राष्ट्रीय आपात की घोषणा कर सकते हैं, तब- **उन्हें ऐसा करने के लिए केन्द्रीय कैबिनेट का लिखित निर्णय प्राप्त है।**
- अब तक 3 बार राष्ट्रीय आपातकाल की उद्घोषणा राष्ट्रपति द्वारा की जा चुकी है।
- वर्तमान समय में लोकसभा की 543 सीटों में से 84 सीटें अनुसूचित जनजाति के लिए आरक्षित हैं।
- लोकसभा में सुरक्षित निर्वाचन क्षेत्र **पिछड़े वर्ग** से संबंधित नहीं है।
- प्रथम पिछड़ा वर्ग आयोग का गठन 1953 में किया गया था।
- मंडल आयोग का संबंध था- **पिछड़ी जातियों से**
- भारतीय संविधान की प्रस्तावना में 'धर्मनिरपेक्ष', 'समाजवादी' तथा 'राष्ट्र की एकता एवं अखण्डता' वाक्यांश **42वें** संशोधन द्वारा समाविष्ट किया गया।
- भारतीय संविधान में अल्पसंख्यकों को मान्यता **कुल जनसंख्या के साथ उस वर्ग की जनसंख्या का अनुपात के** आधार पर दी गई है।
- भारतीय संविधान के संशोधनों में से **91वाँ संशोधन** केन्द्रीय मंत्रिमण्डल के आकार को सीमित करता है।
- भारतीय संविधान में 9वीं अनुसूची **प्रथम संशोधन द्वारा** परिवर्तित हुई।

संविधान की आठवीं अनुसूची में स्थापित भारतीय भाषाएँ				
असमिया	बंगाली	गुजरात	मराठी	नेपाली
हिन्दी	कन्नड़	कश्मीरी	पंजाबी	संस्कृत
कोंकणी	मलयालम	मणिपुरी	तमिल	तेलुगु
मैथिली	संथाल	डोंगरी	उड़िया	सिन्धी
बोडो	उर्दू			

❑❑❑

भारतीय अर्थव्यवस्था

- भारत की अर्थव्यवस्था को सबसे अच्छे ढंग से **मिश्रित अर्थव्यवस्था** में व्यक्त किया जा सकता है।
- **पं. जवाहर लाल नेहरू** योजना आयोग के प्रथम अध्यक्ष थे।
- मानव विकास सूचकांक (HDI) **महबूब-उल-हक** अर्थशास्त्री की देन है।
- बंद अर्थव्यवस्था से आप क्या समझते हैं- **आयात-निर्यात बंद**
- वर्ल्ड डेवलपमेंट रिपोर्ट I.B.R.D. का वार्षिक प्रकाशन है।
- मिश्रित अर्थव्यवस्था को अपनाने वाला विश्व का पहला राष्ट्र था - **फ्रांस**
- भारत में अर्थव्यवस्था है - **मिश्रित**
- मिश्रित अर्थव्यवस्था का अर्थ है - **निजी तथा सार्वजनिक क्षेत्रों का सह अस्तित्व**
- मिश्रित अर्थव्यवस्था का आरंभ हुआ - **1948 में**
- राष्ट्रीय आय का सर्वश्रेष्ठ मापक है - **साधन लागत पर शुद्ध राष्ट्रीय उत्पाद (NNP)**
- भारत की GDP में कृषि का योगदान है- **14.2%**
- वित्त आयोग का मुख्य कार्य है - **केंद्र व राज्य के मध्य राजस्व बंटवारे का निर्धारण करना**
- छठे वेतन आयोग के अध्यक्ष - **बी. एन. कृष्णा**
- योजना आयोग का गठन हुआ - **15 मार्च, 1951**
- योजना आयोग का प्रस्ताव प्रस्तुत किया था - **जॉन मथाई ने (1950 में)**

सिद्धांत एवं प्रतिपादक	
विकास का सिद्धांत	दादा भाई नौरोजी
गरीबी का दुश्चक्र दृष्टिकोण, प्रच्छन्न बेरोजगारी सिद्धांत, संतुलित विकास का सिद्धांत	रेगनर नर्क्स
प्लानिंग एण्ड दी पुअर	वी. एस. मिन्हास
ऐन इन्क्वैरी इन्टू द पावर्टी ऑफ नेशन्स	गुन्नार मिर्डल
प्रबल धक्का सिद्धांत	रोजस्टीन रोडॉ
असंतुलित विकास सिद्धांत	हर्शमैन
स्टेजेज ऑफ इकोनॉमिक ग्रोथ	रोस्टोव
कलेक्टिव च्वाइस एंड सोशल वेलफेयर	ए. के. सेन
भुगतान सामर्थ्य दृष्टिकोण	एडम स्मिथ
इष्टतम करारोपण का सिद्धान्त	आर्थर लैफर
व्यय कर	एक केल्डार
टोबिन कर	जेम्स टोबिन
मूल्यवर्धित कर (VAT)	प्रथम प्रतिपादक एफ. वान सीमेन्स
मूल्यवर्धित कर	मारिश फारे और कार्लशूप (विकसित किया)
न्यूनतम त्याग का सिद्धांत	जे. एस. मिल
जीरो बेस बजटिंग	पीटर पायर
अधिकतम सामाजिक कल्याण का सिद्धांत	डाल्टन पीगू
कर देय क्षमता	क्लॉर्क
कार्यात्मक वित्त का सिद्धांत	ए.पी. लर्नर
क्षतिपूरक राजकोषीय सिद्धांत	जॉन मेनार्ड कीन्स

- योजना-आयोग का गठन हुआ था - **1946 में नियोगी समिति की सिफारिश पर**
- योजना-आयोग संस्था है - **परामर्शदात्री व गैर-संवैधानिक**
- योजना आयोग का अध्यक्ष होता है - **प्रधानमंत्री**
- योजना आयोग के प्रथम अध्यक्ष एवं उपाध्यक्ष थे - **क्रमशः पं. जवाहर लाल नेहरू व गुलजारीलाल नंदा**

➲ योजना आयोग के उपाध्यक्ष को दर्जा प्राप्त होता है - **कैबिनेट मंत्री का**

➲ योजना आयोग के उपाध्यक्ष की नियुक्ति करता है - **प्रधानमंत्री की सलाह पर राष्ट्रपति**

➲ योजना आयोग के सदस्यों की संख्या एवं उनका कार्यकाल - **निश्चित नहीं होता**

➲ योजना आयोग का मुख्य कार्य है - **पंचवर्षीय योजनाओं का निर्माण व रूपरेखा तैयार करना**

➲ योजना आयोग का इंडिया विजन-2020 का दस्तावेज प्रस्तुत हुआ - **23 जनवरी, 2003 को**

➲ मानव विकास रिपोर्ट जारी करता है - **संयुक्त राष्ट्र विकास कार्यक्रम (UNDP) 1990 से**

➲ मानव विकास सूचकांक (HDI) का आंकलन का आधार है - **जीवन प्रत्याशा, शिक्षा का स्तर एवं प्रति व्यक्ति आय**

➲ HDI-2019 के अनुसार मानव विकास मामले में भारत का स्थान - **129वां (189 देशों में)**

➲ मानव विकास सूचकांक 2019 के अनुसार मानव विकास मामले में प्रथम स्थान है - **नार्वे का**

➲ भारत में पहली मानव विकास रिपोर्ट (HDR) जारी की गई थी - **अप्रैल, 2002 में**

➲ भारत की मानव विकास रिपोर्ट को जारी करता है - **योजना आयोग (अब नीति आयोग)**

➲ राज्यस्तरीय मानव विकास रिपोर्ट जारी करने वाला भारत का पहला राज्य - **मध्य प्रदेश**

➲ भारत की राष्ट्रीय आय का मुख्य स्रोत है - **कृषि**

महत्त्वपूर्ण समितियां	
स्वामीनाथन समिति	जनसंख्या नीति
जानकीरमन समिति	प्रतिभूमि घोटाला
दांतवाला समिति	बेरोजगारी के अनुमान
रेखी समिति	अप्रत्यक्ष कर
सरकारिया समिति	केंद्र-राज्य संबंध
गोस्वामी समिति	औद्योगिक रूग्णता
महालनोबिस समिति	राष्ट्रीय आय
रंगराजन समिति	भुगतान सन्तुलन
राजा चेलैया समिति	कर-सुधार
मल्होत्रा समिति	बीमा क्षेत्र में सुधार
खुसरो समिति	कृषि साख
गोइपोरिया समिति	बैंक सेवा सुधार
भूरेलाल समिति	मोटरवाहन करों में वृद्धि
नरसिम्हन समिति	वित्तीय (बैंकिंग) सुधार
भण्डारी समिति	क्षेत्रीय ग्रामीण बैंकों की पुनर्संरचना
सच्चर समिति	मुस्लिमों की सामाजिक, आर्थिक व शैक्षणिक स्थिति का अध्ययन
सुरेश तेंदुलकर समिति	गरीबी
एस. तारापोर समिति	रुपये की पूंजी खाते में परिवर्तनीयता
आबिद हुसैन समिति	लघु उद्योग
डॉ. किरीत शांतिलाल समिति	पेट्रोलियम उत्पादों की मूल्य प्रणाली पर सुझाव
बी. एस. व्यास	कृषि एवं ग्रामीण साख विस्तार
महाजन समिति	चीनी उद्योग

➲ राष्ट्रीय आय तथा सकल घरेलू उत्पाद (GDP) का लेखा करता है - **CSO**

➲ केंद्रीय सांख्यिकी संगठन (CSO) की स्थापना हुई थी - **2 मई, 1951 में**

➲ केंद्रीय सांख्यिकी संगठन ने पहली देशव्यापी आर्थिक गणना करायी थी - **1977 में**

➲ CSO का मुख्यालय है -**कोलकाता में**

➲ भारत में जी.डी.पी. (सकल घरेलू उत्पाद) में सर्वाधिक योगदान वाला राज्य है -**महाराष्ट्र**

बैंकिंग क्षेत्र की प्रचलित शब्दावली

बैंक रेट : जिस सामान्य ब्याज दर पर रिजर्व बैंक वाणिज्यिक बैंकों को पैसा उधार देता है, 'बैंक दर' कहलाती है। इसके माध्यम से रिजर्व बैंक साख नियंत्रण/क्रेडिट कन्ट्रोल किया जाता है।

रेपो दर : अल्पकालिक आवश्यकताओं की पूर्ति हेतु जिस ब्याज पर कॉमर्शियल बैंक रिजर्व बैंक से नकदी ऋण प्राप्त करते हैं, 'रेपो-दर' कहलाती है।

रिवर्स रेपो दर : अल्पकालिक अवधि के लिए रिजर्व बैंक द्वारा कॉमर्शियल बैंकों से जिस ब्याज दर पर नकदी प्राप्त की जाती है, 'रिवर्स रेपो दर' कहलाती है। सामान्यत: बाजार में मुद्रा की आपूर्ति बढ़ जाने पर उसमें कमी लाने के उद्देश्य से रिजर्व बैंक द्वारा बढ़ी ब्याज दरों पर कॉमर्शियल बैंकों को अल्प अवधि के लिए नकदी रिजर्व बैंक में जमा करने हेतु प्रोत्साहित किया जाता है।

बचत बैंक दर : बैंक ग्राहकों की छोटी-छोटी बचतों पर बैंक द्वारा दी जाने वाली ब्याज दर को 'बचत बैंक दर' कहा जाता है।

जमा दर : बैंक ग्राहकों की सावधि जमाओं पर दी जाने वाली ब्याज की दर को 'जमा दर' कहा जाता है।

नकद आरक्षित अनुपात (सी.आर.आर) : किसी वाणिज्यिक बैंक में कुल जमा राशि का वह (प्रतिशत) भाग जिसे रिजर्व बैंक के पास अनिवार्य रूप से जमा करना पड़ता है, 'नकद आरक्षित अनुपात' कहा जाता है। इसकी दर जितनी ऊंची होती है बैंकों की साख-सृजन क्षमता उतनी ही कम होती है।

वैधानिक तरलता अनुपात (एस.एल.आर.) : किसी भी वाणिज्यिक बैंक में कुल जमा राशि का वह (प्रतिशत) भाग जो नकद स्वर्ण व विदेशी मुद्रा के रूप में उसे अपने पास अनिवार्य रूप से रखना पड़ता है, 'वैधानिक तरलता अनुपात' कहलाता है। बैंकों को वित्तीय संकट का सामना करने हेतु रिजर्व बैंक द्वारा ऐसी व्यवस्था की गयी है।

प्राइम लैंडिंग रेट (पी.एल.आर.) : किसी भी बैंक के लिए 'प्राइम लैंडिंग रेट' वह ब्याज दर है, जिस पर बैंक, उस ग्राहक को जिसके संबंध में जोखिम शून्य है, को ऋण देने को तैयार है। यह दर एक प्रकार से आधारित ब्याज दर के रूप में कार्य करती है।

- राष्ट्रीय लेखा सांख्यिकी कहलाता है - **श्वेत-पत्र**
- श्वेत-पत्र प्रकाशित करता है - **CSO**
- वर्तमान में भारत में राष्ट्रीय आय की गणना का आधार वर्ष है - **2004-05**
- 'भारतीय सांख्यिकी संस्थान' है - **नई दिल्ली में**
- भारत की GDP में योगदान करने में प्रथम, द्वितीय एवं तृतीय स्थान पर हैं- **सेवा क्षेत्र, उद्योग क्षेत्र और कृषि क्षेत्र**
- राष्ट्रीय आय में सर्वाधिक योगदान है - **तृतीयक क्षेत्र (सेवा क्षेत्र) का**
- प्राथमिक क्षेत्र संबंधित है - **कृषि, पशुपालन, मत्स्यपालन से**
- द्वितीयक क्षेत्र संबंधित है - **विनिर्माण, विद्युत निर्माण, जलापूर्ति से**
- तृतीयक क्षेत्र संबंधित है - **सेवा क्षेत्र, व्यापार, परिवहन, संचार से**
- प्रतिव्यक्ति आय मामले में अग्रणी देश है - **जापान**
- भारत में सर्वाधिक प्रतिव्यक्ति आय वाला राज्य तथा केंद्रशासित राज्य है - **क्रमश: गोवा तथा चंडीगढ़**
- भारत में गरीबी मापने का आधार है - **न्यूनतम कैलोरी उपभोग के मौद्रिक मान**
- ग्रामीण व शहरी क्षेत्र में एक व्यक्ति के प्रतिदिन के भोजन में होना चाहिए - **क्रमश: 2400 कैलोरी व 2100 कैलोरी**
- भारत में गरीबी का आंकलन किया जाता है - **लकड़वाला फार्मूला के आधार पर**
- लकड़वाला फार्मूला को स्वीकृति प्रदान की गई - **11 मार्च, 1997 को योजना आयोग द्वारा**
- अंत्योदय कार्यक्रम का उद्देश्य है - **गरीबों में सबसे गरीब की सहायता करना**
- अंत्योदय कार्यक्रम सर्वप्रथम प्रारंभ हुआ - **राजस्थान में**
- देश में सर्वाधिक गरीब राज्य - **उड़ीसा**
- भारत में बेरोजगारी से संबंधित आंकड़े तैयार किए जाते हैं - **राष्ट्रीय प्रतिदर्श सर्वेक्षण (NSSO) द्वारा**

- भारत के कृषि क्षेत्र में पाई जाने वाली बेरोजगारी है - **अदृश्य/प्रच्छन्न बेरोजगारी**
- व्यापार चक्र की मंदी के समय उत्पन्न बेरोजगारी कहलाती है - **चक्रीय बेरोजगारी**
- भारत में बेरोजगारी का स्वरूप है - **संरचनात्मक**
- ग्रामीण क्षेत्रों में पायी जाने वाली बेरोजगारी है - **मौसमी बेरोजगारी (कृषि क्षेत्रों में)**
- शहरी क्षेत्रों में पायी जाने वाली बेरोजगारी है - **खुली/प्रत्यक्ष बेरोजगारी**
- वित्तीय वर्ष की अवधि - **1 अप्रैल से 31 मार्च**
- प्रथम वित्त आयोग का गठन - **1951 में**
- वित्त आयोग का गठन होता है - **राष्ट्रपति द्वारा (अनुच्छेद-280 के तहत)**
- वित्त आयोग के प्रथम अध्यक्ष - **के०सी० नियोगी**
- वित्त आयोग के अध्यक्ष की नियुक्ति करता है - **राष्ट्रपति**
- वित्त आयोग में सदस्यों की संख्या होती है - **5 (अध्यक्ष सहित)**
- अब तक गठित वित्त आयोगों की संख्या है - **15**
- 14वें वित्त आयोग का गठन हुआ - **2012 में**
- 15वें वित्त आयोग की सिफारिशों की अवधि है- **वर्ष 2020 से वर्ष 2025 तक**
- वित्त आयोग की अवधि है - **5 वर्ष**
- वित्त आयोग का उल्लेख संविधान के किस अनुच्छेद में हैं- **280**
- 15वें वित्त आयोग के अध्यक्ष - **एन. के. सिंह**
- अर्थशास्त्र का जनक - **एडम स्मिथ**
- भारतीय अर्थव्यवस्था - **विकासशील**
- 'तृतीय विश्व' शब्द प्रयुक्त होता है - **विकासशील देशों के संदर्भ में**
- पूंजीवादी व समाजवादी अर्थव्यवस्था अपनाने वाले राष्ट्र - **क्रमशः अमेरिका व रूस**
- विश्व की सबसे बड़ी अर्थव्यवस्था है - **अमेरिका**
- विश्व की दूसरी सबसे बड़ी अर्थव्यवस्था है - **चीन**
- सकल घरेलू उत्पाद की दृष्टि से भारत का संसार में स्थान है - **10वां**
- भारत की अर्थव्यवस्था का विश्व में स्थान (क्रयशक्ति के आधार पर) है - **तीसरा**
- सर्वप्रथम राष्ट्रीय आय का आंकलन किया गया - **1868 में दादा भाई नौरोजी द्वारा**
- राष्ट्रीय आय समिति का गठन हुआ था - **अगस्त, 1949 में**
- राष्ट्रीय आय समिति ने अपनी पहली रिपोर्ट प्रस्तुत की थी - **1951 में**
- राष्ट्रीय आय है - **एक प्रवाह, स्टॉक नहीं**
- हिन्दू वृद्धि दर संबंधित है - **राष्ट्रीय आय से**
- हिन्दू वृद्धि दर की अवधारणा के प्रतिपादक थे - **प्रो. राज कृष्ण**
- किसी भी देश की आर्थिक विकास दर का सर्वश्रेष्ठ सूचक होती है - **प्रति व्यक्ति आय**
- राष्ट्रीय आय के अनुमान का सर्वप्रथम सरकारी अनुमान दिया गया - **1948-49 में**
- इंडिया विजन-2020 में सकल घरेलू उत्पाद (GDP) का निर्धारित लक्ष्य है - **9%**

गरीबी तथा बेरोजगारी उन्मूलन से संबंधित योजनाएं तथा उनके प्रारंभ वर्ष	
योजनाएं	**प्रारंभ**
मरुभूमि विकास कार्यक्रम	1977-78 ई.
काम के बदले अनाज कार्यक्रम	1977-78 ई.
अन्त्योदय योजना कार्यक्रम	1977-78 ई.
ट्रायसेम (TRYSEM)	1979 ई.
ड्वक्रा (DWCRA)	1980 ई.
जवाहर रोजगार योजना	1982 ई.
नेहरू रोजगार योजना	1989 ई.
दस लाख कुआं योजना	1989 ई.
इंदिरा आवास योजना	1988-89 ई.
प्रधानमंत्री रोजगार योजना	1985-86 ई.
रोजगार आश्वासन योजना	1993 ई.
स्वर्णजयंती शहरी रोजगार योजना	1993 ई.
स्वर्णजयंती ग्राम स्वरोजगार योजना	1997 ई.
जवाहर ग्राम समृद्धि योजना	1999 ई.
प्रधानमंत्री ग्रामोदय योजना	2000-01 ई.
अन्नपूर्णा योजना	2000 ई.
जनश्री बीमा योजना	2000-01 ई.
अन्त्योदय अन्न योजना	2000 ई.
आश्रय बीमा योजना	2001-02 ई.
जे.पी. रोजगार गारंटी योजना	2002-03 ई.
भारत निर्माण कार्यक्रम	2005-06 ई.
राष्ट्रीय ग्रामीण रोजगार गारंटी कार्यक्रम	2006 ई.
प्रधानमंत्री आवास योजना	2015 ई.
प्रधानमंत्री युवा योजना	2016 ई.
एक परिवार, एक नौकरी योजना	2019 ई.
प्रधानमंत्री गरीब कल्याण योजना	2020 ई.

- 'सुपर कैबिनेट' कहलाता है - **योजना आयोग**
- राष्ट्रीय विकास परिषद् (NDC) का गठन हुआ था - **6 अगस्त, 1952 को**
- NDC संस्था है - **गैर-संवैधानिक**
- NDC का अध्यक्ष होता है - **प्रधानमंत्री**
- राष्ट्रीय विकास परिषद् के सदस्यों में शामिल होते हैं - **केंद्रीय मंत्रीमंडल के सदस्य, राज्यों के मुख्यमंत्री, केंद्रशासित राज्यों के प्रशासक तथा योजना आयोग के सदस्य**
- भारत में योजना का स्वरूप है - **मिश्रित**
- भारत के लिए नियोजित अर्थव्यवस्था (Planned Economy for India) पुस्तक को लिखा है - **विश्वेश्वरैया ने (1934 में)**
- 'गांधी योजना' पुस्तक के लेखक हैं - **मन्नारायण (1944 में)**
- 'बॉम्बे प्लान' (15वर्षीय योजना) लागू हुई - **1944 में (8 उद्योगपतियों द्वारा)**
- जन योजना (People's Plan) निर्मित की गई - **एम०एन० राय द्वारा अप्रैल 1945 में**
- सर्वोदय योजना प्रस्तुत किया था - **जयप्रकाश नारायण ने (जनवरी, 1950 में)**
- नियोजन से तात्पर्य है - **आर्थिक नियोजन**
- आर्थिक नियोजन को सर्वप्रथम अपनाया - **रूस ने**
- आर्थिक नियोजन विषय है - **समवर्ती सूची में**
- आर्थिक नियोजन से संबंधित अनुसूची - **7वीं**
- नियोजित आर्थिक विकास का शुभारंभ - **1951 में**
- भारत में पंचवर्षीय योजनाओं के क्रियान्वयन का दायित्व होता है - **केंद्र व राज्य सरकार पर**
- राष्ट्रीय योजना समिति की स्थापना की थी - **1938**
- राष्ट्रीय योजना समिति के अध्यक्ष - **पं० नेहरू**
- राष्ट्रीय योजना समिति की रिपोर्ट प्रकाशित हुई थी - **1949 में**
- भारत में पंचवर्षीय योजनाएं प्रेरित हैं - **रूस से**
- प्रथम पंचवर्षीय योजना (1951-56) आधारित थी - **हेरॉड डोमर मॉडल पर**
- प्रथम पंचवर्षीय में प्राथमिकता (बल) दी गई थी - **कृषि को**

- द्वितीय पंचवर्षीय योजना (1956-61) आधारित थी - **पी.सी. महालनोबिस के मॉडल पर**
- द्वितीय पंचवर्षीय योजना में सर्वोच्च प्राथमिकता दी गई - **भारी व आधारभूत उद्योगों पर**
- राउरकेला (उड़ीसा), भिलाई (वर्तमान छत्तीसगढ़) व दुर्गापुर (प० बंगाल) इस्पात कारखानों की स्थापना की गई थी - **दूसरी योजना काल में**

प्रमुख वित्तीय एवं व्यापारिक संस्थाएं

संस्थान	स्थापना
भारतीय औद्योगिक वित्त निगम (IFCI)	1948
राज्य वित्त निगम (SFC)	1951
लघु उद्योग विकास संगठन (SIDO)	1954
भारतीय औद्योगिक ऋण/निवेश निगम (ICICI)	1955
भारतीय यूनिट ट्रस्ट (UTI)	1964
भारतीय औद्योगिक विकास बैंक (IDBI)	1964
भारतीय पर्यटन विकास निगम (ITDC)	1966
आवास तथा शहरीय विकास निगम (HUDCO)	1970
भारतीय निर्यात आयात बैंक (EXIM-Bank)	1982
भारतीय औद्योगिक पुनर्निर्माण बैंक (IRBI)	1985
लोक कार्यक्रम एवं ग्रामीण विकास परिषद् (CAPART)	1986
राष्ट्रीय आवास बैंक (NHB)	1988
भारतीय प्रतिभूमि एवं विनिमय बोर्ड (SEBI)	1988
भारतीय पर्यटन वित्त निगम (TFCI)	1989
भारतीय लघु उद्योग विकास बैंक (SIDBI)	1990
भारतीय खाद्य निगम (FCI)	1965
भारतीय चाय व्यापार निगम (TTCI)	1971
धातु एवं खनिज व्यापार निगम (MMTC)	1963
भारत निर्यात संवर्द्धन संगठन (ITPO)	1982
जीवन बीमा निगम (LIC)	1956
साधारण बीमा निगम (GIC)	1972
भारतीय स्टेट बैंक (SBI)	1955
भारतीय इस्पात प्राधिकरण (SAIL)	1974
क्षेत्रीय ग्रामीण बैंक (RRB)	1975
भारतीय रिजर्व बैंक (RBI)	1935
पंजाब नेशनल बैंक (PNB)	1894
गृह विकास वित्त निगम (HDFC)	1977
राष्ट्रीय कृषि तथा ग्रामीण विकास बैंक (NABARD)	1982

- पंडित जवाहर लाल नेहरू ने 'अधिक काम, अधिक उत्पादन एवं अधिक वितरण' का नारा दिया था - **द्वितीय पंचवर्षीय योजना में**
- तृतीय पंचवर्षीय योजना (1961-66) आधारित थी - **डोमर संवृद्धि मॉडल पर**
- तृतीय योजना का उद्देश्य था - **अर्थव्यवस्था को स्वावलम्बी एवं स्वस्फूर्त बनाना**
- रबी फसल बोयी जाती है - **अक्टूबर-नवम्बर में**
- खरीफ फसल बोई जाती है - **जून-जुलाई में**
- रबी फसल - **गेहूं, जौ, चना, मटर, सरसों**
- खरीफ फसल - **चावल, बाजरा, मक्का**
- जायद फसल - **ककड़ी, तरबूज, खीरा, सब्जी**
- भारत की मुख्य खाद्य फसल - **चावल**
- हरित क्रांति शब्द के सर्वप्रथम प्रयोगकर्त्ता - **डॉ. विलियम गॉड**
- हरित क्रांति शुरू हुई - **1966-67 में**
- भारत में हरित क्रांति लाने का श्रेय दिया जाता है - **गोविन्द वल्लभ पंत विश्वविद्यालय को**
- भारत में हरित क्रांति के जन्मदाता - **एम.एस. स्वामीनाथन**
- हरित क्रांति के विश्व स्तरीय जनक - **डॉ. नॉरमन बोरलॉग**
- हरित क्रांति से सबसे प्रभावित फसल - **गेहूं**
- हरित क्रांति के समय भारत का केंद्रीय खाद्य एवं कृषि मंत्री - **सी.एस. सुब्रमण्यम**
- हरित क्रांति का जनक देश - **फिलीपीन्स**
- सर्वप्रथम हरित क्रांति आयी - **पंजाब में**

- पीली क्रांति संबंधित है - **तिलहन उत्पादन से**
- भूरी क्रांति संबंधित है - **उर्वरक उत्पादन से**
- लाल क्रांति संबंधित है - **मांस व टमाटर से**
- गुलाबी क्रांति संबंधित है - **झींगा उत्पादन से**
- श्वेत क्रांति संबंधित है - **दूध उत्पादन से**
- रजत क्रांति संबंधित है - **अंडा उत्पादन से**
- बादामी क्रांति संबंधित है - **मसाला उत्पादन से**
- गोल क्रांति संबंधित है - **आलू उत्पादन से**
- नीली क्रांति संबंधित है - **मत्स्य पालन से**
- कृष्ण क्रांति संबंधित है - **पेट्रोलियम से**
- ब्राउन क्रांति का संबंध है - **गैर परंपरागत ऊर्जा से**
- सुनहरी क्रांति का संबंध है - **फल उत्पादन से**
- सभी क्रांतियों का सम्मिलन है - **इंद्रधनुषी क्रांति**
- प्रत्यक्ष कर है - **आयकर, संपत्ति कर, निगम कर, मृत्यु कर, भू-राजस्व कर, उपहार कर**
- अप्रत्यक्ष कर - **बिक्री, तट, उत्पाद, सीमा शुल्क**
- केंद्र सरकार द्वारा लगाया जाने वाला कर - **आयकर, निगम कर, संपत्ति कर, धन कर, उपहार कर, सीमा शुल्क, कृषि धन पर कर**
- राज्य सरकार द्वारा लगाया जाने वाला कर - **भू-राजस्व कर, कृषि आयकर, बिक्री कर, मनोरंजन कर, पथ कर, मोटर वाहन कर**
- कर ढांचे में सुधार के लिए गठित समिति - **चेलैया समिति (गठन-अगस्त, 1991 में)**
- केंद्र सरकार की आय का बड़ा स्रोत है - **निगम कर (प्रत्यक्ष कर)**
- राज्य सरकार को सबसे अधिक आय प्राप्त होती है - **वैट से (पहले-बिक्री कर)**
- केंद्र को सर्वाधिक निब्बल राजस्व प्राप्त होता है - **उत्पाद शुल्क से**
- नगरपालिका समिति के राजस्व का मुख्य स्रोत - **चुंगी कर**
- सेवा कर के दायरे में सेवाओं की संख्या - **119**
- पहली बार सेवा कर लगाने की शुरूआत हुई - **1994-95 में (चेलैया समिति की संतुति पर)**
- 12वीं योजना का समय एवं विकास दर लक्ष्य है - **क्रमशः 2012-17 एवं 9%**
- 'रेखा समिति' गठित की गयी - **अप्रत्यक्ष कर सुधार के लिए**
- 'वांचू समिति' संबंधित थी - **प्रत्यक्ष कर जाँच से**
- सेवा कर की उगाही करता है - **आयकर विभाग**
- वह स्थिति जिसमें वस्तुओं के मूल्य बढ़ते हैं - **मुद्रा स्फीति**
- भारत में मुद्रास्फीति की माप की जाती है - **थोक-मूल्य-सूचकांक द्वारा**
- वर्तमान में थोक मूल्य सूचकांक का आधार वर्ष - **2004-05**
- नया थोक मूल्य सूचकांक में शामिल वस्तुओं की संख्या - **676 (पहले-435 वस्तुएं)**
- मुद्रास्फीति से हानि होती है - **देनदार को**
- मुद्रास्फीति से लाभ होता है - **ऋणी को**

- भारत में वित्तीय घाटे का मौद्रिकरण प्राप्त किया जाता है - **सरकार द्वारा ऋण लेकर**
- 'ग्रेशम का नियम' का संबंध है - **मुद्रा के प्रचलन से**
- 'कानूनी मुद्रा' को कहा जाता है - **फ्लैट मनी**
- 'प्लास्टिक मनी' कहा जाता है - **क्रेडिट कार्ड का**
- मुद्रा आपूर्ति की सर्वाधिक तरल माप - M_1

भारत के प्रमुख औद्योगिक संगठन

संस्थान	स्थान
हिन्दुस्तान मशीन टूल्स निगम	बंगलुरू(कर्नाटक)
इंडियन आयरन एंड स्टील कंपनी	बर्नपुर(पं. बंगाल)
बोकारो स्टील लिमिटेड	बोकारो(झारखंड)
हिन्दुस्तान स्टील लिमिटेड	राउरकेला(उड़ीसा)
हिन्दुस्तान शिपयार्ड लिमिटेड	कोचीन(केरल)
भारत हैवी इलेक्ट्रिकल्स लिमिटेड	भोपाल(म. प्र.)
इंटीग्रल कोच फैक्टरी	पेराम्बुदूर(तमिलनाडु)
करेंसी नोट प्रेस	नासिक(महाराष्ट्र)
हिन्दुस्तान एयरक्राफ्ट संस्थान	बंगलुरू(कर्नाटक)

- मुद्रा पूर्ति में विस्तृत मुद्रा कहलाता है - M_3
- 'गिल्ट एज्ड बाजार' संबद्ध है - **सोना-चांदी से**
- भारत में विदेशी मुद्रा का सर्वाधिक व्यय होता है - **पेट्रोलियम उत्पादों के आयात पर**
- भारत को सर्वाधिक विदेशी मुद्रा प्राप्त होती है - **रत्न तथा आभूषण से**
- भारत सर्वाधिक आयात करता है - **तेल एवं पेट्रोलियम पदार्थ का**
- विश्व में मुद्रा की मीट्रिक प्रणाली सर्वप्रथम अपनायी - **1790 में (फ्रांस में)**
- भारत में मुद्रा की मीट्रिक प्रणाली को अपनाया गया - **1 अप्रैल, 1957 को**
- मुद्रा अवमूल्यन का उद्देश्य है - **निर्यात को बढ़ावा व आयात को कम करना**
- निर्यातकों एवं आयातकों को वित्तीय सहायता प्रदान करता है - **निर्यात-आयात बैंक**
- निर्यात-आयात बैंक (Exim-Bank) की स्थापना हुई थी - **1 जनवरी, 1982 को**
- भारत में जीवन बीमा देन है - **ब्रिटेन की**
- दीर्घकालिक वित्त उपलब्ध कराने वाली संस्था - **UTI, LIC, GIC**
- सामान्य बीमा निगम (GIC) की स्थापना हुई थी - **1972 में**
- भारत के सामान्य बीमा व्यवसाय का राष्ट्रीयकरण हुआ था - **1971 में**
- भारतीय जीवन बीमा (LIC) की स्थापना हुई थी - **1 सितम्बर, 1956 में**
- सबसे बड़ी म्यूचुअल फंड ट्रस्ट संस्था - **UTI**
- भारतीय यूनिट ट्रस्ट (UTI) की स्थापना हुई - **1 जुलाई, 1964 ई. को (मुख्यालय-मुम्बई)**
- भारत का प्रथम म्युचूअल फंड - **U.S.-64**
- U.S.-64 योजना समाप्त की गई - **21 मई, 2003**
- राष्ट्रीय कृषि तथा ग्रामीण विकास बैंक (नाबार्ड) की स्थापना हुई थी - **12 जुलाई, 1982 को (शिवरामन समिति की रिपोर्ट पर)**
- भारत का प्रतिभूति मुद्रणालय, सिक्योरिटी प्रिंटिंग प्रेस व बैंक नोट प्रेस स्थित है - **क्रमशः नासिक, हैदराबाद तथा देवास में**
- भारत में सरकारी समितियों का ढाँचा है - **त्रि-स्तरीय**
- नकदी में प्राप्त मजदूरी कहलाती है - **मौद्रिक मजदूरी**

- पूँजी साधन का प्रतिफल होता है - **ब्याज**
- आर्थिक संवृद्धि का अर्थ है - **उत्पादन में वृद्धि**
- भारतीय रिजर्व बैंक की स्थापना की गई - **1 अप्रैल, 1935 को (राष्ट्रीयकरण-1 जनवरी, 1949)**
- भारतीय रिजर्व बैंक की स्थापना की गई - **हिल्टन आयोग की सिफारिश पर**

भारतीय कर व्यवस्था	
कर	**संबंधित क्षेत्र**
प्रत्यक्ष कर	आयकर, संपत्तिकर, उपहार कर, निगम कर, भू-राजस्व, मृत्यु कर
अप्रत्यक्ष कर	बिक्री कर, तट कर, उत्पाद कर, सीमा शुल्क
केंद्र सरकार	आयकर, निगमकर, संपत्ति पर कर, उत्तराधिकार कर, धन कर, उपहार कर, सीमा शुल्क, कृषि कर
राज्य सरकार	भू-राजस्वकर, कृषि आयकर, कृषि जोतकर, बिक्री कर, राज्य उत्पादन शुल्क, मनोरंजन कर, स्टांप शुल्क, पथ कर, मोटर वाहन कर

- देश का सबसे बड़ा सार्वजनिक व्यापारिक बैंक है - **भारतीय स्टेट बैंक (स्थापना-1 जुलाई 1955)**
- भारत में बैंकों के राष्ट्रीयकरण की संस्तुति प्रस्तुत की थी - **हजारी समिति ने**
- सबसे पहले 14 बड़े व्यापारिक बैंकों का राष्ट्रीयकरण किया गया था - **19 जुलाई, 1969 को**
- दूसरी बार 6 अन्य व्यापारिक बैंकों का राष्ट्रीयकरण किया गया था - **15 अप्रैल, 1980 को**
- रिजर्व बैंक केंद्र तथा राज्य सरकार को ऋण प्रदान करता है - **90 दिन का**
- भारतीय बैंकों की सर्वाधिक शाखाएं हैं - **UK में**
- 'प्रीपेड कार्ड' जारी करने वाला पहला वाणिज्यिक बैंक है - **ओरिएंटल बैंक ऑफ कॉमर्स**
- नरसिंहम् समिति का संबंध है - **बैंकिंग सुधार से**
- गोईपोरिया समिति संबंधित है - **बैंक में ग्राहक सेवा सुधार से**
- देश का पहला मोबाइल बैंक है - **लक्ष्मी वाहनी बैंक (मध्य प्रदेश)**
- देश का पहला तैरता ATM स्थापित किया गया - **कोच्चि में (SBI द्वारा)**
- यू.टी. बैंक लि. का 30 जुलाई, 2007 से नया नाम है - **एक्सिस बैंक लिमिटेड**
- RBI अपने अनुसूची बैंकों को जिस दर पर ऋण उपलब्ध कराता है, वह कहलाता है - **बैंक दर**
- बैंक, RBI द्वारा निर्धारित राशि को जब प्रतिभूति के रूप में अपने पास रखता है तो वह कहलाता है - **वैधानिक तरलता दर (SLR)**

मानक प्रमाण पत्र		
ISO-9001	:	गुणवत्ता प्रबंधन के लिए
ISO-14001	:	पर्यावरण प्रबंधन के लिए
ISO-22000	:	खाद्य सुरक्षा के लिए
ISO-27001	:	सुरक्षा व्यवस्था के संबंध में
ISO-9202	:	आभूषणों की शुद्धता के लिए
ISO-18001	:	व्यावसायिक, स्वास्थ्य एवं सुरक्षा प्रबंध प्रमाणन पद्धति
ISO-15700	:	अमूल्य सेवा गुणवत्ता प्रबंधन प्रमाणन पद्धति

- बैंक, RBI द्वारा निर्धारित राशि को जब नकद के रूप में RBI के पास जमा करें तो वह कहलाता है - **नगद आरक्षण अनुपात (CRR)**
- भारत में सहकारी बैंकों की शुरूआत हुई - **1904 में**
- मौद्रिक नीति की घोषणा भारतीय रिजर्व बैंक द्वारा की जाती है - **प्रति छह माह के लिए**
- 'भारतीय औद्योगिक विकास बैंक' (IDBI) की स्थापना की गई थी - **1 फरवरी, 1964 को**

- 'मानूसन का जुआ' कहा जाता है - **भारतीय बजट को**
- बजट पूर्व आर्थिक समीक्षा प्रस्तुत की जाती है - **केवल लोकसभा में**
- घाटे का बजट कहलाता है - **जब सरकारी आय, व्यय से कम हो**
- 'बाजार के नियम' के प्रतिपादक थे - **जे.बी. से**
- 'सरकारिया आयोग' का गठन किया गया था - **1983 में संसद द्वारा**
- अर्थशास्त्र की भाषा में निवेश का अर्थ है - **शेयरों की खरीदारी**
- भारत के प्रथम एवं सबसे पुराने बम्बई स्टॉक एक्सचेंज (BSE) की स्थापना हुई थी - **1875 ई. में**
- दलाल स्ट्रीट स्थित है - **मुम्बई में**
- राष्ट्रीय स्टॉक एक्सचेंज (NSE) की स्थापना हुई - **1991 ई. में फेरवानी समिति द्वारा**
- राष्ट्रीय स्टॉक एक्सचेंज का प्रमुख प्रवर्तक (Promotor) है - **आई.डी.बी.आई.**
- राष्ट्रीय स्टॉक एक्सचेंज का मुख्यालय स्थित है - **दक्षिण मुम्बई में वर्ली में**
- NIFTY मूल्य सूचकांक है - **NSE का**
- तेजड़िया (Bull) एवं मंदड़िया (Bear) शब्दावली का संबंध है - **शेयर बाजार से**
- भारत में मान्यता प्राप्त स्टॉक एक्सचेंज की सं. - **23**
- BSE का संवेदी सूचकांक का आधार वर्ष है - **वर्ष 1978-79 ई.**
- BSE का राष्ट्रीय सूचकांक का आधार वर्ष है - **वर्ष 1983-94 ई.**
- नास्डैक है - **अमेरिका का शेयर बाजार**
- डाउ-जोन्स (Dow Jones) शेयर सूचकांक है - **न्यूयार्क स्टॉक एक्सचेंज का**
- भारत में शेयर बाजारों के लिए मुख्य नियंत्रक का कार्य करता है - **SEBI (मुख्यालय-मुम्बई)**
- भारतीय प्रतिभूति एवं विनिमय बोर्ड (SEBI) की स्थापना हुई थी - **12 अप्रैल, 1988 में (एस.ए. दवे समिति की अनुशंसा पर)**
- भारतीय खाद्य निगम (FCI) की स्थापना हुई - **1965 ई. में**
- खाद्य एवं कृषि संगठन (FAO) की स्थापना - **10 अक्टूबर, 1945 को (इटली में)**
- आर्थिक क्षेत्र में उदारीकरण के एक नए युग की शुरुआत हुई थी - **1991 से**
- विश्वव्यापी आर्थिक मंदी आई थी - **1929 में**
- नई आर्थिक सुधार की रूपरेखा सर्वप्रथम तैयार हुई थी - **1985 में राजीव गांधी के समय में**
- विशेष आर्थिक जोन (SEZ) पारित किया गया - **मई, 2005 ई. में**
- मीरा सेठ समिति का संबंध है - **हथकरघा से**
- सत्यम् समिति का संबंध है - **वस्त्र नीति से**
- भारतीय लघु उद्योग विकास बैंक (SIDBI) की स्थापना हुई थी - **अक्टूबर, 1990 में**
- लघु उद्योगों में सुधार से संबंधित समिति है - **आबिद हुसैन समिति**
- स्वतंत्र भारत में प्रथम औद्योगिक नीति शुरू की गई थी - **6 अप्रैल, 1948 को**
- भारत का सबसे बड़ा उद्योग है - **सूती वस्त्र उद्योग**

- विश्व का सबसे बड़ा उद्योग है - **पर्यटन**
- भारत में सर्वप्रथम लौह-इस्पात कारखाना स्थापित हुआ था - **1907 में (सांकची, जमशेदपुर में)**
- देश में महारत्न व नवरत्न दर्जा प्राप्त कम्पनियों की संख्या है - **क्रमशः 7 तथा 14**
- कोर सेक्टर से आशय है - **चयनित आधारभूत उद्योग**
- कोर सेक्टर का उद्योग है - **सीमेंट, लोहा, इस्पात, पेट्रोलियम, भारी मशीनरी इत्यादि**
- NTPC की स्थापना हुई थी - **1975 में**
- तेल एवं प्राकृतिक गैस आयोग (ONGC) की स्थापना हुई थी - **1956 ई. में**
- प्रथम राज्य वित्त निगम स्थापित किया गया था - **1953 में (पंजाब में)**
- भारत में पहला जल विद्युत शक्ति गृह प्रारंभ हुआ था - **1897 ई. में (दार्जिलिंग में)**
- इलेक्ट्रॉनिक समान की गुणवत्ता को प्रदर्शित करता है - **ISI मार्क**
- ISI प्रमाणन जारी की गई थी - **7 अप्रैल, 2003 को**
- हॉलमार्क संबंधित है - **स्वर्ण-आभूषण से**
- 'हॉलमार्क' योजना प्रारंभ की गई - **12 अप्रैल, 2002 से**
- इकोमार्क प्रदान किया जाता है - **ऐसे उत्पाद पर जो पर्यावरण को नुकसान नहीं पहुंचाता है**
- सर्वप्रथम इकोमार्क निर्धारित किए गए थे - **साबुन व डिटरजेंट के लिए**
- CRISIL Credit Rating Information Service of India Ltd. (क्रिसिल) का पूर्ण रूप है - **क्रेडिट रेटिंग एजेंसी**
- भारतीय मानक ब्यूरो (ISO) अस्तित्व में आया था - **6 जनवरी, 1947 को (मुख्यालय-दिल्ली में)**
- शीतल पेय, सॉस आदि के प्रमाणन के लिए प्रयुक्त चिह्न है - **एफ.पी.ओ.**
- श्वेत वस्तुओं के अंतर्गत शामिल है - **(टीवी, फ्रिज, जेनरेटर, वाशिंग मशीन आदि बिजली की वस्तुएं**
- भारत में कर्मचारी राज्य बीमा योजना प्रारंभ की गई - **1952 में**
- राष्ट्रीय ग्रामीण विकास संस्थान स्थित है - **हैदराबाद (स्थापना-1977 ई.) में**
- भारत का सबसे बड़ा नियोक्ता है - **रेलवे**
- 'केंद्रीय वन आयोग' की स्थापना हुई थी - **1965**
- 'वन अनुसंधान संस्थान' की स्थापना हुई थी - **1906 (स्थित-देहरादून में)**
- मिर्धा समिति संबंधित है - **सहकारिता आंदोलन से**
- विश्व में सर्वाधिक सहकारी संस्थाएं हैं - **भारत में**
- ऊर्जा संकट भारत में सर्वप्रथम महसूस हुआ था - **1973 में**
- कृषि वस्तुओं की गुणवत्ता को प्रदर्शित करता है - **एगमार्क**
- केंद्रीय एगमार्क प्रयोगशाला - **नागपुर में**
- भारत में पेटेंट अधिनियम सर्वप्रथम पारित किया गया था - **1970 में**
- ट्रेडमार्क अधिनियम प्रभावी है - **15 सितम्बर, 2003 से**
- सेल (SAIL) की स्थापना हुई थी - **1974 में**
- 'सफेद सोना' कहा जाता है - **कपास को**

- 'स्वर्ण द्रव' कहा जाता है - **पेट्रोलियम को**
- 'बिग पुश सिद्धांत' दिया था - **रॉडन ने**
- सहकारी साख संगठन का प्रारंभ - **1904 में**
- 'सुपर-301' संबंधित है - **मुक्त व्यापार में अवरोध से**
- भारत का विदेशी व्यापार सबसे ज्यादा होता है - **संयुक्त राज्य अमेरिका से**
- भारत में विदेशी निवेश करने वाले पहला देश है - **मॉरिशस**
- ज्ञान प्रकाश समिति संबंधित थी - **चीनी घोटाले से**
- सुंदर राजन समिति का संबंध है - **पेट्रोलियम से**
- भगवती समिति का संबंध है - **बेरोजगारी से**
- हजारी समिति का संबंध है - **औद्योगिक नीति से**
- अब तक की सबसे असफल योजना है - **तृतीय**
- तृतीय योजना का विकास दर लक्ष्य एवं प्राप्ति दर लक्ष्य था - **क्रमश: 5.6% तथा 2.8%**
- तृतीय पंचवर्षीय योजना के असफलता का कारण था - **भारत-पाक युद्ध (1965), भारत-चीन युद्ध (1962) एवं भयंकर अकाल**
- तीन वार्षिक योजनाओं का काल था - **1966-69**
- तीन वार्षिक योजनाओं को संज्ञा दी जाती है - **योजना अवकाश (1966-69) की**
- हरित क्रांति एवं बोकारो स्टील प्लांट (1968) की शुरुआत हुई थी - **योजना अवकाश में**
- चतुर्थ योजना का काल - **1969-74 तक**
- चतुर्थ पंचवर्षीय योजना (1969-74)की रूपरेखा तैयार की - **डी.आर. गाडगिल ने**
- योजना आयोग के स्थान पर बनाया गया नया संस्थान - **नीति आयोग**
- गाडगिल योजना कहलाती है - **चतुर्थ योजना**
- चतुर्थ योजना का मुख्य उद्देश्य था - **स्थिरता के साथ विकास**
- पाँचवी योजना का काल था - **1974-79**
- पाँचवी पंचवर्षीय योजना (1974-78) की रूपरेखा तैयार की - **डी.पी. धर ने**
- पाँचवी योजना का मुख्य उद्देश्य था - **गरीबी उन्मूलन व आत्मनिर्भरता**
- एक वर्ष पूर्व में ही समाप्त होने वाली योजना थी - **पांचवीं पंचवर्षीय योजना**
- इंदिरा गांधी ने 'गरीबी हटाओ' का नारा दिया था - **पांचवी पंचवर्षीय योजना काल में**
- 'काम के बदले अनाज' (1977-78) कार्यक्रम प्रारंभ हुआ था - **पाँचवी पंचवर्षीय योजना काल में**
- 1974 में राष्ट्रीय न्यूनतम आवश्यकता कार्यक्रम (NMNP) लागू हुआ था - **पाँचवी योजना में**
- 'अनवरत योजना' (रौलिंग प्लान) का समय था - **1978-80**
- 'अनवरत योजना' देन है - **गुन्नार मिर्डल की**
- 'अनवरत योजना' के प्रतिपादक - **रेगनर फ्रिश**
- 'अनवरत योजना' आधारित थी - **गाँधीवादी मॉडल पर**
- नाबार्ड की स्थापना हुई थी - **छठी योजना काल (1980-85) में**

- राष्ट्रीय ग्रामीण रोजगार योजना प्रारंभ हुई थी - **छठी योजना काल में**
- सातवीं पंचवर्षीय योजना (1985-90) की रूपरेखा तैयार की थी - **रामकृष्ण हेंगड़े ने**
- इंदिरा आवास योजना (1985-86) तथा जवाहर रोजगार योजना (28 अप्रैल, 1989) शुरू हुई थी - **सातवीं योजना काल में**
- आठवीं पंचवर्षीय योजना (1992-97) की रूपरेखा तैयार की थी - **प्रणव मुखर्जी ने**
- आठवीं योजना का मुख्य उद्देश्य था - **मानव संसाधन का विकास**
- अब तक की सबसे सफल योजना थी - **आठवीं**
- आठवीं योजना की विकास दर लक्ष्य एवं प्राप्ति दर लक्ष्य - **क्रमशः 5.6% तथा 6.8%**
- महिला संवृद्धि योजना (2 अक्टूबर, 1993) शुरू हुई - **8वीं योजना काल में**
- प्रधानमंत्री रोजगार योजना (15 अगस्त, 1993) प्रारंभ हुई थी - **आठवीं योजना काल में**
- नौवीं योजना (1997-2002) का मुख्य उद्देश्य था - **सामाजिक न्याय व समानता के साथ आर्थिक संवृद्धि**
- दसवीं योजना का समय था - **2002-07**
- अब तक की सबसे तेज विकास दर वाली योजना रही है - **दसवीं योजना**
- दसवीं योजना की विकास दर लक्ष्य एवं प्राप्ति लक्ष्य दूर - **क्रमशः 8% व 7.6%**
- 11वीं योजना की अवधि - **2007-12**
- 11वीं पंचवर्षीय योजना का मुख्य लक्ष्य है - **आर्थिक संवृद्धि दर बढ़ाना**
- 12वीं योजना की अवधि है - **2012-17**
- अंत्योदय अन्न योजना का आरंभ की गई - **25 दिसम्बर, 2000 ई. को**
- अन्नपूर्णा योजना शुरू की गई - **1 अप्रैल, 2000 को**
- TRYSEM योजना की शुरू हुई थी - **15 अगस्त, 1979 को**
- बीस सूत्री कार्यक्रम शुरू हुआ - **1974-75 में**
- राष्ट्रीय ग्रामीण रोजगार योजना (NREP) शुरू हुई थी - **1980 में**
- संपूर्ण ग्रामीण रोजगार योजना (SGRY) शुरू हुई - **25 सितम्बर, 2001 को**
- राष्ट्रीय ग्रामीण रोजगार गारंटी अधिनियम (NREGA) शुरू हुई - **2 फरवरी, 2006 को**
- 'नरेगा' का शुभारंभ किया - **प्रधानमंत्री मनमोहन सिंह ने आंध्र प्रदेश के अनंतपुर जिले से**
- महात्मा गाँधी राष्ट्रीय ग्रामीण रोजगार गारंटी अधिनियम (मनरेगा) प्रारंभ किया गया - **2 अक्टूबर, 2009 को ('नरेगा' के स्थान पर)**
- नरेगा के तहत न्यूनतम दैनिक मजदूरी है - **₹100**
- नरेगा के तहत एक साल में रोजगार गारंटी दी जाती है - **100 दिन की**
- सभी जिलों में '100 दिन की रोजगार गारंटी योजना' लागू करने वाला प्रथम राज्य है - **बिहार**
- जवाहर ग्राम संवृद्धि योजना शुरू हुई थी - **1 अप्रैल, 1999 में**
- सर्वशिक्षा अभियान शुरू हुआ - **2000-01 में**
- 'हरियाली योजना' का शुभारंभ हुआ - **27 जनवरी, 2003 को**
- 'कृषक बीमा आय योजना' प्रारंभ हुई - **2003-04 में**

- 'स्व-जलधार कार्यक्रम' शुरू हुआ - **दिसम्बर 2002 में**
- 'प्रधानमंत्री ग्राम सड़क योजना' प्रारंभ की गई थी - **दिसम्बर, 2000 को**
- 'प्रधानमंत्री ग्रामोदय योजना' प्रारंभ की गई थी - **2000-2001 में**
- 'प्रधानमंत्री रोजगार सृजन कार्यक्रम' प्रारंभ किए गए - **15 अगस्त, 2008 से**
- 'राष्ट्रीय कृषि बीमा योजना' लागू की गई थी - **1999-2000 में**
- ग्रामीण क्षेत्रों में महिला एवं बाल विकास कार्य (DWCRA) प्रारंभ हुआ था - **1982 में**
- 'कपार्ट' का गठन हुआ था - **1 सितम्बर, 1986 को (मुख्यालय-नई दिल्ली)**
- उपभोक्ता की बचत का सिद्धांत दिया - **अल्फ्रेड मार्शल ने**
- बंद अर्थव्यवस्था से आशय है - **आयात-निर्यात के बंद होने से**
- 'न्यूनतम समर्थन मूल्य' संबंधित है - **कृषि से**
- न्यूनतम समर्थन मूल्य लागू करने वाली संस्था - **कृषि एवं लागत मूल्य आयोग (CACP)**
- भारत में सबसे पहले चकबंदी कानून लागू की गई थे - **1920 ई. में (बड़ौदा में)**
- चकबंदी के दो प्रकार - **ऐच्छिक एवं अनिवार्य**
- ऐच्छिक चकबंदी शुरू हुई थी - **1921 में (पंजाब से)**
- अनिवार्य चकबंदी शुरू हुई थी - **1928 में (मध्य प्रदेश से)**
- देश में सर्वाधिक जोतों का प्रकार - **सीमांत जोत**
- जोतों का आकार सबसे कम - **केरल में**
- जोतों का आकार सर्वाधिक - **राजस्थान में**
- भारत में कृषि वर्ष माना जाता है - **1 अप्रैल से 31 मार्च को**
- अन्तर्राष्ट्रीय समुद्र (पानी) में भारतीय मछुआरों द्वारा पकड़ी गई मछलियाँ **भारत तथा श्रीलंका** की जीडीपी (GDP) का हिस्सा हैं।
- भारत सरकार के बजट के कुल घाटे में **राजकोषीय घाटे** का सबसे अधिक योगदान है।
- भारत में राष्ट्रीय आय की सही संगणना में आने वाली एक कठिनाई है– **अमौद्रिक क्षेत्र का अस्तित्व**
- भारत में राष्ट्रीय आय अनुमानित की जाती है– **केन्द्रीय सांख्यिकी संगठन द्वारा**
- देश में राष्ट्रीय न्यादर्श (N.S.S.) की स्थापना 1950 **ई. में** हुई थी।

विज्ञान

भौतिक विज्ञान : विज्ञान की वह शाखा जिसके अन्तर्गत पदार्थ, ऊर्जा एवं उनकी पारस्परिक क्रियाओं का अध्ययन किया जाता है।

सामान्य भौतिकी : इसके अन्तर्गत यांत्रिकी एवं द्रव के गुणों का अध्ययन किया जाता है।

आधुनिक भौतिकी : इसके अन्तर्गत परमाणु एवं सूक्ष्मकणों का अध्ययन किया जाता है।

खगोलिकी भौतिकी : इसके अन्तर्गत ब्रह्मांड के विषय का अध्ययन किया जाता है।

मात्रक

- **मात्रक (Unit) :** किसी राशि के मापन के निर्देश मानक को मात्रक कहते हैं।
- मात्रक दो प्रकार के होते हैं–मूल मात्रक (fundamental unit) एवं व्युत्पन्न मात्रक (derived unit)।
- किलोग्राम, मीटर, कैंडेला, सेंकड, एम्पियर केल्विन तथा मोल मूल मात्रक है।
- 1 प्रकाशवर्ष $= 9.46 \times 10^{15}$ मीटर
- दूरी मापने की सबसे बड़ी इकाई पारसेक है
- 1 पारसेक $= 3.26$ प्रकाशवर्ष $= 3.08 \times 10^{16}$ मीटर
- बल का C.G.S. मात्रक डाइन है एवं S.I. मात्रक न्यूटन है। 1 न्यूटन $= 10^5$ डाइन
- कार्य का C.G.S. मात्रक अर्ग है एवं S.I. पद्धति में मात्रक जूल है। 1 जूल $= 10^7$ अर्ग

गति

- **अदिश राशि :** वैसी भौतिक राशि, जिनमें केवल परिमाण होता है, दिशा नहीं। जैसे: चाल, कार्य आदि।
- **सदिश राशि :** वैसी भौतिक राशि, जिनमें परिमाण के साथ-साथ दिशा भी रहती है और जो योग के निश्चित नियमों के अनुसार जोड़ी जाती है।
- **दूरी :** किसी दिए गए समयान्तराल में वस्तु द्वारा तय मार्ग की लम्बाई। यह सदैव +ve होती है।
- **विस्थापन :** एक निश्चित दिशा में दो बिन्दुओं के बीच की लम्बवत् (न्यूनतम) दूरी।
- **चाल :** किसी वस्तु द्वारा प्रति सेकेंड तय की गई दूरी। इसका S.I. मात्रक मी./से. है।

भौतिकी के पिता न्यूटन ने सन् 1687 ई. में अपनी पुस्तक 'प्रिंसिपिया' में सबसे पहले गति के नियम को प्रतिपादित किया था।

प्रथम नियम यदि कोई वस्तु विराम अवस्था में है, तो वह विराम अवस्था में रहेगी और यदि एकसमान चाल से चल रही है, तो ऐसे ही चलती रहेगी जब तक उस पर बाह्य बल न लगाया जाए। इस नियम को गैलीलियो का नियम या जड़त्व का नियम भी कहते हैं।

द्वितीय नियम किसी वस्तु पर कार्य करने वाले बल का मान वस्तु के द्रव्यमान तथा वस्तु में उत्पन्न त्वरण के गुणनफल के समानुपाती होता है।

तृतीय नियम प्रत्येक क्रिया के बराबर तथा विपरीत दिशा में एक प्रतिक्रिया होती है।

बाह्य बल के अभाव में किसी वस्तु की अपनी विरामावस्था या समान गति की अवस्था को बनाए रखने की प्रवृत्ति को **जड़त्व** कहते हैं।

- **वेग :** किसी वस्तु के विस्थापन की दर या एक निश्चित दिशा में प्रति सेकेंड वस्तु द्वारा तय की गई दूरी। इसका S.I. मात्रक मी./से. है।
- **त्वरण :** किसी वस्तु के वेग में परिवर्तन की दर। इसका S.I. मात्रक मी./से.^{2} है।
- **कोणीय वेग :** वृत्ताकार मार्ग पर गतिशील कण को वृत्त के केंद्र से मिलाने वाली रेखा एक सेकंड में जितने कोण से घूम जाती है, उसे उस कण का कोणीय वेग कहते है। रेखीय चाल = काणीय चाल × त्रिज्या

गुरुत्वाकर्षण

- दो पिण्डों के बीच एक आकर्षण बल कार्य करता है जिसे गुरुत्वाकर्षण कहते हैं।
- गुरुत्व वह आकर्षण बल है जिससे पृथ्वी किसी वस्तु को अपने केंद्र की ओर खींचती है।
- चन्द्रमा पर गुरुत्वीय त्वरण (g) का मान, पृथ्वी के गुरुत्वीय त्वरण मान का 1/6 होता है।

$$G = 6.67 \times 10^{-11} \frac{Nm^2}{Kg^2}$$
$$g = 9.8\, m/s^2$$

- पृथ्वी से चन्द्रमा पर जाने पर सरल लोलक का आवर्तकाल बढ़ जाता है क्योंकि चन्द्रमा पर गुरुत्वीय त्वरण का मान घट जाता है।
- गुरुत्व के कारण जो त्वरण उत्पन्न होता है उसे गुरुत्व जनित त्वरण (g) कहते हैं तथा इसका मान **9.8 मी/से^{2}** होता है।

कार्य, शक्ति एवं ऊर्जा

- कार्य, बल तथा बल की दिशा में वस्तु के विस्थापन के गुणनफल के बराबर होता है। इसका मात्रक जूल है। कार्य = बल × बल की दिशा में विस्थापन
- कार्य करने की दर को **शक्ति** कहते हैं। यह एक अदिश राशि है, इसका मात्रक वॉट है।
- 1 वाट घंटा = 3600 जूल, 1 किलोवॉट घंटा = 3.6×10^6 जूल,
- 1 अश्व शक्ति = 746 वॉट
- किसी वस्तु की कार्य करने की क्षमता को उस वस्तु की ऊर्जा कहते हैं। ऊर्जा एक अदिश राशि है, इसका मात्रक जूल है।
- किसी ग्रह के चारों ओर परिक्रमा करने वाले पिण्ड का उस ग्रह का **उपग्रह** कहते हैं।
- चन्द्रमा, पृथ्वी का प्राकृतिक उपग्रह है।
- उपग्रह की कक्षीय चाल उसके द्रव्यमान पर निर्भर नहीं करती है। एक ही त्रिज्या की कक्षा में भिन्न-भिन्न द्रव्यमानों के उपग्रहों की चाल समान होगी।
- उपग्रह की कक्षीय चाल कक्षीय त्रिज्या पर निर्भर करती है। पृथ्वी तल के अति निकट चक्कर लगाने वाले उपग्रह की कक्षीय चाल लगभग 7.9 या 8 किमी/से होती है।
- पृथ्वी के अति निकट चक्कर लगाने वाले उपग्रह का परिक्रमण काल 84 मिनट होता है।
- भू-स्थायी उपग्रह पृथ्वी तल से लगभग 36000 किमी. की ऊंचाई पर रहकर पृथ्वी का परिक्रमण करता है।

- यह पृथ्वी के अक्ष के लम्बवत् तल में पश्चिम से पूरब की ओर पृथ्वी की परिक्रमा करता है तथा परिक्रमण काल पृथ्वी के परिक्रमण काल (24 घंटे) के बराबर होता है।
- **पलायन वेग वह न्यूनतम वेग है** जिससे किसी पिण्ड को पृथ्वी की सतह से ऊपर की ओर फेंके जाने पर वह गुरुत्वीय क्षेत्र को पार कर जाता है तथा कभी वापस नहीं आता है। इसका मान पृथ्वी तल पर **11.2 किमी/से** होता है।
- पलायन वेग, कक्षीय वेग का $\sqrt{2}$ गुना होता है।
- चन्द्रमा पर पलायन वेग **2.38 किमी/से** है, जिसके कारण वहां वायुमंडल का अभाव है।

प्रतिबल

- प्रति एकांक क्षेत्रफल पर लगाए बल को **प्रतिबल** कहते हैं। इसका मात्रक न्यूटन/मी^{2} या पास्कल होता है।

विकृति

- किसी वस्तु के एकांक आकार में परिवर्तन उस वस्तु की **विकृति** कहलाती है।
- प्रतिबल तथा विकृति का अनुपात नियतांक होता है, इसे प्रत्यास्थता गुणांक कहते हैं।
- यदि विकृति तथा प्रतिबल अनुदैर्ध्य हो, तो प्रत्यास्थता गुणांक को यंग **प्रत्यास्थता गुणांक** कहते हैं।
- नियतांक को पहले माध्यम के सापेक्ष दूसरे माध्यम का अवर्तनांक कहते हैं। इस नियम को **स्नेल का नियम कहते हैं।**

दाब

- किसी सतह के एकांक क्षेत्रफल पर लगने वाले बल को दाब कहते हैं।
- इसका मात्रक **न्यूटन/मी^{2}** है। यह **सदिश** राशि है।
- वायुमंडलीय दाब **बैरोमीटर** से नापा जाता है।
- हाइड्रोलिक लिफ्ट, हाइड्रोलिक प्रेस, हाइड्रोलिक ब्रेक आदि पास्कल नियम पर आधारित है।
- दाब बढने पर पदार्थ का गलनांक बढ़ जाता है।
- गर्म करने पर जिन पदार्थों का आयतन घट जाता है, दाब बढ़ाने पर उनका गलनांक भी कम हो जाता है।
- सभी द्रवों का क्वथनांक दाब घटाने पर बढ़ जाता है

आर्किमिडीज का सिद्धांत

- जब कोई वस्तु किसी द्रव में डुबोई जाती है, तो इसके भार में कमी होती है, भार में यह आभासी कमी वस्तु द्वारा हटाए गए द्रव के भार के बराबर होती है।

घनत्व

- द्रव्यमान प्रति एकांक आयतन घनत्व कहलाता है।
- आपेक्षिक घनत्व को **हाइड्रोमीटर** से मापा जाता है।
- **समुद्र के जल** का घनत्व **साधारण जल** से अधिक होता है।

पृष्ठ तनाव

- द्रव का ताप बढ़ाने पर पृष्ठ तनाव कम हो जाता है और क्रांतिक ताप शून्य हो जाता है।

- पृष्ठ तनाव का मात्रक न्यूटन/मी. होता है।
- **साफ जल** का पृष्ठ तनाव, **साबुन के घोल** के पृष्ठ तनाव से **अधिक** होता है। साबुन के घोल को जल में मिलाकर जल के पृष्ठ तनाव को कम किया जा सकता है।
- एक ही पदार्थ के अणुओं के मध्य लगने वाले आकर्षण बल को **ससंजक बल** कहते हैं जबकि विभिन्न पदार्थों के अणुओं के बीच के आकर्षण बल को **आसंजक बल** कहते हैं।
- आसंजक बल के कारण ही जल किसी वस्तु को भिगोता है, पारा कांच से नहीं चिपकता आदि।

कोशिकत्व

- केशनली में द्रव के ऊपर चढ़ने या नीचे दबने की घटना को कोशिकत्व कहते हैं।

बरनौली प्रमेय

- जब कोई आदर्श द्रव किसी नली में धारा रेखीय प्रवाह में बहता है, तो उसके मार्ग के प्रत्येक बिन्दु पर उसके एकांक आयतन की कुल ऊर्जा (दाब ऊर्जा, गतिज ऊर्जा एवं स्थितिज ऊर्जा) का योग नियत रहता है।
- वेन्चुरीमीटर, बुनसन बर्नर, कार्बन फिल्टर पम्प, मैगनस प्रभाव तथा वायुयान की गति बरनौली प्रमेय पर आधारित हैं।

सरल लोलक

- डोरी के द्वारा दृढ़ आधार से लटका एक गोलक सरल लोलक कहलाता है।
- सरल लोलक का आवर्तकाल, $T = 2\pi\sqrt{\frac{l}{g}}$
- लोलक का अधिकतम आवर्तकाल **84.6 मिनट** है।

तरंग

- तरंग वह विक्षोम है जो ऊर्जा का एक स्थान से दूसरे स्थान तक संचरण करता है।
- तरंग सामान्यतया दो प्रकार की होती हैं – यान्त्रिक तरंगें (अनुदैर्ध्य तरंग तथा अनुप्रस्थ तरंग) – विद्युत चुम्बकीय तरंगें
- **अनुदैर्ध्य तरंग** जब तरंग **गति की दिशा** माध्यम के कणों के कम्पन करने की दिशा के **अनुदिश** (या **समान्तर**) होती है, तो ऐसी तरंग को अनुदैर्ध्य तरंग कहते हैं। ध्वनि तरंगें, अनुदैर्ध्य तरंगों के उदाहरण हैं।
- **अनुप्रस्थ तरंग** जब तरंग **गति की दिशा** माध्यम के कणों के कम्पन करने की दिशा के **लम्बवत्** होती है, तो इस प्रकार की तरंगों को अनुप्रस्थ तरंग कहते हैं। पानी की सतह पर उत्पन्न तरंगें, प्रकाश तरंगें अनुप्रस्थ तरंगें हैं।
- **विद्युत चुम्बकीय तरंगें** ये ऐसी तरंगें होती हैं, जिसके संचरण के लिए किसी माध्यम की आवश्यकता नहीं होती। प्रकाश, ऊष्मा, विद्युत चुम्बकीय तरंगों के उदाहरण हैं। ये तरंगें प्रकाश की चाल से संचरण करती हैं।

ध्वनि तरंगें

- ध्वनि एक स्थान से दूसरे स्थान तक तरंगों के रूप में गमन करती है।
- ध्वनि तरंगें **अनुदैर्ध्य यांत्रिक तरंगें** होती हैं।
- यांत्रिक तरंगों के आवृत्ति परिसर मुख्यत: तीन है।

- **श्रव्य तरंगें**- 20 हर्ट्ज से 20000 हर्ट्ज के बीच की आवृत्ति वाली तरंगों को श्रव्य तरंगें कहते हैं। इन तरंगों को हमारे कान सुन सकते हैं।
- **अपश्रव्य तरंगें**- 20 हर्ट्ज से नीचे की आवृत्ति वाली ध्वनि तरंगों को अपश्रव्य तरंगें कहते हैं। इसे सुन नहीं सकते।
- **पराश्रव्य तरंगें**- 20000 हर्ट्ज से ऊपर की तरंगों को पराश्रव्य तरंगें कहा जाता है, मनुष्य के कान इसे सुन नहीं सकते हैं। लेकिन बिल्ली, कुत्ता, मच्छर इन तरंगों को सुन सकते हैं। चमगादड़ इन तरंगों को उत्पन्न भी कर सकता है।
- पराश्रव्य तरंगों के उपयोग (1) संकेत भेजने में, (2) समुद्र की गहराई का पता लगाने में, (3) कीमती कपड़ों, वायुयान तथा घड़ियों के पुर्जों को साफ करने में, (4) कल-कारखानों की चिमनियों से कालिख हटाने में, (5) दूध के अंदर के हानिकारक जीवाणुओं को नष्ट करने में, (6) अंधेरे में चमगादड़ का उड़ना, (7) गठिया रोग के उपचार एवं मस्तिष्क के ट्यूमर का पता लगाने में।

कैथोड किरणें

- कैथोड किरणों की खोज **सर विलियम कुक** ने की।
- ये सीधा रेखा में चलती हैं तथा स्फुर दीप्ति उत्पन्न करती हैं।
- कैथोड किरणें पतली धातु की चादर से पार निकल जाती हैं।
- इनका वेग प्रकाश के वेग का 1/10 गुना होता है।

धन किरणें तथा कैनाल किरणें

- इन किरणों की खोज **गोल्डस्टीन** ने की थी।
- धन किरणों धनावेशित कणों द्वारा बनी होती हैं।
- ये सीधी रेखा में गति करती हैं तथा चुम्बकीय व विद्युत क्षेत्र में निक्षेपित हो जाती है।
- ये गैसों को आयनीकृत कर देती हैं।

X-किरणें

- X-किरणों विद्युतचुम्बकीय तरंगें होती हैं इसकी तरंगदैर्ध्य परास 0.1Å – 100Å तक होती है।
- X-किरणों की खोज **रॉन्टजेन** ने की थी।
- X-किरणों सीधी रेखा में चलती हैं।
- ये परावर्तन, अपवर्तन, व्यतिकरण, विवर्तन, ध्रुवण आदि घटनाओं को प्रदर्शित करती हैं।
- ये किरणें विद्युत तथा चुम्बकीय क्षेत्रों में विक्षेपित नहीं होती हैं।
- अधिक समय तक पड़ने पर X-किरणें मानव शरीर के लिए हानिकारक होती हैं।
- X-किरणें प्रकाश विद्युत प्रभाव का प्रदर्शन करती हैं।

X-किरणों के उपयोग

- **शल्य चिकित्सा में** X-किरणों का उपयोग मानव शरीर के भीतर टूटी हुई हड्डी, धंसी हुई गोली, पथरी आदि का पता लगाने में किया जाता है।
- **रेडियोग्राफी में** X-किरणों द्वारा कुछ रोगों का उपचार किया जाता है। कैंसर में शरीर के उस भाग पर X-किरणें डालने से रुग्ण सेल नष्ट हो जाते हैं।
- **जासूसी में** X-किरणों की सहायता से शरीर के अंदर किसी मूल्यवान वस्तु का पता लगाया जा सकता है।

- **इंजीनियरिंग में** X-किरणों का उपयोग भवन अथवा पुलों में लगे लोहे के शहतीरों के भीतर उपस्थित दरार, वायु के बुलबुले आदि का पता लगाने में किया जाता है।
- **व्यवसाय में** X-किरणों का उपयोग वास्तविक व कृत्रिम हीरे में अंतर करने, सीप के मोती का पता लगाने आदि में किया जाता है।

ऊष्मा

- ऊष्मा एक ऊर्जा है जिससे हमें वस्तु की गर्माहट का अहसास होता है।
- इसका मात्रक **कैलोरी, किलोकैलोरी** तथा **जूल** है।
- 1 कैलोरी = 4.186 जूल।

ताप

- ताप, किसी वस्तु की गर्माहट तथा ठंडक का मापन है।
- वस्तु के ताप को मापने के लिए जो यंत्र प्रयोग किया जाता है, उसे थर्मामीटर कहते हैं।
- मानव शरीर का सामान्य ताप 37°C या 98.4°F है। – 40°C पर ताप °C और °F समान होते हैं।
- डॉक्टरी थर्मामीटर 96°F से 110°F तक के ताप को मापता है।

$$\frac{C}{5} = \frac{F-32}{9} = \frac{R}{4} = \frac{K-273}{5} = \frac{Ra-49.2}{9}$$

- पारे का हिमांक – 39°C होता है एल्कोहॉल का हिमांक – 25°C होता है।

विशिष्ट ऊष्मा

- किसी पदार्थ की विशिष्ट ऊष्मा, ऊष्मा की वह मात्रा है, जो उस पदार्थ के एकांक द्रव्यमान में एकांक ताप वृद्धि उत्पन्न करती है।
- इसका मात्रक **जूल/किग्रा केल्विन** होता है।
- जल की विशिष्ट ऊष्मा सबसे अधिक होती है।
- ताप बढ़ने पर अधिकतर पदार्थों की विशिष्ट ऊष्मा बढ़ती है।
- जल की विशिष्ट ऊष्मा 0°C से 40°C तक ताप बढ़ने पर घटती है तथा इसके बाद बढ़ती है।
- जल की विशिष्ट ऊष्मा 15°C पर 4180 जूल/किग्रा. केल्विन होती है।
- पारे की विशिष्ट ऊष्मा कम होती है।
- सोने की विशिष्ट ऊष्मा 130 **जूल/किग्रा-केल्विन** होती है।

गुप्त ऊष्मा

- नियत ताप पर पदार्थ की अवस्था में परिवर्तन के लिए अनावश्यक ऊष्मा की मात्रा को पदार्थ की **गुप्त ऊष्मा** कहते हैं।
- बर्फ की गलन गुप्त ऊष्मा **80 कैलोरी/ग्राम** है।
- वाष्पन की गुप्त ऊष्मा **540 कैलोरी/ग्राम** है।

ऊष्मीय संचरण

- ऊष्मा का एक स्थान से दूसरे स्थान जाने को ऊष्मा का संचरण कहते हैं।
- ठोसों में ऊष्मा का संचरण चालन द्वारा होता है।
- गैसों तथा द्रवों में ऊष्मा का संचरण संवहन द्वारा होता है।
- सूर्य से ऊष्मा पृथ्वी पर संवहन विधि द्वारा पहुंचती है।

प्रकाश

विभिन्न माध्यमों में प्रकाश की चाल	
माध्यम	**प्रकाश की चाल**
निर्वात	3×10^8
कांच	2×10^8
जल	2.25×10^8
रॉक साल्ट	1.96×10^8
तारपीन तेल	2.04×10^8
नाइलोन	1.96×10^8

- प्रकाश एक प्रकार की ऊर्जा है जो विद्युत-चुम्बकीय तरंगों के रूप में संचारित होती है। प्रकाश, अनुप्रस्थ तरंग होती है।
- प्रकाश के वेग की गणना सबसे पहले रोमर ने की थी। वायु तथा निर्वात में प्रकाश की चाल सबसे अधिक (3×10^8 मी/से) होती है।
- सूर्य का प्रकाश पृथ्वी पर 8 मिनट 19 सेकण्ड में पहुंचता है।
- प्रकाश के चिकने पृष्ठ से टकराकर वापस आने की घटना को प्रकाश का **परावर्तन कहते हैं।**
- आपतित किरण, आपतन बिन्दु पर अभिलम्ब तथा परावर्तित किरण एक ही तल में होते हैं। आपतन कोण सदैव परावर्तन कोण के बराबर होता है।

समतल दर्पण से परावर्तन

- प्रतिबिम्ब काल्पनिक,वस्तु के बराबर व उल्टा होता है।
- यदि कोई व्यक्ति v चाल से दर्पण की ओर चलता है, तो उसे दर्पण में अपना प्रतिबिम्ब $2v$ चाल से अपनी ओर आता प्रतीत होगा।
- समतल दर्पण में वस्तु का पूर्ण प्रतिबिम्ब देखने के लिए दर्पण की लम्बाई, वस्तु की लम्बाई से आधी होनी चाहिए।
- समतल दर्पणों द्वारा बने प्रतिबिम्बों की संख्या,

$$n = \left(\frac{360^\circ}{\theta} - 1\right)$$

गोलीय दर्पण

- गोलीय दर्पण दो प्रकार के होते हैं– अवतल, उत्तल
- उत्तल दर्पण से बना प्रतिबिम्ब वस्तु से छोटा, सीधा एवं आभासी होता है जबकि अवतल दर्पण से बना प्रतिबिम्ब बड़ा व वास्तविक होता है।
- **अवतल दर्पण के उपयोग** (1) दाढ़ी बनाने में, (2) आंख, कान एवं नाक के डॉक्टर के द्वारा उपयोग में, (3) गाड़ी की हेडलाइट में, (4) सोलर कूकर में।
- **उत्तल दर्पण के उपयोग** (1) गाड़ी में चालक की सीट के पास पीछे के दृश्य को देखने में (2) सोडियम परावर्तक लैम्प में।

प्रकाश का अपवर्तन

- जब प्रकाश की किरण एक माध्यम से दूसरे माध्यम में जाती है, तो अपने मार्ग से विचलित हो जाती है। यह घटना **प्रकाश का अपवर्तन** कहलाती है।
- **लाल रंग** का अपवर्तनांक सबसे कम तथा **बैंगनी रंग** का अपवर्तनांक सबसे अधिक होता है।
- जब प्रकाश की किरण एक माध्यम से दूसरे माध्यम में जाती है, तो इसकी **आवृत्ति अपरिवर्तित** रहती है जबकि **तरंगदैर्ध्य** तथा **वेग** बदल जाता है।
- निरपेक्ष अपवर्तनांक $= \dfrac{\text{निर्वात में प्रकाश की चाल}}{\text{माध्यम में प्रकाश की चाल}}$
- ताप बढ़ने पर भी सामान्यतः **अपवर्तनांक** घटता है।

बॉयल का नियम : स्थिर ताप पर गैस की नियत मात्रा का आयतन उसके दाब का व्युत्क्रमानुपाती होता है।

चार्ल्स का नियम : स्थिर दाब पर किसी गैस की नियत मात्राका आयतन उसके परमताप का सीधा अनुपाती होती है **(परमताप $T = 273° + t°C$)**

आवोगाड्रो का नियम : समान ताप एवं दाब पर सभी गैसों के समान आयतन में अणुओं की संख्या समान होती है। सामान्य ताप एवं दाब पर विभिन्न गैसों के एक ग्राम अणु का आयतन 22.4 लीटर होता है तथा इस 22.4 लीटर में 6.022×10^{23} अणु होते हैं।

लेन्स

- लेंस दो प्रकार के होते हैं : उत्तल लेंस, अवतल लेंस
- जब लेंस अधिक अपवर्तनांक वाले द्रव में डुबाया जाता है, तो इसकी फोकस दूरी बढ़ जाती है तथा उत्तल लेंस, अवतल लेंस की भांति तथा अवतल लेंस, उत्तर लेंस की भांति होता है।
- वायु का बुलबुला द्रव में अवतल लेन्स की भांति कार्य व्यवहार करता है।

मानव नेत्र

- स्पष्ट दृष्टि की न्यूनतम दूरी 25 सेमी. होती है।

नेत्र दोष

- **निकट दृष्टि दोष :** इस रोग से ग्रसित व्यक्ति नजदीक की वस्तु तो देख लेता है परंतु दूर स्थित वस्तु को नहीं देख पाता है। इस दोष के निवारण में **अवतल लेंस** का प्रयोग किया जाता है।
- **दूर दृष्टि दोष :** इस रोग में व्यक्ति निकट की वस्तु नहीं देख पाता है। इस दोष के निवारण के लिए उत्तल लेंस का प्रयोग किया जाता है।
- **जरा दृष्टि दोष :** इस दोष में व्यक्ति दूर तथा पास की वस्तुओं को नहीं देख पाता है। इस दोष का निवारण द्विफोकसीय लेन्स द्वारा किया जाता है।
- **अबिन्दुकता :** इसमें नेत्र क्षैतिज दिशा में तो ठीक देख पाता है परंतु ऊर्ध्व दिशा में नहीं देख पाता है। इसके निवारण के लिए बेलनाकार लेन्स का उपयोग किया जाता है।

आवेश

- पदार्थों को परस्पर रगड़ने पर उस पर जो आवेश की मात्रा संचित रहती है, **स्थिर विद्युत आवेश** कहते हैं।
- **बेन्जामिन फ्रेंकलिन** ने दो प्रकार के आवेशों को **धनात्मक** तथा **ऋणात्मक** नाम दिया था।
- **समान प्रकार** के आवेश **प्रतिकर्षित** करते हैं तथा **विपरीत प्रकार** के आवेश **आकर्षित** करते हैं।
- किसी खोखले चालक के भीतर **विद्युत क्षेत्र शून्य** होता है।
- **चालक :** जिन पदार्थों से होकर आवो सरलता से प्रवाहित होता है उन्हें **चालक** कहते हैं; जैसे चांदी, तांबा, एल्युमीनियम आदि।
- **अचालक :** जिन पदार्थों से होकर आवेश का प्रवाह नहीं होता है, उन्हें **अचालक** कहते हैं; जैसे-लकड़ी, रबर, कागज आदि।

विद्युत धारा

- किसी चालक में विद्युत आवेश के प्रवाह की दर को विद्युत धारा कहते हैं। इसका मात्रक **एम्पियर** है। यह एक सदिश राशि है।

ओम का नियम

- चालक के सिरों पर लगाया गया विभवान्तर उसमें प्रवाहित धारा के अनुक्रमानुपाती होता है। $I = \frac{V}{R}$ जहां, R प्रतिरोध है।
- **धातुओं** का **ताप बढ़ाने** पर उनका **प्रतिरोध बढ़ता** जाता है।
- **अर्द्धचालकों** का **ताप बढ़ाने** पर उनका **प्रतिरोध घटता** जाता है।
- विद्युत अपघट्य का **ताप बढ़ाने** पर उनका **प्रतिरोध घट** जाता है।
- धातुओं का विशिष्ट प्रतिरोध केवल धातुओं के पदार्थ पर निर्भर करता है।
- यदि किसी तार को खींचा जाता है या उसकी **लम्बाई को दोगुना** कर दिया जाता है, तो उसका प्रतिरोध बदल जाता है लेकिन उसका **विशिष्ट प्रतिरोध अपरिवर्तित** रहता है।
- किसी चालक के विशिष्ट प्रतिरोध के व्युत्क्रम को चालक की विशिष्ट चालकता कहते हैं। इसका मात्रक **(ओम मीटर)**$^{-1}$ होता है।
- **अमीटर :** विद्युत धारा को ऐम्पियर में मापने के लिए **अमीटर** नामक यंत्र का प्रयोग किया जाता है। इसे सदैव **श्रेणीक्रम** में लगाया जाता है। आदर्श अमीटर का **प्रतिरोध शून्य** होता है।
- **वोल्टमीटर :** वोल्टमीटर का प्रयोग **विभवान्तर** मापने में किया जाता है। इसे परिपथ में सदैव **समानांतर क्रम** में लगाया जाता है। एक आदर्श वोल्टमीटर का **प्रतिरोध अनंत** होता है।
- **फ्यूज :** विद्युत फ्यूज का प्रयोग परिपथ में लगे उपकरणों की सुरक्षा के लिए किया जाता है। यह टिन व सीसे की मिश्रधातु का बना होता है। इसका गलनांक कम होता है। इसे सदैव श्रेणीक्रम में जोड़ा जाता है।
- बल्ब का फिलामेण्ट **टंगस्टन** का बनाया जाता है, जिसका गलनांक 3110°C होता है।
- विद्युत फ्यूज **कम गलनांक** वाली धातु के बनाए जाते हैं ताकि अधिक धारा बहने पर यह पिघलकर विद्युत परिपथ को तोड़ दे।
- **घरेलू परिपथ** में सभी अवयव **समान्तर क्रम** में जोड़े जाते हैं।

चुम्बक

- चुम्बक लोहे तथा अन्य पदार्थों का एक टुकड़ा होता है जो लोहे के पदार्थों को अपनी ओर आकर्षित करता है और लटकाने पर **उत्तर** तथा **दक्षिण ध्रुव** में ठहरती है।
- चुम्बक को क्षैतिज तल में स्वतंत्रतापूर्वक लटकाने पर उसका एक ध्रुव सदैव उत्तर की ओर तथा दूसरा सदैव दक्षिण की ओर ठहरता है। उत्तर की ओर ठहरने वाले ध्रुव को **उत्तरी ध्रुव** तथा दक्षिण की ओर ठहरने वाले ध्रुव को **दक्षिणी ध्रुव** कहते हैं।
- समान ध्रुव में प्रतिकर्षण एवं असमान ध्रुव में आकर्षण होता है।

रेडियोसक्रियता

- रेडियोसक्रियता की खोज **फ्रेंच वैज्ञानिक हेनरी बेकुरल, एम. क्यूरी** तथा **पी. क्यूरी** ने की। इस खोज के लिए इन तीनों को संयुक्त रूप से नोबेल पुरस्कार मिला।
- जिन नाभिकों में प्रोटॉनों की संख्या 83 या उससे अधिक होती है, वे अस्थायी होते है। स्थायित्व प्राप्त करने के लिए वे नाभिक स्वत: ही एल्फा (α), बीटा (β) एवं गामा (γ) किरणें उत्सर्जित करने लगते हैं, उन्हें रेडियोसक्रिय कहते हैं।
- राबर्ट पियरे एवं उनकी पत्नी मैडम क्यूरी ने नये रेडियोसक्रिय तत्व रेडियम की खोज की।

- सभी प्राकृतिक रेडियोसक्रिय तत्व α, β एवं γ किरणों के उत्सर्जन के बाद अन्ततः **सीसे** में बदल जाते हैं।

नाभिकीय रिएक्टर

- नाभिकीय रिएक्टर एक ऐसी युक्ति है जो नाभिकीय विखण्डन से प्राप्त ऊर्जा का उपयोग विद्युत ऊर्जा के उत्पादन में करता है।
- रिएक्टर में ईंधन के रूप में यूरेनियम-235 या प्लूटोनियम-239 का प्रयोग किया जाता है।
- रिएक्टर में नियंत्रक के रूप में **कैडमियम** या **बोरॉन छड़** का उपयोग किया जाता है।
- **ब्राउनी गति :** कोलॉइडी विलयन के कण लगातार इधर-उधर भागते रहते हैं, इसे ब्राउनी गति कहते हैं।
- **टिंडल प्रभाव :** जब किसी कोलॉइडी विलयन में तीव्र प्रकाश गुजारते हैं और इसके लम्बवत् रखे सूक्ष्मदर्शी से देखते हैं तो कोलॉइड कण काली पृष्ठभूमि में आलपिन की नोक की भांति चमकने लगते हैं। इसे टिंडल प्रभाव कहते हैं।
- **कोलॉइड के प्रकार** सोल, जेल, एरोसोल, पायस, झाग

उपकरण	आविष्कारक	देश	वर्ष
बैरोमीटर	ई. टौरसेली	इटली	1644
विद्युत बैटरी	अलेसांड्रो वोल्टा	इटली	1800
कॉस्मिक किरणें	विक्टर हेस	ऑस्ट्रिया	1912
कार (पेट्रोल)	कार्ल बेन्ज	जर्मनी	1885
डीजल इंजन	रुडोल्फ डीजल	जर्मनी	1895
डायनेमो	माइकल फैराडे	इंग्लैड	1831
डी. सी. मोटर	जेनोबे ग्रामे	बेल्जियम	1873
ए. सी. मोटर	निकोला टेसला	यू.एस.ए	1888
फिल्म (मूक चलचित्र)	लुई लि प्रिंस	यू.एस.ए	1855
फिल्म (संगीत युक्त)	ली डी फॉरेस्ट	यू.एस.ए	1923
गैल्वेनोमीटर	एण्ड्रे-मेरी एम्पियर	फ्रांस	1834
ग्लाइडर	जार्ज कैले	ब्रिटेन	1853
ग्रामोफोन	थॉमस अल्वा एडीसन	यू.एस.ए	1878
नायलॉन	डॉ. वालेस कैरायर्स	अमेरिका	1937
स्टील	हेनरी बेसेमर	ब्रिटेन	1855
सीमेन्ट (पोर्टलैंड)	जोसेफ अरगडीन	ब्रिटेन	1824
थर्मामीटर	डेनियल गैबरियल फॉरेनहाइट	जर्मनी	1714
ट्रांसफॉर्मर	माइकल फैराडे	ब्रिटेन	1831
हेलीकॉप्टर (प्रारूपिक)	लाउन्वाय एवं बियेन्वेनू	फ्रांस	1784
मानचित्र	सुमेरियनों द्वारा		ई. पू. 2250
प्लास्टिक	अलेक्जेन्डर पार्कस	ब्रिटेन	1862
रेफ्रीजरेटर	हैरीसन व टिनिंग	यू.एस.ए	1850
रबर (वल्कनीकृत)	चार्ल्स गुडइयर	यू.एस.ए	1841
रिवाल्वर	सैमुअल कोल्ट	यू.एस.ए	1935
ग्रहों की खोज	केपलर	जर्मनी	1601
स्कूटर	जी. ब्राडशा	ब्रिटेन	1919

रसायन विज्ञान

- बीसवीं शताब्दी के एक प्रमुख वैज्ञानिक लीनियस पाउलिंग के विज्ञान, वह विज्ञान है, जिसके अन्तर्गत पदार्थों के गुणों, संरचना वाले परिवर्तनों का अध्ययन किया जाता है।''
- केमिस्ट्री शब्द की उत्पत्ति मिस्र (Egypt) देश के प्राचीन नाम कीमिया शब्द का अर्थ है-काला रंग। संभवतया केमिस्ट्री शब्द 'मि Egyptian art) के लिए प्रयुक्त किया जाता था।
- लेवासिए को आधुनिक रसायन विज्ञान का जन्मदाता कहा जाता है

पदार्थ

- वस्तुए जों स्थान घेरती हो, जिसका द्रव्यमान होता हो और जो अपनी को विरोध करती हो, **पदार्थ** कहलाते हैं।

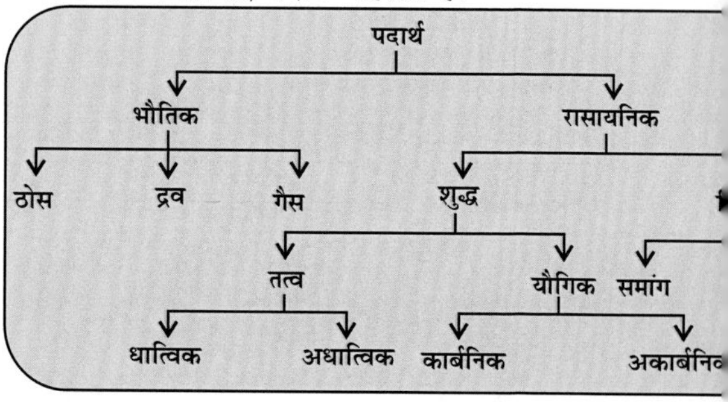

परिवर्तन

- वे परिवर्तन जो केवल पदार्थ के भौतिक गुणों जैसे रंग, कठोरत आदि को प्रभावित करते हैं परंतु पदार्थ के रासायनिक संघटन त पर कोई प्रभाव नहीं डालते हैं, **भौतिक परिवर्तन** कहलाते हैं।
- क्रिस्टलन, ऊर्ध्वपातन, क्वथन, गलन, वाष्पीकरण, वृक्षों को काटना जल में घुलना आदि सभी भौतिक परिवर्तन हैं।
- **रासायनिक परिवर्तन,** पदार्थ के संघटन तथा रासायनिक गुणों को इन परिवर्तनों के फलस्वरूप नए पदार्थ का निर्माण होता है।
- ईंधन का दहन, मोमबत्ती का जलना, कागज का जलना, जल क फलों का पकना आदि सभी रासायनिक परिवर्तनों के उदाहरण हैं।

क्वथनांक

- वह तापमान जिस पर किसी द्रव का वाष्पदाब, वायुमण्डलीय दाब है, उस द्रव का **क्वथनांक** कहलाता है।
- **अशुद्धियों की उपस्थिति में क्वथनांक बढ़ जाता है** यही करण का क्वथनांक शुद्ध जल की अपेक्षा अधिक होता है।

द्रवणांक : गर्म करने पर जब ठोस पदार्थ द्रव अवस्था में परिवर्तित ह ताप को वस्तु का द्रवणांक कहते हैं।

हिमांक : किसी विशेष ताप पर जब कोई द्रव पदार्थ जमने लगता है कहलाता है।

- ऊंचाई पर जाने पर, वायुमण्डलीय दाब, समुद्र तल के दाब की अपेक्षा कम हो जाता है।
- प्रेशर कुकर में दाब अधिक होने के कारण, जल अधिक ताप पर उबलता है जिस कारण भोजन शीघ्रता से पक जाता है।
- ऊंचाई पर जाने पर वायुमंडलीय दाब, फेफड़ों के अंदर, स्थित वायु के दाब से कम हो जाता है। अतः हमें सांस लेने में तकलीफ होने लगती है।

परमाणु, अणु तथा तत्व

- परमाणु किसी तत्व का वह सूक्ष्मतम कण है, जो रासायनिक अभिक्रिया में भाग लेता है, परंतु स्वतंत्र अवस्था में नहीं रह सकता।
- इलेक्ट्रॉन, प्रोटॉन व न्यूट्रॉन से मिलकर परमाणु बना होता है, जिनमें से प्रोटॉन तथा न्यूट्रॉन नाभिक में (परमाणु के केंद्र में) उपस्थित रहते हैं जबकि इलेक्ट्रॉन नाभिक के चारों ओर घूमते हैं।
- **अणु** का निर्माण परमाणुओं के संयोग से होता है तथा यह वह सूक्ष्मतम कण है जो स्वतंत्र अवस्था में रह सकता है।
- **तत्व** में केवल एक ही प्रकार के परमाणु उपस्थित होते हैं। **उदाहरण** : कार्बन (C), सल्फर (S), हीरा या डायमण्ड, ग्रेफाइट आदि।
- **समस्थानिकों** में प्रोटॉनों की संख्या (परमाणु क्रमांक) समान होती है जबकि न्यूट्रॉनों की संख्या या द्रव्यमान संख्या (परमाणु क्रमांक + न्यूट्रॉनों की संख्या) भिन्न होती है। उदहारण : $_1H^1$, $_1H^2$, $_1H^3$
- **समभारिकों** में द्रव्यमान संख्या समान तथा परमाणु क्रमांक भिन्न होता है। उदाहरण : $_{18}Ar^{40}$, $_{19}K^{40}$, $_{20}Ca^{40}$
- **समन्यूट्रॉनिक** में न्यूट्रॉनों की संख्या समान होती है, जैसे : $_1H^3$ और $_2He^4$ के नाभिक में न्यूट्रॉनों की संख्या **2** है।
- **समइलेक्ट्रॉनिक** : जिन आयनों और परमाणुओं के इलेक्ट्रॉनिक विन्यास समान होते हैं। जैसे : Ne, Na^+, Mg^{++} और Al^{+++}

नाभिकीय विखण्डन

- नाभिकीय विखण्डन वह प्रक्रम है जिसमें एक भारी नाभिक, दो या अधिक मध्यम आकार के नाभिकों में टूट जाता है। इस प्रक्रम में अत्यधिक मात्रा में ऊष्मा व न्यूट्रॉन उत्पन्न होते हैं।
- **परमाणु बम, अनियंत्रित शृंखला नाभिकीय विखंडन के सिद्धांत पर कार्य करता है।** इसमें ^{234}Pu का प्रयोग ईंधन के रूप में किया जाता है।

नाभिकीय संलयन

- इस प्रक्रम में दो या अधिक हल्के नाभिक जुड़कर एक भारी नाभिक का निर्माण करते हैं। इस प्रक्रम में भी अत्यधिक ऊर्जा उत्पन्न होती है।
- इस प्रक्रम के लिए अत्यधिक उच्च तापमान ($>10^6$K) की आवश्यकता होती है। अतः इसे **ऊष्मानाभिकीय प्रक्रम** भी कहा जाता है।
- **हाइड्रोजन बम तथा सूर्य की ऊर्जा,** नाभिकीय संलयन के सिद्धांत पर ही आधारित हैं।
- हाइड्रोजन बम में एक सामान्य परमाणु बम, ड्यूट्रियम ऑक्साइड (D_2O) तथा ट्राइटियम ऑक्साइड (T_2O) के मिश्रण द्वारा घिरा रहता है।

ग्राहम का गैसीय विसरण नियम

$$\frac{r_1}{r_1} = \sqrt{\frac{D_2}{D_1}} = \sqrt{\frac{m_2}{m_1}}$$

- उन्नीसवीं शताब्दी के मध्य में रशियन वैज्ञानिक **डी. आई. मेंडलीफ** ने तत्वों तथा उनके यौगिकों के तुलनात्मक अध्ययन से एक नियम प्रस्तुत किया जिसे **मेंडलीफ का आवर्त नियम** कहते हैं, व **आधुनिक आवर्त-सारणी मोसले** के नियम पर आधारित है। इसके अनुसार तत्वों के गुण उनके परमाणु संख्या के आवर्त फलन होते हैं।
- **रेडियोकार्बन डेटिंग का प्रयोग कार्बन युक्त पदार्थों के आयु निर्धारण में किया जाता है। यूरेनियम डेटिंग का प्रयोग पृथ्वी, खनिज तथा चट्टानों के आयु निर्धारण में किया जाता है।**

अम्ल, भस्म एवं लवण

- **अम्ल :** अम्ल वे यौगिक पदार्थ हैं, जिनमें हाइड्रोजन प्रतिस्थाप्य के रूप में रहता है।
- **आरहेनियस के अनुसार :** अम्ल एक ऐसा यौगिक है, जो जल में घुलकर H^+ आयन देता है।
- **लुईस इलेक्ट्रॉनिक सिद्धांत के अनुसार :** अम्ल वह यौगिक है, जिसमें इलेक्ट्रॉन की एक निर्जन जोड़ी स्वीकार करने की प्रवृत्ति होती है।
- **अम्लराल :** यह 3:1 के अनुपात में सांद्र हाइड्रोक्लोरिक अम्ल एवं सांद्र नाइट्रिक अम्ल का ताजा मिश्रण होता है। यह सोना एवं प्लैटिनम को गलाने में समर्थ होता है।
- **भस्म :** ऐसा यौगिक जो अम्ल से प्रतिक्रिया कर लवण एवं जल देता है, भस्म कहलाता है। ब्रॉन्सटेड लॉरी के सिद्धांत के अनुसार वह यौगिक जिसमें प्रोटॉन ग्रण करने की क्षमता हो 'भस्म' कहलाता है। लुईस इलेक्ट्रॉनिक सिद्धांत के अनुसार वह यौगिक जिसमें इलेक्ट्रॉन की एक निर्जन जोड़ी प्रदान करने की क्षमता होती है, भस्म कहलाता है।
- **लवण :** अम्ल एवं भस्म की प्रतिक्रिया के फलस्वरूप लवण एवं जल का निर्माण होता है।
- **pH स्केल :** किसी विलयन की अम्लीयता या क्षारीयता को व्यक्त करने के लिए pH मापदंड का प्रयोग किया जाता है।
- **विलयन :** विलयन दो या दो से अधिक पदार्थों का समांग मिश्रण है जिसमें किसी निश्चित ताप पर विलेय और विलायक की आपेक्षिक मात्राएं एक निश्चित सीमा तक निरंतर परिवर्तित हो सकती है।
- **विलेय और विलायक :** विलयन में जो पदार्थ अपेक्षाकृत अधिक मात्रा में होता है, उसे विलायक कहते हैं तथा जो पदार्थ कम मात्रा में उपस्थित रहते हैं उसे विलेय कहते हैं।
- **परिक्षेपण :** जब किसी पदार्थ के कण दूसरे पदार्थ के कणों के इर्द-गिर्द छितरा दिए जाते हैं तो यह क्रिया परिक्षेपण कहलाती है।
- **निलंबनः** इसमें परिक्षेपित कणों का आकार 10^{-3} सेमी से 10^{-4} सेमी. या इससे अधिक होता है। इन्हें आंखों से देखा जा सकता है। ये अस्थायी होते हैं तथा इनके कणों में परिक्षेपण माध्यम से अलग हो जाने की प्रवृत्ति पायी जाती है।

कोलॉइड

- ये विषमांगी विलयन होते हैं जिनमें दो प्रावस्थाएं होती हैं–परिक्षिप्त प्रावस्था तथा परिक्षेपण माध्यम।
- ये विलयन, टिण्डल प्रभाव (अर्थात् कोलाइडी कणों द्वारा प्रकाश का प्रकीर्णन) तथा ब्राउनियन गति दर्शाते हैं।
- जब कोलॉइडी कण, परिक्षेपण माध्यम के प्रति आकषर्ण रखते हैं, तो उन्हें द्रव-स्नेही कोलॉइड कहते हैं तथा जब कोलॉइडी कण, परिक्षेपण माध्यम के प्रति कोई आकर्षण नहीं रखते हैं, तो उन्हें द्रव-विरोधी कोलॉइड कहते हैं। द्रव-स्नेही कोलॉइड अधिक स्थायी तथा उत्क्रमणीय होते हैं।
- अपोहन (कोलॉइडी के शुद्धिकरण की एक विधि) का प्रयोग कृत्रिम गुर्दा मशीन की सहायता से रक्त (खून) के शोधन में किया जाता है।
- एलम (फिटकरी) का प्रयोग जल के शोधन में किया जाता है क्योंकि यह जल में उपस्थित अशुद्धियों को स्कन्दित कर देती है अर्थात् उन्हें नीचे तली में बैठा देती है।
- $FeCl_3$ का प्रयोग रक्त को रोकने के लिए किया जाता है क्योंकि यह रक्त को स्कन्दित कर देता है।

कार्बन एवं उसके यौगिक

- **अपरूपता** : वैसे पदार्थ जिनके रासायनिक गुण समान एवं भौतिक गुण भिन्न हों 'अपरूप' कहलाते हैं, और इस घटना को 'अपरूपता' कहते हैं।
- कार्बन के दो मुख्य अपरूप हैं : हीरा एवं ग्रेफाइट।
- **हाइड्रोकार्बन** : कार्बन एवं हाइड्रोजन के यौगिक को हाइड्रोकार्बन कहते हैं।
- हाइड्रोकार्बन तीन प्रकार के होते हैं–संतृप्त हाइड्रोकार्बन, असंतृप्त हाइड्रोकार्बन एवं ऐरोमैटिक हाइड्रोकार्बन।
- **समावयवता** : जब दो या दो से अधिक यौगिकों के अणुसूत्र समान होते हैं, परंतु उनके गुणों में अंतर होता है, तब इस विशेष गुण को समावयवता कहते हैं और प्राप्त यौगिक एक-दूसरे के समावयवी कहलाते हैं। इसके दो मुख्य प्रकार हैं– संरचनात्मक, त्रिविम समावयवता।
- **बहुलकीकरण** : जब एक ही यौगिक के दो अथवा अधिक अणु आपस में संयोग करके एक बड़ा अणु बनाते हैं, तब इस अभिक्रिया में भाग लेने वाले अणु को मोनोमर और उत्पाद को पॉलीमर (बहुलक) कहते हैं।
- प्राकृतिक बहुलक के उदाहरण हैं–स्टार्च, सेल्यूलोज।
- **वल्कनीकरण** : प्राकृतिक रबड़ को सल्फर के साथ मिलाकर गर्म करने की क्रिया वल्कनीकरण कहलाता है।

बैटरी

- बैटरी वह युक्ति है जो रासायनिक ऊर्जा को विद्युत ऊर्जा में परिवर्तित कर देती है। ये दो प्रकार की होती हैं
- प्राथमिक बैटरी (जिन्हें पुन: आवेशित नहीं किया जा सकता) गैल्वेनी सेल की भांति व्यवहार करती हैं। उदाहरण–शुष्क सेल, मर्करी सेल आदि।
- द्वितीयक बैटरी (जिन्हें आवेशित किया जा सकता है), गैल्वेनी सेल तथा विद्युत अपघटनी सेल दोनों की भांति व्यवहार करती हैं। उदाहरण–सीसा संचायक बैटरी, निकैल-कैडमियम बैटरी आदि।

ऊर्जा के स्रोत

- नवीकरणीय स्रोत असीमित मात्रा में उपलब्ध होते हैं तथा कभी भी समाप्त नहीं होते हैं; जैसे–वायु, सूर्य का प्रकाश आदि।
- अनवीकरणीय स्रोत सीमित मात्रा में उपलब्ध होते हैं तथा एक लम्बे समय तक लगातार प्रयोग किए जाने पर समाप्त हो जाते हैं; जैसे–खनिज, कोयला, पेट्रोलियम, प्राकृतिक गैस आदि।

ईंधन

- ईंधन वे पदार्थ हैं जो दहन पर (जलने पर) ऊष्मा तथा प्रकाश उत्पन्न करते हैं।
- किसी ईंधन के 1 ग्राम को वायु की अधिकता में जलाने पर उत्पन्न ऊष्मा, उस ईंधन का ऊष्मीय मान (Calorific value) कहलाता है।
- रॉकेट में प्रयुक्त ईंधन प्रणोदक (propellant) कहलाते हैं। द्रव हाइड्रोजन तथा द्रव ऑक्सीजन के मिश्रण को प्रमुख प्रणोदक के रूप में प्रयोग किया जाता है।

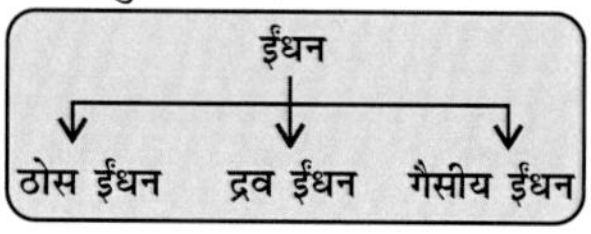

कोयला

- कोयला, वानस्पतिक पदार्थों के कार्बोनीकरण द्वारा प्राप्त होता है, यह विभिन्न किस्मों में पाया जाता है पीट (60%C), लिग्नाइट या भूरा कोयला (70%C), बिटुमिनस कोल (80%C), ऐन्थ्रासाइट कोल (90%C)। इनमें से बिटुमिनस सर्वाधिक पाई जाने वाली किस्म है।
- **गैसीय ईंधन :** प्राकृतिक गैस, गोबर गैस, प्रोड्यूसर गैस, जल गैस, कोल गैस इत्यादि।

ज्वाला

- **आन्तरिक भाग** बिना जले कार्बन के कणों की उपस्थिति के कारण काला होता है। इस भाग का तापमान सबसे कम होता है।
- **मध्यम भाग** ईंधन के अपूर्ण दहन के कारण पीला होता है।
- **बाह्य भाग** ईंधन के पूर्ण दहन के कारण नीला होता है। इस भाग का तापमान सर्वाधिक होता है तथा सुनार, सोने को पिघलाने के लिए इसी भाग का प्रयोग करते हैं।

अग्निशामक

- जल एक अच्छा अग्निशामक है अर्थात् इसका प्रयोग आग बुझाने के लिए किया जाता है क्योंकि अग्नि के संपर्क में आने पर यह वाष्प में परिवर्तित हो जाता है जो जलने वाले पदार्थ को घेरकर, उसकी ऑक्सीजन आपूर्ति के बाधित कर देती हैं। अत: आग बुझ जाती है।

निरापद दियासलाई

- निरापद दियासलाई में, तिल्ली के सिरे पर ऐन्टिमनी सल्फाइड तथा पोटैशियम क्लोरेट का मिश्रण लगा रहता है तथा दियासलाई की डिब्बी पर चूर्णित कांच तथा लाल फॉस्फोरस का मिश्रण लगा होता है।

धातुएं

- ऐसे तत्व (हाइड्रोजन के अतिरिक्त) जो इलेक्ट्रॉन को त्याग कर धनायन प्रदान करते हैं, धातुएं कहलाते हैं।

- धातुएं सामान्यतः चमकदार, अधातवर्ध्य तथा तन्य होती हैं।
- **खनिज** : भूपर्पटी में प्राकृतिक रूप से पाए जाने वाले तत्वों या यौगिक को खनिज कहते हैं।
- **अयस्क** : वे खनिज जिनसे धातुओं को सुगमतापूर्वक तथा लाभकारी रूप में निष्कर्षित किया जा सकता है, अयस्क कहलाते हैं।
- **धातुकर्म** : अयस्कों से धातुओं के निष्कर्षण तथा परिष्करण में सम्मिलित विभिन्न प्रक्रमों को धातुकर्म कहते हैं।
- **गैंग** : अयस्क में मिले अशुद्ध पदार्थ को गैंग कहते हैं।
- **फ्लक्स** : अयस्क में मिले गैंग को हटाने के लिए बाहर से मिलाए गए पदार्थ को फ्लक्स कहते हैं।
- **धातुमल** : गैंग एवं फ्लक्स के मिलने से बने पदार्थ धातुमल कहलाता है।
- **निस्तापन** : इस प्रक्रिया में धातु के अयस्क को उसके द्रवणांक से नीचे के ताप पर गर्म करते हैं, ताकि अयस्क में मिले वाष्पशील अशुद्धियां दूर हो जाए।
- **भर्जन** : इस प्रक्रिया में धातु के अयस्क को गर्म हवा की उपस्थिति में उसके द्रवणांक से नीचे के ताप पर गर्म करते हैं ताकि इसमें मिले अशुद्धि ऑक्सीकृत हो जाए।
- **एसमेल्टिंग** : इस प्रक्रिया में धातु, कोक एवं फ्लक्स की उपस्थिति में उसके द्रवणांक से ऊपर के ताप पर गर्म करते हैं जिससे शुद्ध धातु प्राप्त होती है।

संक्षारण

- धातुओं का उनकी सतह पर वायु एवं आर्द्रता के प्रभाव द्वारा नष्ट होना संक्षारण कहलाता है। यह एक विद्युत रासायनिक प्रक्रम है।
- वायु के संपर्क में आने पर लोहे की सतह फेरिक ऑक्साइड ($Fe_2O_3 . xH_2O$) के निर्माण के कारण भूरी हो जाती है। यह भूरी परत जंग कहलाती है।
- चांदी भी वायु में सिल्वर सल्फाइड (Ag_2S) के निर्माण के कारण काली पड़ जाती है तथा तांबे की सतह, बेसिक कॉपर कार्बोनेट, $Cu(OH)_2 . CuCO_3$ के निर्माण के कारण हरी हो जाती है।
- **लोहे के संक्षारण को जंग लगना कहते हैं।**
- विद्युत-लेपन, तेल, ग्रीस, पेन्ट, वार्निश आदि के लेपन तथा गैल्वेनीकरण (अर्थात् लोहे की वस्तुओं पर जिंक की पर्त के लेपन) द्वारा संक्षारण से बचाव किया जा सकता है।

अधातुएं एवं मानव निर्मित पदार्थ

- **अधातुएं** : आधुनिक आवर्त सारणी के अनुसार 22 अधात्वीय तत्व है, जिनमें 11 गैसें–एक द्रव है तथा शेष 10 ठोस हैं। (द्रव अधातु-ब्रोमीन)
- **सीमेन्ट** : चूना पत्थर या खड़िया को मृत्तिका (लाल मिट्टी) या शैल के साथ खूब गर्म करने से प्राप्त होने वाले पदार्थ को सीमेन्ट कहते हैं।
- **कांच** : साधारण कांच, सिलिका, सोडियम सिलिकेट और कैल्शियम सिलिकेट, का ठोस विलयन होता है। कांच अक्रिस्टलीय ठोस के रूप में एक अतिशीतित द्रव है। कांच की क्रिस्टलीय संरचना नहीं होती और नहीं उसका कोई निश्चित गलनांक होता है।
- **साबुन** : सभी साधारण साबुन उच्चवसीय अम्लों के सोडियम अथवा पोटैशियम लवणों के मिश्रण होते हैं। साबुन बनाने की क्रिया को साबुनीकरण कहते हैं।

- **डिटरजेन्ट :** इसमें लम्बी शृंखला का हाइड्रोकार्बन होता है एवं शृंखला के अंत में एक ध्रुवीय समूह; परंतु ये साबुन से इस मामले में उत्तम है कि Ca^{+2}, Mg^{+2} तथा Fe^{+3} आयन के साथ अघुलनशील लवण नहीं प्रदान करता है।

अम्ल तथा क्षारक

- अम्ल वे पदार्थ हैं जो नीले लिटमस को लाल कर देते हैं तथा सामान्यत: जल में प्रोटॉन दान करते हैं।
- क्षारक वे पदार्थ हैं जो लाल लिटमस को नीला कर देते हैं। ये प्रोटॉन (H^+) को ग्रहण करते हैं।

कठोर जल

- जल, जिसमें कैल्सियम के बाइकॉर्बोनेट घुले होते हैं, अस्थायी कठोर जल कहलाता है। स्थायी कठोर जल में कैल्सियम व मैग्नीशियम के विलेय क्लोराइड व सल्फेट उपस्थित होते हैं।
- साबुन, कठोर जल के साथ सल्फेट क्लोराइट व बाइकॉर्बोनेट के निर्माण के कारण झाग नहीं देता है।
- जल की अस्थायी कठोरता को उबालकर अथवा कैल्सियम हाइड्रॉक्साइड ($Ca(OH)_2$) मिलाकर **(क्लॉर्क प्रक्रम)** दूर किया जाता है।
- जल की स्थायी कठोरता को दूर करने के लिए इसमें, सोडियम कार्बोनेट (Na_2CO_3) मिलाया जाता है।

भारी जल

- यह भारी हाइड्रोजन अर्थात् ड्यूटीरियम का ऑक्साइड है। **(भारी जल का अणु भार = 20)**
- इसका प्रयोग नाभिकीय रिएक्टर में किया जाता है।

तेल का कठोरीकरण

- तेल (असंतृप्त वसा) को निकैल उत्प्रेरक तथा हाइड्रोजन के साथ गर्म करने पर, यह एक ठोस पदार्थ, घी (संतृप्त वसा) में परिवर्तित हो जाता है। यह प्रक्रम तेल का कठोरीकरण कहलाता है।

औषधियां

- औषधियां, वे रासायनिक पदार्थ हैं जिनका प्रयोग रोगों के निदान तथा दर्द को कम करने के लिए किया जाता है।

पेस्टिसाइड

- ये पदार्थ फसलों को हानि पहुंचाने वाले जीवों को नष्ट कर देते हैं। ये निम्न प्रकार के होते हैं
- **कीटनाशी उदाहरण** डीडीटी, गैमेक्सेन, एल्युमीनियम।
- **कवकनाशी उदाहरण** बोर्दो मिश्रण, ऑर्गेनोमर्करी यौगिक।
- **शाकनाशी उदाहरण** बेन्जीपॉम, सोडियम क्लोरेट, सोडियम ऑर्सेनेट।
- **दन्तनाशी उदाहरण** एल्युमीनियम फॉस्फाइड।
- **उत्प्रेरण :** ऐसे रासायनिक पदार्थ जो अपनी उपस्थिति मात्र से किसी रासायनिक अभिक्रिया के वेग को परिवर्तित करने की क्षमता रखते हैं तथा स्वयं अभिक्रिया के अंत में रासायनिक रूप से अप्रभावित रहते हैं, उत्प्रेरक कहलाते हैं तथा यह क्रिया उत्प्रेरण कहलाती है।

जीव विज्ञान

- **'जीव विज्ञान' (Biology) :** यह विज्ञान की वह शाखा है जिसके अन्तर्गत जीवित पदार्थों के उद्‌भव, विकास, आहार व जनन इत्यादि जैविक क्रियाओं का प्रयोगात्मक अध्ययन किया जाता है।
- 'बायोलॉजी' शब्द का प्रयोग सर्वप्रथम सन् 1802 में लैमार्क (Lamarck) और ट्रेविरेनस (Treviranus) नामक वैज्ञानिकों द्वारा किया गया। 'Biology' शब्द का उद्‌भव ग्रीक भाषा के दो शब्दों 'Bio' (= Life–जीवन) तथा Logos (=Discourse–अध्ययन) से हुआ है।
- हिप्पोक्रेट्स (460–370 ई.पू.) ने सर्वप्रथम मानव रोगों पर लेख लिखे। उन्हें 'चिकित्सा शास्त्र का जनक' (Father of Medicine) कहा जाता है।
- 'जीव विज्ञान' को 'जीवन का विज्ञान' भी कहते हैं। जीव विज्ञान की दो प्रमुख शाखाएं हैं–(i) वनस्पति विज्ञान (Botany) तथा (ii) जन्तु विज्ञान (Zoology)।
- वनस्पति विज्ञान (Botany) शब्द की उत्पत्ति ग्रीक भाषा के 'Baskein' शब्द से हुई है जिसका अर्थ है 'चरना'। थियोफ्रेस्टस (370–287 ई.पू.) ने अपनी पुस्तक '*Historia Plantroum*' में 500 प्रकार के पौधों का वर्णन किया है। उन्हें 'वनस्पति-विज्ञान का जनक' (Father of Botany) कहा जाता है।
- एरिस्टोटल (अरस्तु) को 'जन्तु विज्ञान का जनक' (Father of Zoology) कहा जाता है। इन्होंने अपनी 'जन्तु इतिहास' (Historia Animalism) नामक पुस्तक में 500 जन्तुओं की रचना, स्वभाव, वर्गीकरण, जनन आदि का वर्णन किया है।

कोशिका विज्ञान

- जीवद्रव्य का नामकरण पुरकिंजे के द्वारा सन् 1839 ई. में किया गया। यह एक तरल गाढ़ा रंगहीन, पारभासी, लसलसा, वजनयुक्त पदार्थ है, जीव की सारी जैविक क्रियाएँ इसी के द्वारा होती हैं। इसीलिए **जीवद्रव्य** को जीवन का भौतिक आधार कहते हैं।
- जीवद्रव्य के दो भाग–कोशिका द्रव्य एवं केंद्रक द्रव्य।
- कोशिका के दो प्रकार–प्रोकैरियोटिक एवं यूकैरियोटिक।
- कोशिका विभाजन को सर्वप्रथम 1855 ई. में विरचाऊ ने देखा। यह मुख्यत: तीन प्रकार से होते है–असूत्री विभाजन, समसूत्री विभाजन (वाल्थेर फ्लेमिंग 1879), अर्द्धसूत्री विभाजन (वीजमैन)।

आनुवांशिकी

- आनुवांशिकी लक्षणों के पीढ़ी-दर-पीढ़ी संचरण की विधियों और कारणों के अध्ययन को आनुवंशिकी कहते है। इसकी जानकारी सर्वप्रथम आस्ट्रिया निवासी ग्रेगर जोहान मेंडल (1822–1884) ने दी। इन्हें आनुवांशिकता का पिता कहा जाता है।
- जीवधारी के जो लक्षण प्रत्यक्ष रूप से दिखाई पड़ते है, उसे **फीनोटाइप** कहते हैं।
- जीवधारी के आनुवांशिक संगठन को उसका **जीनोटाइप** कहते हैं, जो **जीन** का बना होता है।

मानव-आनुवंशिकी

- गुणसूत्र का नामकरण डब्ल्यू वाल्टेस ने 1888 ई. में किया था। गुणसूत्रों में पाए जाने वाले आनुवंशिक पदार्थ को **जीनोम** कहते हैं।
- गुणसूत्रों के बाहर जीन यदि कोशिका द्रव्य के कोशिकांगों में होती है, तो उन्हें **प्लाज्माजीन** कहते हैं।

जैव-विकास

- प्रारंभिक, निम्न कोटि के जीवों से क्रमिक परिवर्तनों द्वारा अधिकाधिक जीवों की उत्पत्ति को **जैव-विकास** कहा जाता है।
- **समजात अंग :** ऐसे अंग जो विभिन्न कार्यों के लिए उपयोजित हो जाने के कारण काफी असमान दिखायी दे सकते हैं, परंतु मूल रचना भ्रूणीय परिवर्द्धन में समान होते हैं, **समजात अंग** कहलाते हैं।
- **समरूप अंग :** ऐसे अंग जो समान कार्य के लिए उपयोजित हो जाने के कारण समान दिखाई देते हैं, परंतु मूल रचना एवं भ्रूणीय परिवर्धन में भिन्न होते हैं, **समरूप अंग** कहलाते हैं।
- **अवशेषी अंग :** ऐसे अंग जो जीवों के पूर्वजों में पूर्ण विकसित होते हैं, परंतु वातावरणीय परिस्थितियों में बदलाव से इनका महत्व समाप्त हो जाने के कारण विकास-क्रम में इनका क्रमिक लोप होने लगता है, **अवशेषी अंग** कहलाते हैं।
- **जीवाश्म :** अनेक ऐसे प्राचीन कालीन जीवों एवं पादपों के अवशेष, जो हमारी पृथ्वी पर विद्यमान थे, परंतु बाद में समाप्त अर्थात् विलुप्त हो गए, भू-पटल की चट्टानों में परिरक्षित मिलते हैं, उन्हें **जीवाश्म** कहते हैं एवं इनके अध्ययन को **जीवाश्म विज्ञान** कहा जाता है।
- हमारे चारों ओर अनेक जीव पाए जाते हैं, जीव विज्ञान की वह शाखा जिसमें जीवों का वर्गीकरण किया जाता है **वर्गिकी** कहलाती है।
- **कैरोलस लिनियस** ने जीवों के नामकरण की **द्विनाम पद्धति** प्रतिपादित की, इसके अनुसार वैज्ञानिक नाम **वंश** तथा **जाति** से मिलकर बना होता है।
- लीनियस ने वर्गीकरण की जो प्रणाली शुरू की उसी से आधुनिक वर्गीकरण प्रणाली की नींव पड़ी।
- **विषाणु** अत्यंत सूक्ष्म, पूर्ण परजीवी, न्यूक्लिओप्रोटीन के कण होते हैं, जो केवल जीवित कोशिका के अंदर सक्रिय होते हैं। विषाणु की खोज इवानोवस्की ने 1892 में तम्बाकू में की।
- **जीवाणु** नाम एहरेनबर्ग द्वारा 1829 में दिया गया।

वनस्पति विज्ञान

- विभिन्न प्रकार के पेड़, पौधों तथा उनके क्रियाकलापों के अध्ययन को वनस्पति विज्ञान कहते हैं। **थियोफ्रेस्टस** को वनस्पति विज्ञान का जनक कहा जाता है।
- थैलोफाइटा वनस्पति जगत का सबसे बड़ा समूह है।
- शैवालों के अध्ययन को फाइकोलॉजी कहते हैं।
- कवक पर्णहरित रहित, संकेन्द्रीय, संवहन ऊतकरहित थैलोफाइटा है। इनकी कोशिकाभित्ति **काइटिन** की बनी है।
- जीवाणु की खोज 1683 में हॉलैंड के एण्टोनी वॉन ल्यूवेन हॉक ने की। जीवाणु विज्ञान का पिता ल्यूवेन हॉक को कहा जाता है।

पादप आकारिकी

- विभिन्न पादप भागों जैसे–जड़, तना, पत्ती, पुष्प, फल आदि के रूपों तथा गुणों के अध्ययन को आकारिकी कहते हैं।

- जड़ पौधों का अवरोधी भाग है, जो मूलांकुर से विकसित होता है। यह दो प्रकार की होती है–मूसला जड़, अपस्थानिक जड़।
- पुष्प में बाह्य दलपुंज, दलपुंज, पुमंग और जायांग पाए जाते हैं। इनमें से पुमंग नर जननांग तथा जायांग मादा जननांग हैं।
- पुमंग में एक या एक से अधिक पुंकेसर होते हैं। पुंकेसर में परागकण पाए जाते है।
- अण्डप के तीन भाग होते हैं–अण्डाशय, वर्त्तिका एवं वर्तिकाग्र।
- परागकोष से निकलकर अण्डप के वर्त्तिकाग्र पर परागकणों के पहुँचने की क्रिया को परागण कहते हैं। परागण दो प्रकार से होते हैं– स्व-परागण, पर-परागण।
- परागनली बीजाण्ड में प्रवेश करके बीजाण्डकाय को भेदती हुई भ्रूणकोष तक पहुँचती है और परागकणों को वहाँ छोड़ देती है। इसके बाद एक नर युग्मक एक अंडकोशिका से संयोजन करता है। इसे **निषेचन** कहते है।
- संपूर्ण फलों को तीन भागों में विभाजित किया गया है–सरल फल, पुंज फल, सग्रंथित फल।
- कुछ फलों के निर्माण में बाह्य दलपुंज, दलपुंज या पुष्पासन आदि भाग लेते हैं ऐसे फलों को असत्य फल कहते हैं। जैसे–सेब, कटहल आदि।
- समान उत्पत्ति, संरचना एवं कार्यों वाली कोशिकाओं के समूह को **ऊतक** कहते हैं।

प्रकाश संश्लेषण

- पौधों मे जल, प्रकाश, पर्णहरित तथा कार्बनडाइ- ऑक्साइड की उपस्थिति में कार्बोहाइड्रेट के निर्माण को प्रकाश-संश्लेषण कहते हैं।

$$6CO_2 + 12H_2O \xrightarrow[\text{क्लोरोफिल}]{\text{प्रकाश}} \underset{\text{ग्लूकोज}}{C_6H_{12}O_6} + \underset{\text{जल}}{6H_2O} + \underset{\text{ऑक्सीजन}}{6O_2}$$

- क्लोरोफिल के केंद्र में मैग्नीशियम का एक परमाणु होता है।
- क्लोरोफिल प्रकाश में बैंगनी, नीला तथा लाल रंग को ग्रहण करता है।
- प्रकाश-संश्लेषण क्रिया की दो अवस्थाएं होती हैं– प्रकाश रासायनिक, रासायनिक प्रकाशहीन।
- पादप हार्मोन–1. ऑक्सिन्स, 2. जिबरेलिन्स, 3. साइटोकाइनिन, 4. एबसिसिक एसिड, 5. एथिलीन, 6. फ्लोरिजेन्स, 7. ट्राउमैटिन।

मानव शरीर तंत्र

- शरीर की संरचनात्मक एवं क्रियात्मक इकाई **कोशिका** है। समान कोशिकाएं मिलकर ऊतक बनाती हैं। **ऊतक** मिलकर अंग तथा अंग मिलकर **अंग-तंत्र** बनाते हैं। मानव के शरीर में विभिन्न प्रकार के अंग-तंत्र जैसे–**पाचन, श्वसन परिसंचरण, तंत्रिका** तथा **अंत:स्रावी तंत्र** उपस्थित होते हैं।

पोषण

- कार्बोहाइड्रेट्स, विटामिन, प्रोटीन आदि पोषण के प्रमुख तत्त्व हैं।
- वह आधार, जिसमें सभी पोषक तत्त्व उचित अनुपात में होते हैं **सन्तुलित आहार** कहलाता है।
- जल मानव शरीर का 70-80% भाग बनाता है।

श्वसन

- श्वसन एवं ऑक्सीकारक एवं ऊर्जा प्रदान करने वाली प्रक्रिया है, जिसमें जटिल कार्बनिक यौगिकों के टूटने से सरल कार्बनिक यौगिक बनते हैं।

रुधिर

- रुधिर एक हल्का क्षारीय (pH 7.4) अपारदर्शी, चिपचिपा, प्लाज्मा तथा रुधिर कणिकाओं का बना द्रव है।
- **प्लाज्मा** में 90-92% जल, 1-2% अकार्बनिक लवण, 6-7% प्लाज्मा प्रोटीन तथा 1-2% कार्बनिक यौगिक पाए जाते हैं।
- स्तनधारियों के अतिरिक्त सभी कशेरुकियों मे लाल **रुधिर कणिकाएं** अण्डाकार, द्वि उत्तल एवं केंद्रकीय होती हैं।
- इनमें श्वसन वर्णक **हीमोग्लोबिन** होता है, जो ऑक्सीजन के परिवहन का कार्य करता है।
- **श्वेत रुधिर कणिकाएं** केंद्रकयुक्त, वर्णकविहीन कोशिकाएं है, ये रोगाणुओं से शरीर की रक्षा करती हैं।
- **रुधिर प्लेटलेट्स** रंगहीन तथा केंद्रकविहीन होती हैं और **रुधिर का थक्का** जमाने में महत्त्वपूर्ण भूमिका निभाती हैं।

परिसंचरण-तंत्र

- **खुला परिसंचरण-तंत्र** तिलचट्टा, प्रान, कीट तथा मकड़ी आदि में पाया जाता है।
- **बन्द परिसंचरण-तंत्र** एनीलिडा, मोलस्क तथा सभी कशेरुकियों में पाया जाता है।
- **हृदय** एक मोटा पेशीय संकुचनशील, स्वत: पम्पिंग अंग है।
- मछलियों में हृदय दो कोष्ठीय, उभयचरों तथा सरीसृपों में तीन कोष्ठीय तथा पक्षियों व स्तनियों में चार कोष्ठीय होता है।
- सामान्य मनुष्य का रुधिर दाब 120/80 mmHg होता है।
- नवजात शिशु की हृदय स्पन्दन लगभग 140 बार प्रति मिनट होती है।
- **रुधिर का थक्का** जमाने में प्रोथ्रॉम्बिना, फाइब्रिनोजन, Ca^{+2} तथा विटामिन K भाग लेते हैं।

उत्सर्जन-तंत्र

- विभिन्न जंतु भिन्न-भिन्न प्रकार के नाइट्रोजनी पदार्थ उत्सर्जित करते हैं।
- मानव शरीर का प्रमुख उत्सर्जी अंग **वृक्क** है। यह अनेक छोटी-छोटी संरचनात्मक एवं क्रियात्मक इकाइयों का बना होता है, इन्हें **नेफ्रॉन** कहते हैं।

तंत्रिका-तंत्र

- यह केंद्रीय, परिधीय तथा स्वायत्त तंत्रिका तंत्र से मिलकर बना होता है।
- केंद्रीय तंत्रिका तंत्र मस्तिष्क तथा मेरुरज्जु का बना होता है।
- मस्तिष्क तीन भागों अग्र-मस्तिष्क, मध्य-मस्तिष्क तथा पश्च-मस्तिष्क का बना होता है।

कंकाल-तंत्र

- मनुष्य का कंकाल तंत्र दो भागों का बना होता है।
- अक्षीय कंकाल–खोपड़ी, कशेरुक दंड
- उपांगीय कंकाल–पाद अस्थियाँ, मेखलाएँ

जैव प्रौद्योगिकी

- डीएनए फिंगर प्रिन्टिंग का उपयोग विवादित जनकता के मामलों, अपराधियों की पहचान, प्रजातीय समूहों के संबंधों को जानने के लिए किया जाता है।

- आनुवांशकि अभियांत्रिकी में सोच समझकर कृत्रिम विधियों द्वारा कोशिकाओं की आंतरिक रूपरेखा का परिवर्तन किया जाता है। इससे रिकोम्बिनेन्ट डीएनए बनाने के लिए जीन का स्थानान्तरण होता है।
- रेस्ट्रिक्शन एण्डोन्यूक्लिएस एन्जाइम के द्वारा डीएनए को विशिष्ट स्थानों पर काटा जाता है।
- **हाइब्रिडोमा तकनीक** के द्वारा मोनोक्लोनल एण्टीबॉडी का उत्पादन किया जाता है।

मानव शरीर तंत्र

तथ्य	स्थिति/मात्रा
अस्थियों की कुल संख्या	206
सबसे छोटी अस्थि	स्टेपीज (मध्य कर्ण में)
सबसे लम्बी अस्थि	फीमर (जंघा में)
कशेरुकाओं की कुल संख्या	33
पेशियों की कुल संख्या	639
सबसे लम्बी पेशी	सारटोरियस
बड़ी आंत की लम्बाई	1.5 मी.
छोटी आंत की लम्बाई	6.25 मी.
यकृत का भार (पुरुष में)	1.4-1.8 किग्रा.
यकृत का भार (महिला में)	1.2-1.4 किग्रा.
सबसे बड़ी ग्रंथि	यकृत
सर्वाधिक पुनरुद्भवन की क्षमता	यकृत में
सबसे कम पुनरुद्भवन की क्षमता	मस्तिष्क में
शरीर का सबसे कठोर भाग	दांत का इनेमल
सबसे बड़ी लार ग्रंथि	पैरोटिड ग्रंथि
शरीर का सामान्य तापमान	98.4°F (37°C)
शरीर में रुधिर की मात्रा	5.5 लीटर
हीमोग्लोबिन की औसत मात्रा (पुरुष में)	13.16g/dl
हीमोग्लोबिन की औसत मात्रा (महिला में)	11.5-14g/dl
श्वेत रुधिर कोशिकाओं (WBCs) की संख्या	5000-10000/cu mm
सबसे छोटी श्वेत रुधिर कोशिका	लिम्फोसाइट
सबसे बड़ी श्वेत रुधिर कोशिका	मोनोसाइट
श्वेत रुधिर कोशिकाओं का जीवनकाल	120 दिन
लाल रुधिर कोशिकाओं (WBCs) का जीवनकाल	2-5 दिन
रुधिर का थक्का बनने का समय	3-6 मिनट
सर्वग्राही रुधिर वर्ग	AB
सर्वदाता रुधिर वर्ग	O
सामान्य रुधिर दाब	120/80 Hg
वयस्क में हृदय गति	72 बार प्रति मिनट
सबसे बड़ी धमनी	एब्डोमिनल एरोटा
मस्तिष्क का भार	1220 से 1400 ग्राम
मेरुदण्ड की लम्बाई	42-45 सेमी
क्रेनियल तंत्रिकाओं की संख्या	12 जोड़ी
स्पाइनल तंत्रिकाओं की संख्या	31 जोड़ी
सबसे लम्बी तंत्रिका	सिऐटिक
सबसे बड़ी तंत्रिका	ट्राइजेमिनल
सबसे बड़ी कोशिका	तंत्रिका कोशिका
सबसे बड़ी अंत:स्रावी ग्रंथि	थायरॉइड

जंतु-विज्ञान से संबंधित महत्त्वपूर्ण तथ्य

विशेषता	नाम
सबसे बड़ी स्तनी	नीली व्हेल
सबसे विशाल स्थलीय जन्तु	हाथी
सबसे बड़ी अस्थि	फीमर
सबसे बड़ा शिरा	इन्फीरियर वेना केवा
सबसे बड़ा स्थलीय पक्षी	शतुरमुर्ग
विशालतम जीवित सरीसृप	टर्टिल
विश्व में सबसे विषैला सर्प	ऑस्ट्रेलिया का पेनिन्सुलर टाइगर सर्प
सबसे छोटी चिड़िया	हमिंग बर्ड
दांत रहित स्तनी	चींटीखोर
शरीर का सबसे व्यस्त अंग	यकृत
शरीर का सबसे भारी अंग	यकृत
सबसे भारी कशेरुका	लुम्बर
सबसे मजबूत पेशी	जबड़े की पेशी
प्रतिदिन आवश्यक कैलोरी (पुरुष)	3900 किलोकैलोरी
प्रतिदिन आवश्यक कैलोरी (महिला)	2400 किलोकैलोरी
सबसे पुराना प्राइमेट	लीमर
सबसे पुराना ऑर्थ्रोपोड	पेरिपैटस
सबसे पुरानी स्तनी	एकिडना
सबसे पुराना कपि	गिब्बन
सबसे विषैला भारतीय सर्प	किंग कोबरा
विषैली छिपकली	हीलोडर्मा
विषैली मछली	स्टोन मछली
अंडा देने वाली स्तनी	एकिडना, डक बिल्ड प्लेटीपस
सबसे छोटा स्तनी	छछुंदर
सबसे तेज उड़ने वाला पक्षी	कटिपुच्छ पक्षी
सबसे तेज दौड़ने वाला जंतु	चीता
सबसे बड़ा सर्प	पाइथन
घोंसला बनाने वाला सांप	किंग कोबरा

जीवाणु तथा दूध उत्पादन

पदार्थ	जीवाणु
बटर मिल्क	लैक्टोबैसिलस वल्गेरिकस (Lactobacillus vulgaricus)
योगहर्ट	लैक्टोबैसिलस वल्गेरिकस + स्ट्रेप्टोकोकस थर्मोफिलस (Lactobacillus thermophillus)
दही	स्ट्रेप्टोकोकस लैक्टिक (Stretococcus lactis) लैक्टोबैसिलस (Lactobacillus)
पनीर	लैक्टोबैसिलस लैक्टिस (Lactobacillus) तथा स्ट्रेप्टोकोकस क्रिमोरिस (Streptococcus cremoris)
एसीटोन-ब्यूटेनॉल	क्लॉस्ट्रीडियम एसिटोब्यूटाइलिकम (Clostridium acetobutylicum)
लैक्टिक एसिड	लैक्टोबैसिलस डेलब्रकी (Lactobacillus delbrueckii)
लाइसिन	माइक्रोकोकस ग्लूटैमिकस (Micrococcus glutamicus)
इन्सुलिन तथा इन्टरफेरॉन	रिकोम्बीनेन्ट डीएनए वैराइटीज ऑफ ई. कोलाई (Recombinant DNA varieties of E. coli)
स्ट्रेप्टोकाइनेस	स्ट्रेप्टोकोकस इक्वीसीमिलिस (Streptococcus equisimilis)

कोशिका से संबंधित कुछ खोजें

वैज्ञानिक	वर्ष	खोज
फोन्टाना	1781	केंद्रिका
रॉबर्ट ब्राउन	1831	केंद्रक
पुरकिन्जे	1839	जीवद्रव्य नाम दिया
डब्ल्यू. फ्लेमिंग	1877	समसूत्री कोशिका विभाजन की खोज की
डब्ल्यू. फ्लेमिंग	1879	गुणसूत्रों का विभाजन एवं क्रोमेटिन शब्द का प्रतिपादन
कोलीकर	1850	माइटोकॉण्ड्रिया
बेन्डर्न एवं बोवेरी	1887	जाति में गुणसूत्रों की संख्या निश्चित होती है
कैमेलियो गॉल्जी	1891	गॉल्जीकाय
सी. बेण्डा	1897	माइटोकॉण्ड्रिया नाम दिया
डब्ल्यू एस सटन	1902	न्यूनकारी विभाजन का महत्त्व
एफ. मिब्ज	1904	पादप कोशिका मे माइटोकॉण्ड्रिया
जे. बी. फार्मर	1905	अर्द्धसूत्री विभाजन नाम दिया
एफ. ए. जॉनसन	1909	कियाज्मा का बनना
टी. एच. मॉर्गन	1933	आनुवांशिकता में गुणसूत्रों की भूमिका

चिकित्सा संबंधी आविष्कार

आविष्कार	आविष्कारक
रुधिर परिसंचरण	विलियम हार्वे
रुधिर परिवर्तन	कार्ल लैण्डस्टीनर
विटामिन	फंक
विटामिन-A	मैकुलन
विटामिन-B	मैकुलन
विटामिन-C	यूजोक्ट होल्क्ट
विटामिन-D	हॉपकिन्स
स्टैथोस्कोप	रेनेलैनक
स्ट्रेप्टोमाइसिन	बॉक्समैन, सेलमेन
एल्फा ड्रग्स	डागमैंक
सिफलिस की चिकित्सा	पॉल एरिक
हाइड्रोफोबिया की चिकित्सा	लुई पाश्चर
हृदय प्रत्यारोपण	क्रिश्चियन बर्नार्ड
हैजे का टीका	रॉबर्ट कोच
होम्योपैथी	हैनीमैन
टीबी के कीटाणु तथा चिकित्सा	रॉबर्ट कोटा
टायफॉइड के जीवाणु	रो बर्थ
डायबिटीज तथा चिकित्सा	एफ बेटिंग
डीडीटी	पॉल मुलर
पेनिसिलिन	एलैक्जेण्डर फ्लेमिंग
पोलियो का टीका	जॉन्स ई साल्क
पीत बुखार की चिकित्सा	रीड
प्लेग तथा पेचिस की चिकित्सा	किटाजाटो
बीसीजी	यूरिन कालमेट
बेरी-बेरी रोग की चिकित्सा	आइजकमैन
बैक्टीरिया	ल्यूवेनहॉक
मलेरिया परजीवी व चिकित्सा	रोनाल्ड रॉस
अल्ट्रावायलेट किरणों द्वारा चिकित्सा	फ्रिन्सेन
आरएनए	आर्थर अर्ग तथा जेम्स वाटसन
डीएनए	जेम्स वाटसन तथा क्रिक
इन्सुलिन	बेटिंग
एस्प्रिन	ड्रेसन
एण्टीसेप्टिक सर्जरी	लिस्टर
क्लोरोक्वीन (कुनैन) सिन्थेटिक	रेबी
क्लोरोफॉर्म	सिम्पसन तथा हैरिसन
काले बुखार की चिकित्सा	यू एस ब्रह्मचारी
चेचक का टीका	एडवर्ड जेनर
जेनेटिक कोड	हरगोविन्द खुराना
टेरामाइसिन	फिनले

विटामिनों के स्रोत, कार्य एवं कमी के प्रभाव

नाम	स्रोत	कार्यिकी प्रभाव	कमी का प्रभाव
विटामिन-A (रेटिनॉल)	दूध, मक्खन, अंडा, जिगर तथा मछली का तेल	दृष्टि रंगाओं का संश्लेषण, एपिथीलियमी स्तरों की वृद्धि एवं विकास	कॉर्निया व त्वचा की कोशिकाओं का शल्कोष्ट रतौंधी, कुण्ठित वृद्धि सूखा रोग, ऑस्टियोमैलेसिया
विटामिन-D (कैल्सीफेरॉल)	मक्खन, जिगर, मछली का तेल, गुर्दों, अंडे, त्वचा और यीस्ट में, सूर्य-प्रकाश	कैल्सियम व फॉस्फोरस का उपापचय, हड्डियों और दांतों की वृद्धि	सूखा रोग, ऑस्टियोमैलेसिया
विटामिन-E (टोकोफेरॉल)	तेल, गेहू, अण्डे की जर्दी तथा सोयाबीन	कोशिकाकला की सुरक्षा, जननिक एपिथीलियम की वृद्धि, पेशियों की क्रियाशीलता	जनन क्षमता की कमी, जननांग तथा पेशी कमजोर
विटामिन-K (नैफ्थोक्विनोन)	हरी पत्तियां, अंडा, जिगर, टमाटर, गोभी सोयाबीन, आंत के बैक्टीरिया	जिगर में प्रोथ्रॉम्बिन का संश्लेषण	चोट पर रुधिर का थक्का न जमने से अधिक रुधिर स्राव
जल में घुलनशील विटामिन			
विटामिन-B_1 (थायमीन)	अनाज, फलियां, सोयाबीन, दूध, यीस्ट, अण्डा तथा मांस	कार्बोहाइड्रेट एवं अमीनो अम्ल उपापचय के लिए आवश्यक, एन्जाइमों का सहएन्जाइम	बेरी-बेरी
विटामिन-B_2 (राइबोफ्लैविन)	पनीर, अण्डे, यीस्ट, हरी पत्तियां, मांस तथा जिगर	उपापचय में महत्त्वपूर्ण सहएन्जाइमों, FAD तथा FMN का घटक	कीलोसिस
विटामिन-B_3 (निकोटिनिक अम्ल)	यीस्ट, मांस, जिगर, मछली, अंडा दूध, मटर, मेवा तथा फलियाँ	उपापचय में महत्त्वपूर्ण सहएन्जाइमों NAD तथा NADP का घटक	पेलाग्रा
विटामिन-B_5 (पैन्टोथीनिक अम्ल)	अंडा, जिगर, मांस, दूध, टमारटर मूँगफली तथा गन्ना	अपचय के सहएन्जाइम-A का घटक	चर्म रोग, वृद्धि कम, बाल सफेद तथा जनन क्षमता कम
विटामिन-B_6 (पाइरोडॉक्सिन)	दूध, यीस्ट, अनाज, मांस, जिगर तथा मछली	प्रोटीन उपापचय में आवश्यक एन्जाइमों का सहएन्जाइम	रुधिरक्षीणता, चर्म रोग तथा पेशीय ऐंठन
विटामिन-H (बायोटीन)	मांस, गेहूं, अंडा, मूंगफली, चाकलेट, सब्जी, फल तथा यीस्ट	वसीय एवं अमीना अम्लों सहित कई अन्य पदार्थों का संश्लेषण अभिक्रियाओं में सहएन्जाइम	चर्म रोग, बालों का झड़ना
फोलिक अम्ल समूह	हरी पत्तियां, जिगर, सोयाबीन, यीस्ट गुर्दे, फलियां, आंत के जीवाणु	वृद्धि, रुधिराणुओं का निर्माण, डीएनए का संश्लेषण	रुधिरक्षीणता, कुण्ठित वृद्धि
विटामिन-B_{12} (सायनोकोबाल-एमीन)	मांस, मछली, जिगर, अंडा, दूध, आंत के जीवाणु	वृद्धि रुधिराणुओं का निर्माण, न्यूक्लिक अम्लों का संश्लेषण	रुधिरक्षीणता, तंत्रिका तंत्र की गड़बड़ियां
विटामिन-C (एस्कॉर्बिक अम्ल)	नींबू वंश के फल, टमाटर, सब्जियां आलू, अन्य फल	अंत:कोशिकीय सीमेन्ट, कोलेजन तंतुओं, हड्डियों के मैट्रिक्स, दांतों के डेन्टीन का निर्माण	स्कर्वी रोग

मुख्य चिकित्सीय उपकरण

पेसमेकर	हृदय गति	इलेक्ट्रोएन्सेफैलोग्राफ	मस्तिष्क
ऑटो एनालाइजर	ग्लूकोस, यूरिया, कोलेस्टेरॉल की जांच	कम्प्यूटेड टोमोग्राफी स्कैन (CT Scan)	संपूर्ण शरीर
		इलेक्ट्रोकार्डियोग्राफ	हृदय

जीवाणुओं द्वारा मनुष्यों में होने वाले प्रमुख रोग			
रोग	प्रभावित अंग	लक्षण	जीवाणु
निमोनिया	फेफड़े	फेफड़ों में संक्रमण, फेफड़ों में जल भर जाना, तीव्र ज्वर, श्वास लेने में पीड़ा होना	डिप्लोकोकस न्यूमोनी (Diplococcus pneumoniae)
टिटेनस	तंत्रिका तथा मांसपेशियां	शरीर में झटके लगना, जबड़ा न खुलना, बेहोशी	क्लॉस्ट्रीडियम टिटैनी (Clostridium tetani)
बॉट्यूलिज्म या भोजना विषाक्तता	तंत्रिका तंत्र, श्वास लेने में पीड़ा	वमन (Vomiting), दोहरी दृष्टि	क्लॉस्ट्रीडियम बॉट्यूलिनम (Clostridium botulinum)
मियादी बुखार	आंत का रोग	ज्वर दुर्बलता, अधिक प्रकोप होने पर आंतों में छेद हो जाना	सालमोनेला टाइफी (Salmonella typhi or Eberthella typhosa)
कुष्ठ रोग	त्वचा तथा तंत्रिकाएं	व्रणों तथा गांठों का बन जाना, हाथ तथा पैर की उंगलियों के ऊतकों का धीरे-धीरे नष्ट होना	माइकोबैक्टीरियम लेप्री (Mycobacterium leproae)
क्षय रोग	शरीर का कोई भी अंग, विशेषकर फेफड़े	ज्वर, खांसी, दुर्बलता, श्वास फूलना, बलगम आना तथा थूक में रुधिर का आना	माइकोबैक्टीरियम ट्यूबरकुलोसिस (Mycobacterium tuberculosis)
हैजा	आंत या आहार नाल	निर्जलीकरण, वमन (Vomiting)	विब्रिओ कोमा (Vibrio comma)
डिफ्थीरिया	श्वास नली (Trachea)	तीव्र ज्वर, श्वांस लेने में पीड़ा, दम घुटना	कोरीनेबैक्टीरियम डिफ्थेरी (Corynebacterium diphtherae)
काली खांसी	श्वसन तंत्र	निरन्तर आने वाली तेज खांसी, खांसी के साथ वमन	हीमोफिलस परटूसिस (Hemophilus pertussis)
सिफिलिस	जनन अंग, मस्तिष्क, तंत्रिका तंत्र	जननांगों पर चकते बनना, लकवा, त्वचा पर दाने, बालों का झड़ना	ट्रेपोनेमा पैलिडम (Treponema pallidum)
प्लेग	बगलें या कांखे, फेफड़े, लाल रुधिर कणिकाएं	तीव्र ज्वर, कांखों में गिल्टी का निकलना, बेहोशी	पाश्चूरेला पेस्टिस (Treponemapestis)
मेनिनजाइटिस	मस्तिष्क के ऊपर की झिल्लियां, मस्तिष्क	तीव्र ज्वर, बेहोशी, मस्तिक की झिल्ली में शोथ या सूजन	नीशेरिया मेनिनजाइटिडिस (Neisseria meningitidis)

प्रोटोजोआ द्वारा मनुष्य में होने वाले प्रमुख रोग			
रोग	प्रभावित अंग	लक्षण	परजीवी
पायरिया	दांतों की जड़े तथा मसूड़े	मसूड़ों में सूजन, रुधिर-स्राव तथा मवाद का निकलना	एन्टअमीबा जिन्जवेलिस (Entamoeba gingivalis)
दस्त	बड़ी आंत	बड़ी आंत में सूजन व दर्द, बार-बार दस्त का होना	ट्राइकोमोनास होमिनिस (Trichomonas hominis)
अमीबियेसिस	बड़ी आंत (कोलोन)	कोलोन में सूजन, दस्त के साथ आंव (mucous) का आना	एन्टअमीबा हिस्टोलिटिका (Entamoeba histolytica)
घातक अतिसार या पेचिश	आंत के अगले भाग	दस्त, सिर-दर्द तथा कभी-कभी पीलिया रोग का जनक	जिआरडिया लैम्बलिया (Giardia lamblia)
सूजाक (पुरुषों में) तथा श्वेत प्रदर (स्त्रियों में)	पुरुषों में मूत्रमार्ग तथा स्त्रियों में योनि	मूत्र-त्याग में जलन व दर्द, स्त्रियों में श्वेत द्रव का निकलना तथा दर्द	ट्राइकोमोनास वेजाइनेलिस (Trichomonas vaginalis)
दस्त	छोटी आंत	पेट में ऐंठन तथा दस्त	आइसोस्पोरा होमीनिस (Isospora hominis)
काला-अजार	रुधिर, लसिका, प्लीहा तथा अस्थि मज्जा	ज्वर, एनीमिया, प्लीहा तथा यकृत में सूजन	
निद्रा रोग	रुधिर, सेरीब्रोस्पाइनल द्रव तथा केंद्रीय तंत्रिका तंत्र	तीव्र ज्वर, बेहोशी, रोगी को लम्बी निद्रा	ट्राइपैनोसोमा गैम्बियन्स (Trypanosoma gambiens)
मलेरिया	लाल रुधिराणु, प्लीहा तथा यकृत	तीव्र ज्वर, सिर-दर्द, कमर में दर्द	प्लाज्मोडियम (Plamodium)

विविध सामान्य ज्ञान

विश्व के प्रमुख देशों की संसद

देश	संसद का नाम
भारत	संसद (राज्यसभा एवं लोकसभा)
मिस्र	पीपुल्स असेम्बली
मालदीव/ईरान	मजलिस
नेपाल	राष्ट्रीय पंचायत
पोलैण्ड	सेज्म
पाकिस्तान	नेशनल असेम्बली
फ्रांस	नेशनल असेम्बली व सीनेट
रूस	ड्यूमा
द. अफ्रीका	पार्लियामेंट (नेशनल असेम्बली व सीनेट)
चीन	नेशनल पीपुल्स कौन्सिल
जर्मनी	बुन्डेस्टाग बुन्डेस्राट
सं.रा. अमेरिका	कांग्रेस (हाउस ऑफ रिप्रेजेन्टेटिव व सीनेट)
इराक	नेशनल असेम्बली
तुर्की	ग्रैंड नेशनल असेम्बली
अफगानिस्तान	शोरा
ब्रिटेन	पार्लियामेंट
कनाडा	पार्लियामेन्ट
बांग्लादेश	जातीय संसद

विश्व की प्रमुख भाषाएँ

भाषा	बोलने वाली जनसंख्या (मिलियन में)
चीनी (मदारिन)	1213
हिन्दी	182
स्पेनिश	329
अंग्रेजी	328
रूसी	144
बंगाली	207

विश्व के प्रमुख देश

सबसे बड़े देश	सबसे छोटे देश
रूस	वेटिकन सिटी
कनाडा	मोनाको
चीन	नौरू
यूएसए	तुवालू
ब्राजील	सैन मैरिनो
ऑस्ट्रेलिया	लिक्टनस्टीन
भारत	मार्शल द्वीप

विभिन्न देशों के मुख्य राजनीतिक दल

देश	राजनीतिक दल
भारत	इंडियन नेशनल कांग्रेस, भारतीय जनता पार्टी, सी. पी. एम. आदि
पाकिस्तान	मुस्लिम लीग, पाकिस्तान पीपुल्स पार्टी
सं.रा.अमेरिका	रिपब्लिक पार्टी, डेमोक्रेटिक पार्टी
इंग्लैंड	कंजर्वेटिव पार्टी, लेबर पार्टी, लिबरल डेमोक्रेटिक पार्टी
रूस	कम्युनिस्ट पार्टी, लिबरल डेमोक्रेटिक पार्टी, एशिया च्वाइस पार्टी
इराक	बाथ पार्टी
चीन	कम्युनिस्ट पार्टी ऑफ चाइना
ऑस्ट्रेलिया	लिबरल पार्टी, लेबर पार्टी
बांग्लादेश	बांग्लादेश नेशनलिस्ट पार्टी
नेपाल	नेपाली कम्युनिस्ट पार्टी, नेपाली कांग्रेस पार्टी
श्रीलंका	यूनाइटेड नेशनल पार्टी, फ्रीडम पार्टी
दक्षिण अफ्रीका	अफ्रीकन नेशनल कांग्रेस, नेशनल पार्टी, इनगाथा फ्रीडम पार्टी

प्रमुख देशों के राष्ट्रीय स्मारक

स्मारक	स्थान	देश
झुकी हुई मीनार	पीसा	इटली
ग्रेट वॉल	उत्तर चीन	चीन
पिरामिड	गीजा	मिस्र
ताजमहल	आगरा	भारत
क्रेमलिन	मास्को	रूस
इम्पीरियल पैलेस	टोकियो	जापान
ओपेरा हाउस	सिडनी	ऑस्ट्रेलिया
एफिल टॉवर	पेरिस	फ्रांस
स्टैच्यू ऑफ लिबर्टी	न्यूयॉर्क	यूएसए

विश्व के सबसे ऊंचे टावर

टावर/शहर	वर्ष	ऊंचाई	ऊंचाई
टोकियो स्काई ट्री	2011	634	2080
ग्वांग्झू टीवी एवं साइटसीइंग टावर	2009	610	2011
कैन्टन टावर	2010	600	2010
कैनेडियन नेशनल टावर, टोरंटो	1975	553.3	1815
ओस्टैंकिनो टावर, मास्को, रूस	1967	540.1	1772

विश्व सर्वाधिक बड़ा, लम्बा, ऊंचा, छोटा

बड़ा महाद्वीप	एशिया
छोटा महाद्वीप	ऑस्ट्रेलिया
बड़ा देश	रूस (क्षे. की दृष्टि से)
विशाल मंदिर	अंकोरवाट का मंदिर
विशाल जलप्रपात	एंजिल (वेनेजुएला)
विशाल ज्वालामुखी	मौनालोआ (हवाई द्वीप)
ऊंचा ज्वालामुखी	माउंट कोटोपैक्सी, इक्वेडोर
लंबी पर्वतश्रृंखला	एण्डीज (दक्षिण अमेरिका)
बड़ा एवं गहरा महासागर	प्रशांत महासागर
लंबी सीमा वाला देश	कनाडा
छोटी सीमा वाला देश	जिब्राल्टर
पड़ोसियों वाला देश	रूस एवं चीन(14 देश)
बड़ी रेलवे लाइन	ट्रांस साइबेरियन रेलमार्ग (लंबाई 9438 किमी)
बड़ा चिड़ियाघर	एटोजा रिजव (नामिबिया)
ऊंचा हवाई अड्डा	बेंगडा हवाई अड्डा(तिब्बत)
लम्बी नदी	नील नदी
चौड़ी नदी	अमेजन (द. अमेरिका)
बड़ी खारे पानी की झील	कैस्पियन सागर (रूस)
बड़ी मीठे पानी की झील	लेक सुपीरियर(अमेरिका)
गहरी झील	बैकाल झील (साइबेरिया)
बड़ा मरुस्थल	सहारा मरुभूमि (अफ्रीका)
सबसे बड़ा राजमार्ग	ट्रांस कैनेडियन राजमार्ग (सेंट जांस से बैंकूवर)
सबसे लंबी रेलवे सुरंग	सिंपलन II टनेल (स्विट्जरलैंड)
सबसे बड़ा नदी बाँध	हीराकुंड बाँध (महानदी, भारत)
सबसे विशाल दलदल	प्रीपेट दलदल माउंट
सबसे ऊंची पर्वत चोटी	एवरेस्ट (नेपाल हिमालय, ऊंचाई-8850मी)
बड़ा द्वीप समूह	इण्डोनेशिया
जनसंख्या वाला नगर	शंघाई
सबसे बड़ी खाड़ी	मैक्सिको की खाड़ी
सबसे ऊंचा पठार	तिब्बत का पठार
लंबा रेलवे प्लेटफॉर्म	गोरखपुर (उत्तर प्रदेश)
सबसे बड़ा रेलवे स्टेशन	ग्रैंड सेंट्रल टर्मिनल,
सबसे बड़ा डेल्टा	सुन्दरवन
सबसे ऊंचा झरना	साल्टो एंजेल्स फॉल
सबसे बड़ा पार्क	यलोस्टोन पार्क
सबसे बड़ी धूप-घड़ी	सम्राट यंत्र, जयपुर,
सबसे छोटी नदी	डी नदी (यूएसए)
सबसे छोटा देश	वेटिकन सिटी
सबसे ऊंची सड़क	लेह-मनाली मार्ग (भारत)
सबसे ऊंची मीनार	कुतुबमीनार (भारत)
सबसे बड़ा प्लैनेटोरियम	मियाझाकी (जापान)
सबसे ऊंचा पशु	जिराफ
सबसे विशालकाय पक्षी	ऑस्ट्रिच (शुतुरमुर्ग)
सबसे छोटा पक्षी	हमिंग बर्ड
सर्वाधिक बुद्धिमान पशु	चिम्पैंजी
सबसे लंबी दीवार	चीन की दीवार
सबसे बड़ा स्टेडियम	स्टारहोव स्टेडियम प्राग,
सबसे बड़ा इनडोर स्टेडियम	सुपरडोम, लुसियाना (सं.रा. अमेरिका)
सर्वाधिक वर्षा का स्थान	मासिनराम (मेघालय, भारत)
सबसे बड़ा बंदरगाह	न्यूयार्क (सं.रा. अमेरिका)
सबसे बड़ा संग्रहालय	ब्रिटिश संग्रहालय (लंदन)
सबसे बड़ा पुस्तकालय	कांग्रेस पुस्तकालय (लंदन)
सबसे बड़ा महाकाव्य	महाभारत
सबसे बड़ा प्रायद्वीप	अरब प्रायद्वीप
सबसे बड़ा द्वीप-समूह	इण्डोनेशिया
सबसे बड़ा नदी-द्वीप	माजुली (ब्रह्मपुत्र नदी, असोम)
सबसे लंबा मुहाना	ओब नदी का मुहाना(रूस)
सबसे बड़ी नहर	स्वेज नहर
सबसे व्यस्त नहर	कील नहर
सर्वाधिक ऊंचाई पर स्थित झील (नौकायन)	टिटिकाका (द. अफ्रीका)
सबसे बड़ा लैगून	लैगोआ डॉस पैटोस (ब्राजील)
सबसे चौड़ा जलप्रपात	खोन जलप्रपात (लाओस)
सबसे बड़ा जलडमरूमध्य	डेविस जलडमरूमध्य (ग्रीनलैंड एवं बैफिन द्वीप)

विश्व के प्रमुख समाचार-पत्र

समाचार पत्र	**प्रकाशन स्थल**	**समाचार पत्र**	**प्रकाशन स्थल**
डॉन	कराची	प्रावदा	मास्को
द आइलैंड	कोलम्बो	ईस्टर्न सन	सिंगापुर
अल अहरम	काहिरा	मेनेचीन सिम्बुन	टोकियो
मर्डेका	जकार्ता	पीपुल्स डेली	बीजिंग
ला रिपब्लिका	रोम	न्यूयॉर्क टाइम्स	न्यूयार्क
डेली न्यूज	न्यूयॉर्क	ला मान्द	पेरिस
		डेली मिरर	लन्दन
द टाइम्स ऑफ इण्डिया	भारत	द हिन्दू	भारत

विश्व के प्रमुख देश, राजधानियाँ एवं मुद्राएँ

देश	राजधानी	मुद्रा
	एशिया	
भारत	नई दिल्ली	रुपया
पाकिस्तान	इस्लामाबाद	रुपया
नेपाल	काठमाण्डू	रुपया
श्रीलंका	कोलम्बो	रुपया
बांग्लादेश	ढाका	टका
भूटान	थिम्पू	गुलटुम
म्यांमार(बर्मा)	रंगून(यांगून)	क्यात
मालदीव	माले	रुपया
अफगानिस्तान	काबुल	अफगानी
चीन	बीजिंग	युआन
मंगोलिया	उलानबटोर	तुगरिक
जापान	टोकियो	येन
ताइवान	ताइपे	डॉलर
थाइलैंड	बैंकॉक	थाईबहत
वियतनाम	हनोई	डांग
कम्बोडिया	नोम पेन्ह	रिएल
उत्तरी कोरिया	प्योंगयांग	वॉन
दक्षिणी कोरिया	सियोल	वॉन
हांगकांग	विक्टोरिया	डॉलर
फिलीपीन्स	मनीला	पेसो
सिंगापुर	सिंगापुर	सिंगापुर डॉलर
मकाओ	मकाओ	पटाका
इण्डोनेशिया	जकार्ता	रुपया
मलेशिया	क्वालालम्पुर	डॉलर
लाओस	वियन्तियाने	न्यूकिपलाओ
साइप्रस	निकोसिया	साइप्रस पाउंड
ईरान	तेहरान	रियाल
इराक	बगदाद	इराकी दीनार
बहरीन	मनामा	दीनार
तुर्की	अंकारा	लीरा
सं.अ.अमीरात	आबूधाबी	दिरहम
सऊदी अरब	रियाद	सऊदी रियाल
कुवैत	कुवैत सिटी	कुवैती दीनार
यमन	साना	यमनी रियाल
सीरिया	दमिश्क	सीरियन पाउण्ड
लेबनान	बेरूत	पाउण्ड
कजाकिस्तान	अल्माटी	रूबल
उज्बेकिस्तान	ताशकन्द	रूबल
किर्गिजस्तान	बिशकेक	रूबल
जॉर्डन	अम्मान	जॉर्डन दीनार
इजराइल	जेरूसलम	न्यू गेकेल
कतर	दोहा	रियाल
ताजिकिस्तान	दुशाम्बे	रूबल
अजरबैजान	बाकू	मनात
	अफ्रीका	
मिस्त्र	काहिरा	पाउण्ड
दक्षिण अफ्रीका	प्रिटोरिया	रैण्ड
लीबिया	हून(त्रिपोली)	दीनार
मोरक्को	रबात	दरहम
नाइजीरिया	लागोस	नैरा
घाना	अकरा	केडी
ट्यूनीशिया	ट्यूनिश	दीनार
अंगोला	लुआंडा	क्वांजा
नामीबिया	विंडहॉक	रैंड
सूडान	खारतूम	पाउण्ड
कांगो	किंशासा	जैरे
सोमालिया	मोगादिशू	शिलिंग
सेशेल्स	विक्टोरिया	रुपया
इथियोपिया	अदिस अबाबा	बिर्र
टोगो	लोमे	फ्रैंक
युगाण्डा	कम्पाला	शिलिंग
बोत्सवाना	गेबोरोन	पुला
कैमरून	याओण्डे	फ्रैंक
कीनिया	नैरोबी	शिलिंग
मॉरिशस	पोर्ट लुइस	क्वाचा
नाइजर	नियामी	फ्रैंक
तंजानिया	दारेस्सलाम	शिलिंग
जाम्बिया	लुसाका	क्वाचा
मेडागास्कर	अन्ताननरीबो	फ्रैंक
अल्जीरिया	अल्जीयर्स	दीनार
रवांडा	केगाली	फ्रैंक
जिम्बाब्वे	हरारे	डॉलर
सेनेगल	डकार	फ्रैंक
इरीट्रिया	अस्मारा	बिर्र
बुर्किना फासो	क्वागादौगो	फ्रैंक
कांगो	ब्राजविले	फ्रैंक
माली	बमाको	फ्रैंक
मोजाम्बिक	मपूतो	मेटीकल
गिनी	कोनाक्रे	फ्रैंक
	यूरोप	
ग्रीस	एथेन्स	यूरो
बेल्जियम	ब्रुसेल्स	यूरो
डेनमार्क	कोपेनहेगन	क्रोन
फ्रांस	पेरिस	यूरो
स्पेन	मेड्रिड	यूरो
पुर्तगाल	लिस्बन	यूरो
इटली	रोम	यूरो
बुल्गारिया	सोफिया	लेवा
ग्रेट ब्रिटेन	लन्दन	पाउण्ड स्टर्लिंग
रूस	मास्को	रूबल
अल्बानिया	तिराना	लेक
पोलैण्ड	वारसा	ज्लोटी
हंगरी	बुडापेस्ट	फ्रोरिंट
नार्वे	ओस्लो	क्रोन
जर्मनी	बर्लिन	यूरो
फिनलैंड	हेलसिंकी	यूरो

नीदरलैंड	एमस्टरडम	यूरो
चेक गणराज्य	प्राग	कोरूना
स्वीडन	स्टाकहोम	क्रोना
स्विट्जरलैंड	बर्न	फ्रैंक
सर्बिया	बेलग्रेड	दीनार
बोस्निया	सरायेबो	दीनार
यूक्रेन	कीव	हिरविनिया
जार्जिया	तिब्लिसी	रूबल
लिथुआनिया	विल्नियन	लितास
साइप्रस	निकोसिया	यूरो
लातविया	रीगा	रूबल
बेलारूस	मिंस्क	रूबल
आस्ट्रिया	वियना	यूरो
स्लोवाक गणराज्य	ब्रातिस्लावा	यूरो
रोमानिया	बुखारेस्ट	ल्यू
माल्दाविया	किशीनेवा	रूबल
आयरलैंड	डबलिन	यूरो
मोन्टेनीग्रो	पोडगोरिका	यूरो

उत्तरी अमेरिका एवं कैरीबियन सागर के देश

संयुक्त राज्य अमेरिका	वाशिंगटन डी सी	डॉलर
कनाडा	ओटावा	डॉलर
मैक्सिको	मैक्स्किो सिटी	पीसो
क्यूबा	हवाना	पीसो
ग्रीनलैंड	रूक(गाडयाव)	वालबोआ
पनामा	पनामा सिटी	डॉलर
बारबाडोस	ब्रिजटाउन	कोलन
अल-सल्वाडोर	सान सल्वाडोर	गौर्ड
हैती	पोर्ट ऑफ प्रिंस	डॉलर
जमैका	किंगस्टन	डॉलर
त्रिनिदाद एंड टोबैगो	पोर्ट ऑफ स्पेन	डॉलर

दक्षिण अमेरिका

अर्जेण्टीना	व्यूनस आयर्स	आस्ट्रल
बोलीविया	लापाज	बोलीवियानो
ब्राजील	ब्रासीलिया	क्रुजादो
चिली	सेण्टियागो	पीसो
कोलम्बिया	बोगोटा	पीसो
इक्वाडोर	क्विटो	सुर्के
फ्रेन्च गुयाना	कोयेन्ने	फ्रैंक
पराग्वे	असनश्यान	गुआरानी
पेरू	लीमा	न्यवोसोल
सूरीनाम	परामारिबो	गिल्डर
उरूग्वे	मोन्टेवीडियो	पीसो
वेनेजुएला	कराकास	बोलिवर

ओसनियाई देश

ऑस्ट्रेलिया	कैनबरा	डॉलर
फिजी	सूवा	डॉलर
न्यूजीलैंड	वेलिंग्टन	डॉलर
पापुआ न्यू गिनी	पोर्ट मोरेस्वी	किना
पूर्वी तिमोर	डिली	यूएस डालर

भारत में प्रथम

विमान वाहक युद्धपोत	आईएनएस विक्रांत
स्वदेशी परमाणु पनडुब्बी	आईएनएस चक्र
फुटबॉल क्लब	मोहन बागान, 1899 में
जलविद्युत् परियोजना	शिवसमुद्रम् 1902
समाचार-पत्र	बंगाल गजट (जेम्स हिक्की)
भाषायी दैनिक	समाचार दर्पण
हिन्दी समाचार-पत्र	उदन्त मार्तंड
तार लाइन	डायमण्ड हार्बर से कलकत्ता (1853)
अंतर्राष्ट्रीय दूरसंचार सेवा	मुम्बई से लंदन (1851)
दूरदर्शन केंद्र	नई दिल्ली(1959)
दूरदर्शन से रंगीन कार्यक्रम	15 अगस्त, 1982
मूक फिल्म	राजा हरिश्चन्द्र
बोलती (टॉकी) फिल्म	आलमआरा
उपग्रह	आर्यभट्ट (19 अप्रैल, 1975)
स्वदेश निर्मित उपग्रह	इन्सैट 2 ए (1992)
आण्विक भूमिगत परीक्षण	पोखरण (18 मई, 1974)
परखनली शिशु	1986 में जन्मी बेबी हर्षा
स्वदेशी प्रक्षेपास्त्र	पृथ्वी (1988)
अण्टार्कटिका अभियान	1982 में डॉ. एस. जेड. कासिम के नेतृत्व में
कोयले की खान	रानीगंज (प. बंगाल)

भारत में प्रथम (महिला)

राष्ट्रपति	श्रीमती प्रतिभा देवीसिंह पाटिल
प्रधानमंत्री	इंदिरा गांधी
राज्यपाल	सरोजिनी नायडू (उ.प्र.)
आई.पी.एस.	किरण बेदी
राष्ट्रीय कांग्रेस की अध्यक्षा	ऐनी बेसेन्ट
इंग्लिश चैनल तैरकर पार करने वाली (भारत एवं विश्व दोनों में)	आरती साहा
संघ लोक सेवा आयोग की अध्यक्षा	रोज मिलियन मैथ्यू
नोबेल पुरस्कार विजेता	मदर टेरेसा (शांति हेतु)
मिस वर्ल्ड	रीता फारिया
मिस यूनिवर्स से सम्मानित	सुष्मिता सेन
मेयर	तारा चेरियन (मद्रास, 1957)
प्रथम मुख्यमंत्री	सुचेता कृपलानी (उ.प्र.)
पश्चिम बंगाल की पहली महिला मुख्यमंत्री	ममता बनर्जी

उच्च न्यायालय की मुख्य न्यायाधीश	न्यायमूर्ति लीला सेठ (हिमाचल प्रदेश)
पहली कैबिनेट मंत्री	राजकुमारी अमृत कौर
'माउंट एवरेस्ट' विजेता पर्वतारोही	बछेन्द्री पाल
'नार्मन बोरलॉग पुरस्कार' विजेता	डॉ. अमृता पटेल
साहित्य अकादमी पुरस्कार	अमृता प्रीतम (1956)
'भारत रत्न' से विभूषित	इंदिरा गांधी
'लेनिन शांति पुरस्कार' से पुरस्कृत	अरूणा आसफ अली
'भारतीय ज्ञानपीठ' पुरस्कार से पुरस्कृत	आशापूर्णा देवी (1976)
अण्टार्कटिका पहुंचने वाली	मेहर मूसा (1977)
उत्तरी ध्रुव पर पहुंचने वाली	प्रीति सेन गुप्ता (1993)
नौका द्वारा संपूर्ण विश्व की परिक्रमा करने वाली	उज्ज्वला पाटिल सेन (1988)
पायलट	फ्लाइंग ऑफिसर सुषमा मुखोपाध्याय
एयर लाइन्स पायलट	कैप्टन दुर्गा बनर्जी
'बोइंग 737' विमान की कमाण्डर	कैप्टन सौदामिनी देशमुख
शतरंज में ग्रैंड मास्टर विजेता	भाग्यश्री थिप्से (1988)
अंतर्राष्ट्रीय क्रिकेट में 100 विकेट प्राप्तकर्त्ता	इन्दुल जी (1986)
'अर्जुन पुरस्कार' से सम्मानित	एन. लम्सडेन (हॉकी 1961)
अंतर्राष्ट्रीय फुटबॉल में 'हैट्रिक' करने वाली	योलान्दा डिसूजा (1978)
अशोक चक्र प्राप्तकर्ता	नीरजा भनोत (मरणोपरान्त)
इन्जीनियरिंग में स्नातक उपाधि प्राप्तकर्ता	इला मजूमदार (1951)
प्रथम महिला शासिका	रजिया सुल्तान
आई. ए. एस.	अन्ना जार्ज
लोकसभा अध्यक्ष	मीरा कुमार
प्रथम दूरदर्शन समाचार वाचिका	प्रतिमा पुरी
संयुक्त राष्ट्र संघ के संगीत समारोह में भाग लेने वाली	एम. एस. सुब्बुलक्ष्मी (1966)
ओलम्पिक खेलों में भाग लेने वाली खिलाड़ी	मेरी लीला रो (1952)

ओलम्पिक खेलों में पदक जीतने वाली खिलाड़ी	कर्णम मल्लेश्वरी (भारोत्तोलन, सिडनी)
एशियाई खेलों में स्वर्ण पदक जीतने वाली	कमलजीत संधु (1970, 400 मी. दौड़)
राष्ट्रमण्डल खेलों में पदक जीतने वाली	अमी धिया एवं कंवल ठाकुर सिंह (महिला युगल बैडमिण्टन, 1978)
नाबार्ड की अध्यक्षा	रंजना कुमार
पुलिस महानिदेशक	कंचन चौधरी भट्टाचार्य
लेफ्टिनेन्ट जनरल	पुनीता अरोड़ा
इंडियन एयरलाइन्स की अध्यक्षा	सुषमा चावला
राजदूत	विजय लक्ष्मी पंडित (सोवियत संघ, 1947)
जिब्राल्टर स्ट्रेट तैरकर पार करने वाली	आरती प्रधान
पावर लिफ्टिंग में विश्व कीर्तिमान बनाने वाली	सुमिता लाहा (1989)
तीन खेलों (क्रिकेट, हॉकी एवं बास्केटबॉल) में देश का प्रतिनिधित्व करने वाली	शिरीन खुसरो कियाश
दो बार की माउंट एवरेस्ट विजेता	संतोष यादव
'रेमन मैग्सेसे' पुरस्कार प्राप्तकर्ता	किरण बेदी
दादा साहेब फाल्के पुरस्कार से सम्मानित नायिका	देविका रानी
माउंट एवरेस्ट पर दो बार चढ़ने वाली सबसे कम आयु की पर्वतारोही	डिकीडोल्मा
विदेश सचिव	चोकिला अय्यर
देश की मुख्य सचिव	निर्मला बुच
अंतरिक्ष यात्री	कल्पना चावला
सीबीआई की संयुक्त निदेशक	अर्चना सुन्दरलिंगम
मूर्तिदेवी पुरस्कार विजेता	प्रतिभा रॉय
राष्ट्रपति का चुनाव लड़ने वाली	कैप्टन लक्ष्मी सहगल
संयुक्त राष्ट्र संघ में असैनिक पुलिस सलाहकार	किरण बेदी
अंतरिक्ष में सर्वाधिक समय व्यतीत करने वाली भारतीय मूल की प्रथम महिला	सुनीता विलियम्स

प्रमुख विदेशी लेखक व पुस्तक

लेखक	पुस्तक का नाम
सर आइजक न्यूटन	प्रिंसीपिया
कैथरीन मेयो	मदर इंडिया
मैक्सिम गोर्की	मदर
प्लेटो	रिपब्लिक
रूसो	द सोशल कॉट्रैक्ट
परवेज मुशर्रफ	इन द लाइन ऑफ फायर
जॉन मिल्टन	पैराडाइज लॉस्ट
विन्सेन्ट चर्चिल	गैदरिंग स्टोमर्स हिस्ट्री ऑफ द सैकण्ड वर्ल्डवार
जार्ज ओरेविल	फार्म हाउस, एनिमल पार्क
चार्ल्स डार्विन	डिसेन्ट ऑफ मैन
शेक्सपियर	कॉमेडी ऑफ एरर्स, एज यू लाइक इट, ए मिड समर नाइट्स ड्रीम, हैमलेट, ओथेलो
जॉर्ज बर्नाड शॉ	मैन एंड सुपरमैन, एपिल कोर्ट, आर्म्स एंड द मैन सीजर एंड क्लियोपैट्रा
जे. के. गालब्रेथ	द चाइना पैसेज, द नेचर ऑफ मासस पावर्टी, एम्बेसडर्स जनरल, द ट्राम्फ
लियो टॉल्सटाय	वार एंड पीस
जेड. ए. भुट्टो	ग्रेट ट्रैजडी
माओ-त्से-तुंग	ऑन कण्ट्राडिक्शन
कार्ल मार्क्स	दास कैपिटल
तस्लीमा नसरीन	लज्जा, विसर्जन, निर्वासन
पेनेलॉप लाइवली	मून टाइगर
एडम स्मिथ	वेल्थ ऑफ नेशन्स
एडॉल्फ हिटलर	मीन कैम्फ
अल्बर्ट आइंस्टीन	द वर्ल्ड एज आई सी ईट
आर्थर हेले	एयरपोर्ट
ई. एम. फोस्टर	ए पैसेज टू इंडिया
नेल्सन मण्डेला	लांग वाक टू फ्रीडम
टोनी ब्लेयर	ए जर्नी
रस्किन बॉड	मिस्टर अलिवर्स डायरी
रूडयार्ड किपलिंग	जंगल बुक

विश्व के सरकारी दस्तावेजों के नाम

नाम	देश
ग्रीन बुक	इटली और ईरान के राजकीय प्रकाशन
व्हाइट बुक	पुर्तगाल, चीन व जर्मनी के सरकारी प्रकाशन
ब्लू बुक	ब्रिटिश सरकार की सरकारी रिपोर्ट
ओरेंज बुक	नीदरलैंड्स सरकार का सरकारी प्रकाशन
यलो बुक	फ्रांस सरकार का सरकारी प्रकाशन
व्हाइट पेपर	ब्रिटेन और भारत सरकार की किसी विशेष विषय पर सरकारी रिपोर्ट
ग्रे बुक	बेल्जियम व जापानी सरकारों की सरकारी रिपोर्ट

विश्व में प्रथम

कागजी मुद्रा जारी करने वाला पहला देश	चीन
सिविल सेवा प्रतियोगिता शुरू करने वाला पहला देश	चीन
संयुक्त राष्ट्र संघ का प्रथम महासचिव	त्रिग्वेली(नॉर्वे)
एवरेस्ट-शिखर पर पहुंचने वाला पहला व्यक्ति	तेंजिंग शेरपा(भारत), एडमण्ड हिलेरी (न्यूजीलैण्ड)
आधुनिक ओलम्पिक खेलों का आयोजन करने वाला प्रथम देश	यूनान
कृत्रिम उपग्रह को अंतरिक्ष में प्रक्षेपण करने वाला प्रथम देश	रूस
चन्द्रमा पर मानव भेजने वाला प्रथम देश	सं.रा. अमेरिका
प्रथम नगर जिस पर परमाणु बम गिराया गया	हिरोशिमा (जापान)
चीन गणराज्य के प्रथम राष्ट्रपति	डॉ. सनयात सेन
पुस्तक मुद्रित करने वाला पहला देश	चीन
विश्व के चारों ओर समुद्री यात्रा करने वाला प्रथम व्यक्ति	फर्डीनेंड मैगलन
वायुयान से पहली उड़ान भरने वाला व्यक्ति	राइट बन्धु
गुटनिरपेक्ष आंदोलन के प्रथम सम्मेलन का आयोजन-स्थल	बेलग्रेड
प्रथम फुटबॉल विश्व कप जीतने वाला देश	उरूग्वे
संविधान की रचना करने वाला प्रथम देश	सं.रा. अमेरिका
दक्षिणी ध्रुव पर पहुंचने वाला प्रथम व्यक्ति	एमण्डसेन(नार्वे)

उत्तरी ध्रुव पर पहुंचने वाला प्रथम व्यक्ति	रॉबर्ट पियरी (यूएसए)
उत्तरी ध्रुव पर पहुंचने वाली प्रथम महिला	कैरोलिन मिकेल सैन
किसी मुस्लिम देश की प्रथम महिला प्रधानमंत्री	बेनजीर भुट्टो (पाकिस्तान)
अंतरिक्ष में भेजा जाने वाला प्रथम अंतरिक्ष शटल	कोलम्बिया
अंतरिक्ष में पहुंचने वाला प्रथम व्यक्ति	मेजर यूरी गागरिन (रूस)
मंगल ग्रह पर उतरने वाला प्रथम अंतरिक्ष यान	वाइकिंग-I
भारत पर आक्रमण करने वाला प्रथम यूरोपवासी	सिकन्दर
चन्द्रमा पर उतरने वाला प्रथम व्यक्ति	नील आर्मस्ट्रांग (सं. रा. अमेरिका)
इंग्लैण्ड की प्रथम महिला प्रधानमंत्री	मारग्रेट थैचर
एवरेस्ट पर चढ़ने वाली प्रथम महिला	जुन्को तुबई (जापान)
अंटार्कटिका महाद्वीप पर पहुंचने वाली प्रथम महिला	केरोलिन मिकल्सन
विश्व में किसी देश की प्रथम महिला राष्ट्रपति	मारिया एस्टेला रजाबेल (अर्जेंटीना)
विश्व में किसी देश की प्रथम महिला प्रधानमंत्री	एस. भण्डारनायके (श्रीलंका)
संयुक्त राष्ट्र महासभा की प्रथम महिला सभापति	श्रीमती विजयलक्ष्मी पंडित
अंतरिक्ष में जाने वाली प्रथम महिला	वेलेण्टिना तेरेश्कोवा (रूस)
शांति के क्षेत्र में प्रथम नोबेल पुरस्कार से सम्मानित व्यक्ति	जीन एफ. ड्यूनांट एवं फ्रेडरिक पैरी
शिक्षा को अनिवार्य करने वाला प्रथम देश	प्रशा
सर्वाधिक जनसंख्या वाला देश	चीन
सर्वाधिक मतदाताओं वाला देश	भारत
चंद्रमा पर उतरने वाला पहला चालक विहीन अंतरिक्ष यान	लूना-9
एक दिवसीय अंतर्राष्ट्रीय क्रिकेट मैच में पहला दोहरा शतक बनाने वाला खिलाड़ी	सचिन तेन्दुलकर

भारत में प्रथम (पुरुष)

प्रथम गवर्नर-जनरल	लॉर्ड विलियम बैंटिंक
अंतिम गवर्नर जनरल जो भारत का प्रथम वायसराय बना	लॉर्ड केनिंग
भारत का भ्रमण करने वाला प्रथम चीनी यात्री	फाह्यान
स्वतंत्र भारत का प्रथम तथा अंतिम गवर्नर-जनरल	सी. राजगोपालाचारी
आई. सी. एस. में सफल होने वाला प्रथम भारतीय	सत्येन्द्रनाथ टैगोर
चिकित्सा शास्त्र में नोबेल पुरस्कार पाने वाले प्रथम भारतीय मूल के वैज्ञानिक	हरगोविन्द खुराना
प्रथम चुनाव आयुक्त	सुकुमार सेन
अंतरिक्ष में पहुंचने वाले प्रथम भारतीय	राकेश शर्मा
प्रथम नोबेल पुरस्कार विजेता वैज्ञानिक	सी. वी. रमन् (भौतिकी)
स्वतंत्र भारत का प्रथम कमाण्डर-इन-चीफ	जनरल करिअप्पा
प्रथम परमवीर चक्र पाने वाला व्यक्ति	मेजर सोमनाथ शर्मा
नोबेल पुरस्कार पाने वाले प्रथम भारतीय	रवीन्द्रनाथ टेगोर
प्रथम वायु सेनाध्यक्ष	एयर मार्शल एस. मुखर्जी
अंतर्राष्ट्रीय न्यायालय में प्रथम भारतीय न्यायाधीश	डॉ. नगेन्द्र सिंह
प्रथम उप-राष्ट्रपति	डॉ. सर्वपल्ली राधाकृष्णन
स्वतंत्र भारत के प्रथम गृहमंत्री	सरदार वल्लभभाई पटेल
प्रथम फील्ड मार्शल	जनरल मानिक शॉ
स्वतंत्र भारत के प्रथम प्रधानमंत्री	पं. जवाहरलाल नेहरू
भारतीय गणराज्य के प्रथम राष्ट्रपति	डॉ. राजेन्द्र प्रसाद
इंग्लिश चैनल को पार करने वाला प्रथम भारतीय	मिहिर सेन
स्वतंत्र भारत के प्रथम शिक्षा मंत्री	अबुल कलाम आजाद
राष्ट्रीय कांग्रेस का प्रथम अध्यक्ष	डब्ल्यू. सी. बनर्जी

भारत में प्रिंटिंग प्रेस का प्रचलन करने वाला प्रथम व्यक्ति	जेम्स हिक्की
भारतीय ज्ञानपीठ पुरस्कार पाने वाला प्रथम भारतीय	जी. शंकर कुरूप
लोकसभा का प्रथम अध्यक्ष	गणेश वासुदेव मावलंकर
नौसेना का प्रथम सेनाध्यक्ष	वाइस एडमिरल आर. डी. कटारी
अर्थशास्त्र में 'नोबेल पुरस्कार' से सम्मानित प्रथम भारतीय	डॉ. अमर्त्य सेन
स्टालिन पुरस्कार प्राप्त करने वाला प्रथम भारतीय	सैफुद्दीन किचलू
बिना ऑक्सीजन के एवरेस्ट की चोटी पर पहुंचने वाला भारतीय	शेरपा अंग दोरजी
भारत के प्रथम मुख्य न्यायाधीश	जस्टिस हीरालाल जे. कानिया
भारत के केंद्रीय मंत्रिमंडल से इस्तीफा देने वाला प्रथम मंत्री	श्यामा प्रसाद मुखर्जी (1950)
हृदय प्रत्यारोपणकर्त्ता सफल सर्जन	डॉ. पी. वेणुगोपाल
संयुक्त राष्ट्र संघ में हिन्दी में भाषणकर्ता	अटल बिहारी वाजपेयी

भारत के प्रमुख लोक नृत्य

राज्य	लोकनृत्य
असोम	बिहु, खेलगोपाल, कलिगोपाल, बोई साजू
पंजाब	नटपूजा, कीकली, भांगड़ा, गिद्दा
हिमाचल प्रदेश	जद्दा, नाटी, चम्बा, छपेली
हरियाणा	धमाल, खोरिया, फाग, डाहीकल
महाराष्ट्र	लेझिजम, तमाशा लावनी, कोली
जम्मू-कश्मीर	दमाली, हिकात, दण्डी नाच, राऊ
राजस्थान	गणगौर, झूमर, घूमर, झूलन लीला
गुजरात	गरबा, डांडिया रास, पणिहारी, रासलीला, लास्या, गणपति भजन
बिहार	जट-जाटिन, घुमकड़िया, कीर्तनिया, पंवारियां, सोहराई, सामा, चकेवा, जात्रा
उत्तर प्रदेश	डांगा, झींका, छाऊ, लुझरी, झोरा, कजरी, नौटंकी, थाली, जट्टा
केरल	भद्रकली, पायदानी, कुड़ीअट्टम, कालीअट्टम, मोहिनीअट्टम
मध्य प्रदेश	दीवाली, चैत, रीना, टपाड़ी, सैला भगोरिया, हुल्को, मुन्दड़ी
पश्चिम बंगाल	करणकाठी, गम्भीरा, जलाया, बाउल नृत्य, कथि, जात्रा
तमिलनाडु	कोल्लटम, करागम, कावड़ी कुम्मी, पिन्लकोलाट्टम
अरुणाचल प्रदेश	मुखौटा नृत्य, युद्धनृत्य
नागालैण्ड	कुमीनागा, रेंगमनागा, लिम, चोंग, युद्ध नृत्य, खैवा
मणिपुर	संकीर्तन, लाईहरीबा, थांगटा की तलम, बसन्तराम, राखाल
मिजोरम	चेरोकान, पाखुलिया नृत्य
झारखण्ड	सुआ, पंथी, राऊत, कर्मा, फुलकी डोरला, सरहुल, पाइका, नटुआ, छऊ, सरहुल
ओडिशा	अग्नि, डंडानट, पैका, जदूर, मुदारी, आया, सवारी, छाऊ
उत्तराखण्ड	चांचरी/झोड़ा, छपेली, छोलिया, झुमैलो, जागर, कुमायुं नृत्य
कर्नाटक	यक्षगान, भूतकोला, वीरगास्से
आंध्र प्रदेश	घंटामर्दाला, बतकम्मा, कुम्मी, छड़ी, सिद्धि माधुरी
छत्तीसगढ़	सुआ करमा, रहस, राउत, सरहुल, बार, नाचा, घसिया बाजा, पंथी

वाद्य यंत्रों के प्रमुख कलाकार

बांसुरी	हरि प्रसाद चौरसिया, रघुनाथ सेठ, पन्नालाल घोष, प्रकाश सक्सेना, देवेन्द्र मुक्तेश्वर, प्रकाश बढ़ेरा, राजेन्द्र प्रसन्ना
वायलिन	बालमुरली कृष्णन, गोविन्दस्वामी पिल्लई, टी.एन. कृष्णन, आर. पी. शास्त्री
सरोद	अली अकबर खां, अलाउद्दी खां अशोक कुमार राय, अमजद अली खां
सितार	पं. रविशंकर, उस्ताद विलायत खां
शहनाई	बिस्मिल्ला खां, शैलेश भागवात, अनन्त लाल, भोलानाथ तमन्ना, हरि सिंह
तबला	अल्लारक्खा, जाकिर हुसैन, लतीफ खां, गुदई महाराज, अम्बिका प्रसाद
हारमोनियम	रविन्द्र तलोगांवकर, अप्पा जुलगांवकर, महमूद
वीणा	ब्रह्मस्वरूप सिंह, एस. बालचन्द्रन, असद अली, गोपालकृष्ण

संतूर	पं. शिवकुमार शर्मा, तरुण भट्टाचार्य
सारंगी	पं. रामनारायण, ध्रुव घोष, अरुण काले, आशिक अली खां, वजीर खां, रमजान खां
जलतरंग	रामस्वरूप प्रभाकर, घासीराम निर्मल, जगदीश मोहन
गिटार	विश्वमोहन भटट, ब्रजभूषण काबरा, केशव तलेगावकर, नतिन मजूमदार

भारतीय लेखक व पुस्तक

अबुल फजल	आइने अकबरी, अकबरनामा
सूरदास	साहित्यलहरी, सूरसागर
कबीरदास	बीजक, रमैनी, सबद
गुलबदन बेगम	हुमायूंनामा
अलबरूनी	किताब-उल-हिन्द
मलिक मुहम्मद जायसी	पद्मावत
रवीन्द्रनाथ टैगोर	चित्रांगदा, गीतांजलि, गोरा, विसर्जन, हंग्री स्टोन्स
विष्णु शर्मा	पंचतंत्र
विशाखदत्त	मुद्राराक्षस
पाणिनी	अष्टाध्यायी
कालिदास	रघुवंशम्, कुमारसम्भवम्, अभिज्ञानशाकुन्तलम्
वात्स्यायन	कामसूत्र
विज्ञानेश्वर	मिताक्षरा
दीनबंधु मित्र	नील दर्पण
कल्हण	राजतरंगिणी
प्लिनी	नेचुरल हिस्ट्री
चाणक्य	अर्थशास्त्र
वेदव्यास	भगवद्गीता, महाभारत
अश्वघोष	बुद्धचरितम्
जयदेव	गीतगोविन्द
फिरदौसी	शाहनामा
बाणभट्ट	कादम्बरी
अरविन्द घोष	जजमेन्ट, नेबर्स, इंडिया, द क्रिटिकल इयर्स इन जेल, इंडिया आफ्टर नेहरू, बिटविन द लाइंस
शिवानन्द	डिवाइन लाइफ
अमृता प्रीतम	डेथ ऑफ ए सिटी, कागज ते कैनवास, फोर्टी नाइन डेज
प्रेमचन्द	गोदान, गबन, कर्मभूमि, रंगभूमि
विजय तेंदुलकर	सखाराम बाइण्डर
सरोजिनी नायडू	गोल्डेन थ्रेसहोल्ड, ब्रोकन विंग्स द सांग ऑफ इंडिया
सूर्यकांत त्रिपाठी 'निराला'	अनामिका, परिमल
यशपाल	दादा कामरेड
जयशंकर प्रसाद	कामायनी
मैथिलीशरण गुप्त	भारत-भारती, साकेत
रामधारी सिंह 'दिनकर'	कुरुक्षेत्र, उर्वशी
इंदिरा गांधी	इंटरनल इंडिया, माई ट्रुथ
अज्ञेय	कितनी नावों में कितनी बार
मोरारजी देसाई	नेचर क्योर
नयनतारा सहगल	ए वाइस ऑफ फ्रीडम
वी. एस. नायपॉल	एरिया ऑफ डार्कनेस
देवकी नन्दन खत्री	चन्द्रकान्ता
शतरचन्द्र चट्टोपाध्याय	देवदास, चरित्रहीन
किरण देसाई	द इनहेरिटेंस ऑफ लॉस
अरविन्द अडिगा	द व्हाइट टाइगर
आर. के. नारायण	मालगुडी डेज, इंडियन थॉट: ए मिसलनी, माई डेज: ऑटोबायोग्राफी, द वेन्डर ऑफ स्वीट्स, द बेचलर ऑफ आटर्स, मिस्टर सम्पत
ए. पी. जे. अब्दुल कलाम	इग्नाइटेड माइन्ड्स, इंडिया 2020 ए विजन फॉर द न्यू मिलेनियम
नीरद सी. चौधरी	ऑटोबायोग्राफी ऑफ एन अननोन इंडियन्स, द हार्समैन एंड द न्यू एपोकलिप्स
महात्मा गांधी	माई एक्सपेरिमेन्ट्स विद द ट्रुथ, कांक्विस्ट ऑफ सेल्फ, द वे टू कम्यूनल हारमोनी, नॉन वायलेंस इन पीस एंड वार
किरण बेदी	ह्वाट वेंट रांग, फ्लाइट इंटू फीयर
वेद मेहता	पोट्रेट ऑफ इंडिया
एस. राधाकृष्णन	एन आइडियलिस्ट व्यू ऑफ लाइफ
सलमान रुश्दी	मिडनाइट्स चिल्ड्रेन, शेम, सेटेनिक वर्सेज, फ्यूरी, शालीमार द क्लाउन
विक्रम सिंह	ए सूटेबल ब्यॉयज, द गोल्डन गेट
अरुंधती रॉय	गॉड ऑफ स्माल थिंग्स, द अल्जेब्रा ऑफ इनफिनिट जस्टिस, ग्रेटर, कॉमन गुड, बहुजन हिताय
सलमान खुर्शीद	बिआंड कश्मीर

जवाहरलाल नेहरू	डिस्कवरी ऑफ इंडिया
चेतन भगत	रिज़ूलेशन 2020, फाइव प्वाइंट समवन, 2 स्टेट्स, वन नाइट एट ए कॉल सेन्टर
खुशवन्त सिंह	ट्रेन टू पाकिस्तान, द कम्पनी ऑफ विमेन, द सिख टुडे, गुरुज, गॉड मैन
अमर्त्य सेन	च्वाइस ऑफ टेक्निक्स
देवानन्द	रोमांसिंग विद लाइफ-सन ऑटोबायोग्राफी
जसवंत सिंह	जिन्ना: इंडिया-पार्टीशन-इंडिपेंडेंस
नरेन्द्र मोदी	एक्ज़ाम वॉरियर्स

भारत के प्रमुख शास्त्रीय नृत्य/नर्तक

शास्त्रीय नृत्य	संबंधित राज्य	प्रमुख नर्तक
भरत-नाट्यम	तमिलनाडु	यामिनी कृष्णामूर्ति टी. बाला सरस्वती, रुक्मिणी देवी, सोनल मानसिंह, मृणालिनी साराभाई, वैजयन्ती माला, हेमामालिनी
कथकली	केरल	मृणालिनी साराभाई, गुरु शंकरन, नम्बूदरीपाद, शंकर कुरूप, के.सी. पणिक्कर
मोहिनी-अट्टम	केरल	भारती शिवाजी, तंकमणि शांताराव
कुचिपुड़ी	आंध्र प्रदेश	यामिनी कृष्णमूर्ति, राधा रेड्डी, राजा रेड्डी, स्वप्न सुन्दरी
कत्थक	उ.प्र तथा राजस्थान	बिरजू महाराज, अच्छन महाराज, गोपीकृष्ण, सितारा देवी, रोशन कुमारी, उमा शर्मा
ओडिसी	ओडिशा	प्रोतिमा देवी, संयुक्ता पाणिग्रही, सोनल मानसिंह, केलुचरण महापात्र, माधवी मुदगल
मणिपुरी	मणिपुर	सूर्यमुखी देवी, गुरु विपिन सिंह

समाधि-स्थल

राजघाट	महात्मा गांधी
विजय घाट	लालबहादुर शास्त्री
किसान घाट	चौधरी चरण सिंह
वीर भूमि	राजीव गांधी
महाप्रयाण घाट	डॉ. राजेन्द्र प्रसाद
नारायण घाट	गुलजारी लाल नन्दा
शांति वन	जवाहरलाल नेहरू
शक्ति स्थल	इंदिरा गांधी
अभय घाट	मोरारजी देसाई
समता स्थल	जगजीवन राम
चैत्य भूमि	बी. आर. अम्बेडकर

भारत के सांस्कृतिक संस्थान एवं स्थापना वर्ष

संस्थान	वर्ष
ललित कला अकादमी	1954
संगीत नाटक अकादमी	1953
राष्ट्रीय नाट्य विद्यालय	1959
साहित्य अकादमी	1954
राष्ट्रीय पुस्तकालय (कोलकाता)	1948
भारतीय राष्ट्रीय अभिलेखागार	1881
भारतीय मानव विज्ञान सर्वेक्षण	1945
इंदिरा गांधी राष्ट्रीय कला केंद्र	1954
भारतीय पुरातत्व सर्वेक्षण	1861
केंद्रीय सचिवालय पुस्तकालय	1891

संयुक्त राष्ट्र संघ

* संयुक्त राष्ट्र संघ की स्थापना 24 अक्टूबर, 1945 को हुई थी।
* इसका प्रधान कार्यालय न्यूयॉर्क में है और इसके सदस्यों की वर्तमान संख्या 193 हैं।
* अंग्रेजी, फ्रेंच, चीनी, अरबी और स्पेनिश संयुक्त राष्ट्र संघ के कार्यालय की भाषाएं हैं जबकि कार्यकारी भाषाएं अंग्रेजी और फ्रेंच हैं।
* संयुक्त राष्ट्र संघ के ध्वज की पृष्ठभूमि हल्की नीली है और उस पर श्वेत रंग से राष्ट्र संघ का प्रतीक बना हुआ है। इसमें दो जैतून की वक्राकार शाखाएं हैं जो ऊपर खुली हैं और उनके बीच विश्व का मानचित्र बना है।

संयुक्त राष्ट्र संघ द्वारा घोषित अंतर्राष्ट्रीय वर्ष

2002	प्रकृति पर्यटन तथा पर्वतों का अंतर्राष्ट्रीय वर्ष
2003	स्वच्छ पानी का अंतर्राष्ट्रीय वर्ष
2004	धान (चावल) का अंतर्राष्ट्रीय वर्ष
2005	भौतिक विज्ञान वर्ष तथा माइक्रो क्रेडिट का अंतर्राष्ट्रीय वर्ष
2006	आर्थिक सुधार वर्ष (आई एम एफ द्वारा घोषित) उभरते बाजारों का वर्ष (आई एफ सी द्वारा घोषित)
2007	अंतर्राष्ट्रीय डॉल्फिन वर्ष
2008	अंतर्राष्ट्रीय पृथ्वी वर्ष

2009	विश्व सद्भावना वर्ष
2010	विश्व जैव-विविधता वर्ष
	अंतर्राष्ट्रीय युवा वर्ष
2011	विश्व वन वर्ष
2012	अंतर्राष्ट्रीय सहकारिता वर्ष
2013	अंतर्राष्ट्रीय जल सहयोग वर्ष
2014	अंतर्राष्ट्रीय परिवारिक खेती वर्ष
2015	अंतर्राष्ट्रीय मुद्रा वर्ष
2016	अंतर्राष्ट्रीय दलहन वर्ष
2017	सतत पर्यटन विकास के लिए अंतर्राष्ट्रीय वर्ष
2019	स्वदेशी भाषाओं का अंतर्राष्ट्रीय वर्ष
2020	पादप स्वास्थ्य हेतु अंतर्राष्ट्रीय वर्ष
2022	अंतर्राष्ट्रीय मत्स्य पालन और एक्वाकल्चर वर्ष
2024	अंतर्राष्ट्रीय कैमलिड्स वर्ष

संयुक्त राष्ट्र संघ के प्रमुख अंग	
महासभा	यह संयुक्त राष्ट्र का एकमात्र अंग है, जिसमें संघ के सभी सदस्य देशों को सदस्यता प्राप्त है एवं उन्हें समान मताधिकार दिया गया है। इसका अधिवेशन वर्ष में कम-से-कम एक बार अवश्य बुलाया जाता है, जो सामान्यत: सितम्बर माह में न्यूयॉर्क में होता है।
सुरक्षा परिषद्	सुरक्षा परिषद् विश्व शांति एवं सुरक्षा से संबंधित राष्ट्र संघ के दायित्वों को पूरा करने वाली आदेशात्मक संस्था है। इसके पांच स्थायी सदस्य हैं–अमेरिका, ब्रिटेन, चीन, फ्रांस तथा रूस। जब तक सुरक्षा परिषद् का अस्तित्व है तब तक इन पांचों की स्थायी सदस्यता बनी रहेगी। सुरक्षा परिषद् के दस अस्थायी सदस्य भी होते हैं जिन्हें महासभा द्वारा दो वर्ष के लिए चुना जाता है। अंग्रेजी वर्णमाला के अक्षरों के क्रम में सभी देश एक-एक मास के लिए सुरक्षा परिषद् की अध्यक्षता करते है। सुरक्षा परिषद् के प्रत्येक स्थायी सदस्य को निषेधाधिकार (Veto) प्राप्त होता है। इस व्यवस्था के अनुसार यदि पांच सदस्यों में से कोई एक भी किसी महत्त्वपूर्ण निर्णय के विपक्ष में वोट दे देता है तो वह विषय अस्वीकृत समझा जाएगा।
आर्थिक एवं सामाजिक परिषद्	इस परिषद् में 54 सदस्य हैं। इसके कार्यों में युद्ध एवं शस्त्र की राजनीति को छोड़कर अंतर्राष्ट्रीय महत्त्व के विषय आते हैं। यह आर्थिक, सामाजिक, शिक्षा तथा स्वास्थ्य से संबंधित विभिन्न समस्याओं का अध्ययन कर उन पर रिपोर्ट तैयार करती है तथा उनसे संबंधित सुझाव महासभा एवं अन्य संबंधित संस्थाओं को भेजती है।
अंतर्राष्ट्रीय न्यायालय	इस न्यायालय में 15 सदस्य होते हैं जो महासभा एवं सुरक्षा परिषद् द्वारा निर्वाचित किए जाते हैं। अंतर्राष्ट्रीय विधि के क्षेत्र में मान्यता प्राप्त व्यक्ति ही न्यायाधीश के रूप में चुने जाते हैं। न्यायाधीशों का कार्यकाल 9 वर्ष का होता है एवं उनके दोबारा चुने जाने पर कोई प्रतिबंध नहीं है।
न्यास परिषद्	इस परिषद् के माध्यम से संयुक्त राष्ट्र का उन राष्ट्रों के प्रशासन एवं सुरक्षा से संबंधित दायित्व स्पष्ट होता है, जो द्वितीय विश्व युद्ध के पश्चात् भी स्वतंत्र नहीं हो पाए। इसमें 11 राज्य रखे गए, जिनमें ब्रिटिश टोबोलैण्ड, फ्रांसीसी टोबोलैण्ड, कैमरून, सोमालीलैण्ड, टैगानिका, पश्चिम समाओं आदि को स्वतंत्रता प्राप्त हो चुकी है।
सचिवालय	यह संयुक्त राष्ट्र का प्रशासनिक अंग है। सचिवालय में एक महासचिव तथा अन्य कर्मचारी होते हैं। महासचिव की नियुक्ति 5 वर्ष के लिए सुरक्षा परिषद् की सिफारिश पर महासभा द्वारा की जाती है।

❑❑❑

कम्प्यूटर

- कम्प्यूटर एक मशीन है – **इलेक्ट्रॉनिक**
- आधुनिक कम्प्यूटर के पिता हैं – **चार्ल्स बैवेज (गणितज्ञ)**
- Abacus (अबेकस) नामक यंत्र का आविष्कार (1946) किया – **चीनियों ने**
- कैलकुलेटर का आविष्कार 1642 में किया – **पास्कल (फ्रांसीसी) ने**
- प्रथम इलेक्ट्रॉनिक कम्प्यूटर का आविष्कार (1946) किया – **जे.पी. एकर्ट ने**
- पहला इलेक्ट्रॉनिक कम्प्यूटर था – **ENIAC**
- IBM PC का आविष्कार 1981 में किया – **विलियम सी लॉ ने**
- एनालिटिकल इंजन (Analitical Engine) का आविष्कार हुआ – **1833 में**
- कम्प्यूटर अपने परिणामों को भविष्य हेतु सुरक्षित रखता है – **मेमोरी में**
- कम्प्यूटर में मेमोरी होती है – **CPU में**
- CPU का पूर्णरूप है – **Central Processing Unit**
- Memory होती है – **2 प्रकार की**
- Primary Memory होती है – **2 प्रकार की**
- कम्प्यूटर स्क्रीन पर छोटी टिमटिमाती रेखा कहलाती है – **कर्सर (Cursor)**
- Secondary Memory होता है – **3 प्रकार की**
- RAM का विस्तृत रूप – **Random Access Memory**
- ROM का विस्तृत रूप है – **Read Only Memory**
- की-बोर्ड (Key Board) में बटन की संख्या होती है – **101**
- की-बोर्ड (Key Board) का दूसरा नाम है – **कुंजी का पटल**
- कम्प्यूटर बंद करने की प्रक्रिया कहलाती है – **शट डाउन (Shut-down)**
- कम्प्यूटर चालू करने की प्रक्रिया कहलाती है – **बूट-अप (Boot-up)**
- कम्प्यूटर का Brain कहलाता है – **CPU**
- मॉनीटर को कहा जाता है – **VDU**
- फंक्शन कीज की संख्या होती है – **12**
- FORTRAN का सर्वप्रथम प्रयोग किया गया – **मेनफ्रेम हेतु**
- MICR का शाब्दिक अर्थ है – **Magnetic Ink Character Recognition**
- ऐनालॉग सिग्नल (Analog Signal) को डिजिटल सिग्नल (Digital Singal) में बदलने की विधि कहलाता है – **डिजिटलाईजेशन**
- भारत में निर्मित प्रथम कम्प्यूटर है – **सिद्धार्थ**
- मदरबोर्ड पर चिप (chip) के कनेक्टिंग प्वाइंट्स को कहते हैं – **सॉकेट्स**
- चुम्बकीय डिस्क पर परत होती है – **आयरन ऑक्साइड की**
- Binary Number System में प्रयोग होता है – **0 और 1**
- 1KB बराबर होता है – **1024 बाइट्स के**
- सामान्य उद्देश्य के लिए पहला इलेक्ट्रॉनिक कम्प्यूटर था – **यूनीवेक**
- वायरस – **एक प्रोग्राम**
- कम्प्यूटर Dump होने का कारण – **वायरस**
- कम्प्यूटर का IC चिप्स बना होता है – **सिलिकॉन**

❑❑❑

* 9 7 8 9 3 9 0 3 8 9 0 9 4 *
MAN - #0350 - 230726 - C32 - 216/140/8 - PB - 9789390389094 - Matt Lamination